»Geheimnisse wie diese
sollten nicht offenbart werden,
außer in Zeiten höchster Not.«

Geoffrey von Monmouth
»Die Geschichte der Könige von Britannien«, Buch VIII, um 1135

Wolgadelta

Serafschan

Himalaya

Für Jeanne
Hüterin des Schatzes

1. Auflage 2020

ISBN 978-3-7641-5160-7

Lektorat: Emily Huggins
Umschlag- und Innenillustrationen: Simone Krüger

Druck und Bindung: Finidr s. r. o., Český Těšín
Gedruckt auf Papier aus geprüfter nachhaltiger Forstwirtschaft.
www.ueberreuter.de

Vor der Geburt ihrer drei Kinder waren **Charles und Amanda McGuffin** als Abenteurer auf der ganzen Welt unterwegs. Mittlerweile haben sie ihre Schatzsucherfirma gegen ein weniger gefährliches Unterfangen eingetauscht: Bienenzucht.

H_2O_x ist Finns neueste Erfindung. Eigentlich als Wasserspender-Roboter konstruiert, mag H_2 vor allem eines: Bücher.

Lester McGuffin (13) ist der Cousin von Charlotte & Co. Der gut aussehende Sohn von Kaleb gibt sich gerne cool und unerschrocken.

Amandas Bruder **Kaleb McGuffin** stellte sich schon früher häufig quer. Den Tod seiner Frau Ophelia hat Lesters Vater bis heute nicht verkraftet.

Ophelia McGuffin verunglückte tödlich, als Lester noch ein Baby war. Auch sie war Teil der Schatzsucherfirma und eine exzellente Sprachenexpertin.

Als Butler und treuer Freund der Familie kann **Archibald »Archy« Black** alles: Rinderbraten mit Kräutersoße zubereiten, Tee servieren und ein Flugzeug fliegen. Nur sprechen kann er nicht.

Mr Grimsby, der Hauslehrer von Charlotte und Finn, ist alt, mag alte Sprachen und trägt Klamotten, die vor 200 Jahren modern waren.

Inhalt

Der Heilige Gral

Wie der Atem eines Drachen kroch der Nebel unaufhörlich von den Bergen herab.

»Das ist gut«, murmelte die junge Kriegerin und zurrte den Lederriemen ihres Helmes fest. Die dichten schottischen Nebelschwaden würden das Heer verbergen.

Mit einer leichten Berührung der Ferse wendete sie ihr Streitross. Die Männer und Frauen richteten die Blicke erwartungsvoll auf ihre Anführerin. Die Ritter folgten ihr treu in jede Gefahr. Nicht alle würden nach diesem Morgen zu ihren Familien zurückkehren.

Schwungvoll zog die Kriegerin das Schwert des gefallenen Königs aus der Scheide. Die Klinge verströmte ein sanftblaues Licht und sogleich dünnte sich der Nebel vor der Kriegerin aus. Die Umrisse einer Burg, eingekeilt zwischen die tiefgrünen Hänge der Highlands, erhoben sich aus den Schleiern. Dort also wartete er: der Heilige Gral – der Kelch, für den König Artus und seine Ritter der Tafelrunde ferne Länder bereist, für den sie Meere und Berge überwunden hatten. Jetzt war es an der jungen Kriegerin, ihn zu ergreifen.

Schweigend setzte sich das Heer in Bewegung. Kaum hatte die Kriegerin die Engstelle des Taleingangs passiert, ließ sie ihr Pferd in Galopp fallen. Der tausendfache Donner der Hufe hinter ihr zerschnitt die Stille des Morgens. Rüstungen funkelten im fahlen Licht wie ein Meer aus flüssigem Silber.

Da mischten sich andere Geräusche in den Angriff. Ein mächtiges Stöhnen rollte durch das Tal, gefolgt von einem Reißen, als durchtrenne jemand gewaltige Bahnen Stoff.

Die Kriegerin stellte sich in die Steigbügel und spähte durch den Dunst. Die grünen Flanken der nahen Berge erbebten, Geröll löste sich. Jetzt donnerten auch größere Felsbrocken herab. Lawinen aus Stein rollten auf das Heer zu. Das angsterfüllte Wiehern der Pferde mischte sich in die Rufe der Ritter.

Als die ersten Finger aus dem Erdreich hervorbrachen, wusste die Kriegerin, dass der Hexenmeister seine Drohung wahr gemacht hatte.

»Riesen!«, brüllte sie und stieß die Hacken in die Flanken des Streitrosses. Sie musste die Gralsburg erreichen, musste dem finsteren Nekromanten den göttlichen Kelch entreißen, bevor er noch mehr Unholde ins Leben zurückrief. Die Kriegerin zählte drei Riesinnen – jene drei Schwestern, die den Bergen von Glen Coe ihren Namen vermacht hatten.

Eine der Gigantinnen hievte bereits ihren gewaltigen Leib aus der Erde, während ihre warzige Schwester noch bis zum Bauch im Fels steckte. Stöhnend reckte und streckte sie sich und drosch dann ihre Faust, groß wie ein Haus, in die Reihen der Ritter. Kurz herrschte Panik, dann schlossen die erfahrenen Streiter die Reihen und wehrten sich. Speere spickten das Genick der dritten Riesin, bevor sie ihren hässlichen Kopf aus dem steinernen Bett heben konnte.

Währenddessen trieb die Kriegerin ihr Pferd den schmalen Pfad zur Burg hoch. Ohne auf Widerstand zu treffen, schaffte sie es über die Zugbrücke bis in den Innenhof und sprang vom Pferd. Obgleich sie ahnte, dass es eine Falle war, stürmte sie in den höchsten Turm der Burg. Sie war dem Gral so nah wie nie zuvor.

Erst hier traten ihr die Schergen des Nekromanten entgegen. Sie fegte sie mit dem strahlenden Schwert beiseite, zurück in die Schatten.

Der Gral war noch prachtvoller, als sie ihn sich in ihren kühnsten Träumen vorgestellt hatte. Und doch spürte die Kriegerin einen unheilvollen Schauder. Sie war nicht allein in dem Turmzimmer.

Erneut zog sie ihr gleißendes Schwert und brachte Licht in die Dunkelheit. Eine Gestalt in einer schwarzen Robe schälte sich aus dem Zwielicht.

»Charlotte?«

Die Stimme des Hexenmeisters zischte ihr schlangenhaft entgegen.

»Charlotte McGuffin!«

Grüne Augen flammten aus dem Schatten der Kapuze auf. Sie sprühten vor Falschheit.

»Miss McGuffin, wäret Ihr so freundlich, den nächsten Absatz zu übersetzen?«

Charlotte blinzelte. Der Gral, der ganze Turm zerstoben um sie herum in nichts als Rauch. »Ähm, was?«

»Der nächste Absatz, Mylady! Wenn es Euch beliebt, aus Eurem Tagtraum aufzutauchen.«

Stöhnend setzte sich Charlotte in ihrem Stuhl auf und wandte den Blick von den schottischen Highlands ab, die man durch die Fenster der Familienbibliothek sehen konnte.

»Natürlich, Mister Grimsby.« Sie vertrieb die letzten Nebelschleier aus ihren Gedanken. *Mylady* – sie hasste es, wenn er sie so nannte. Sie war zwölf, keine alte Schachtel. Hilfe suchend schielte sie zu ihrem Bruder.

Finn sah sie mitleidig durch seine dicken Brillengläser an und zeigte auf das Buch vor sich. »Vierter Absatz«, raunte er.

Charlottes Augen flogen über den lateinischen Text. *Historia regum Britanniae*, die Geschichte der Könige Britanniens. Vor knapp 900 Jahren hatte irgendein Geoffrey das geschrieben. Von den Prophezeiungen Merlins war die Rede gewesen, wie er Stonehenge erbaut hatte und wie Artus geboren wurde. Nun, in Buch 9 der Chronik, ging es um die Schlachten und glorreiche Herrschaft von König Artus. Statt den trockenen Text zu übersetzen, träumte Charlotte lieber davon, selbst eine Schlacht zu bestreiten.

Seufzend strich sich Charlotte eine widerspenstige kastanienbraune Haarsträhne aus den Augen. »Also gut: Artus … zog Excalibur … und rief … *nomen sanctae Mariae*?«

»Den Namen der heiligen Maria«, fiel Finn ihr ins Wort.

»Exakt, Master Finnegan«, lobte der Lehrer ihren zwei Jahre jüngeren Bruder und wandte sich mit funkelnden Augen wieder Charlotte zu. »*Non scholae, sed vitae discimus.* – Nicht für die Schule, für das Leben lernen wir.«

Charlotte hörte nicht zu und schielte zur Standuhr. 11 Uhr – noch ganze fünf Stunden Unterricht. »War Excalibur eigentlich ein Claymore-Schwert?«, fragte sie. Warum standen die wirklich spannenden Sachen nie in diesen Texten?

Mr Grimsby hob die struppigen Augenbrauen. »Junge Dame, ich wurde beauftragt, Sie beide in die Schönheit der lateinischen …«

»Claymore-Schwerter gibt es erst seit dem 15. Jahrhundert«, mischte sich Finn erneut ein. »Also 900 Jahre nach Artus. Zweihänder sind im Kampf auch total unpraktisch. Sie dienten nur zeremoniellen Zwecken.«

»Konzentration, McGuffins!« Mr Grimsbys Augen blitzten auf. Er schien mit der Hand auf den Tisch schlagen zu wollen, legte sie dann aber besonnen auf das Buch. »*Well*, ich werde nach Tee läuten. Zehn Minuten Pause.«

»Ich kann ihn einfach nicht leiden«, murrte Charlotte, als sie mit ihrem Bruder draußen vor dem Eingangsportal des Herrenhauses stand.

Eine kühle Brise strich durch die Weißdornhecken, die McGuffin-Manor säumten. Charlottes Mutter liebte die dornigen Büsche mit den knallroten Früchten. In ihren Gutenachtgeschichten hatte sie den Kindern oft erzählt, Weißdorn besäße die Kraft, böse Geister abzuwehren und böte Schutz vor Hexen.

»Dieser Grimsby ist der Furchtbarste aller Lehrer, die wir bisher hatten. Wie der mich immer ansieht: *Mylady, benutzt zur Abwechslung mal Euren Kopf!*« Charlotte ahmte die Stimme des Lehrers nach und riss dabei die Augen auf, wie er es für gewöhnlich tat. »Ich schwöre es dir, Finn, wenn wir nicht aufpassen, verhext er uns noch und macht uns zu willenlosen Zombies, die ihm auf ewig zuhören müssen.«

»Schwester, du hast zu viel Fantasie.« Finn schlürfte seinen Tee. »Keine Sorge, den Übersetzungskram haben wir für heute hinter uns. Nach 11 Uhr wechselt er zu Algebra. Der alte Grimsby unterrichtet immer nach demselben Ablauf. Er ist eher eine Maschine als ein finsterer Zauberer.«

Charlotte nahm einen tiefen Atemzug. »Wie stehst du diesen sterbenslangweiligen Unterricht nur durch?«

Finn grinste. »Ich baue währenddessen weiter.« Er tippte gegen seinen Lockenkopf. »Hier drin.«

»Darum ist der so groß.« Charlotte knuffte ihren Bruder in die Seite.

»Um was geht es diesmal? Nicht noch ein Schuhputzroboter, oder? Der letzte hat meine Sneakers zerfetzt.«

Finn wirkte für einen Moment beleidigt. »Nein, diese Maschine hat ausnahmsweise nichts mit Ordnung zu tun. Wobei du zugeben musst, dass mein Briefsortierer noch immer gut funktioniert.«

Charlotte stürzte ihren Pausentee herunter. Finns Kopf schien nur aus Zahnrädern, Schrauben und Löt-Zinn zu bestehen. Jeden Nachmittag verdrückte ihr Bruder sich in seine Werkstatt und tüftelte bis spät in die Nacht an irgendwelchen Robotern. Er war auf der Suche nach der perfekten Maschine. Aber nicht mal die Hälfte seiner Kreationen überlebte die erste Woche.

»Ich arbeite schon länger an einem Hausdiener.« Finn reckte stolz das Kinn. »Er ist fast fertig.«

»Willst du *ihn* etwa ersetzen?« Charlotte zeigte mit dem leeren Teeglas auf ihren Butler, der mit einem Tablett über den Kiesweg davonstapfte.

»Quatsch. Niemand kann Archibald das Wasser reichen. Aber vielleicht nimmt ihm der Roboter etwas Arbeit ab.«

»Und was soll dein neuer Butler alles draufhaben?«

»Es wird ein Aqua-Diener, quasi ein Wasserspender.«

Charlotte verkniff sich ein Lachen. »Ein *Wasserspender?*«

Finn nickte. »Dad beschwert sich doch immer, dass wir zu wenig trinken. Ein laufender Roboter, mit hydropneumatischen Gelenkkupplungen und Wassertank, könnte uns immer mit Nachschub versorgen.«

Nun musste Charlotte grinsen. »Dad fände es bestimmt besser, wenn ihm dein mechanischer Butler Whisky einschenkt.«

Finn zog die Nase kraus. »Grimsby läutet. Wir müssen wieder rein.«

»Ich haue ab«, sagte Charlotte mit Nachdruck.

»Nicht schon wieder!« Finn verdrehte die Augen.

»Ich habe keine Lust mehr, drinnen zu hocken.« Charlotte stemmte die Fäuste in die Hüften. »Es hat seit gestern nicht mehr geregnet. Die Mauern sind bestimmt wieder trocken. Vielleicht schaffe ich es endlich, auf den Burgturm zu klettern, ohne abzurutschen.«

»Du willst zur Ruine? Beim letzten Mal hast du dir im Gewölbekeller fast in die Hose gemacht.« Finn schien abzuwägen, ob er sich dem wiederholten Läuten des Hauslehrers auch widersetzen sollte.

Charlotte winkte ab. »Dort unten ist es eben verflucht eng. Du weißt, dass mich solche Räume stressen. Immerhin habe ich keine Angst vor irgendwelchen Monsterspinnen.« Sie stieg auf die Steinbank vor der Weißdornhecke. »Das Abenteuer ruft! Sag Grimsby, ich musste mich hinlegen. Kopfschmerzen, Pollenallergie – lass dir in deinem Schraubenhirn was einfallen.« Damit sprang sie über die schützende Hecke.

Den Rest des Tages verbrachte Charlotte damit, durch das Wäldchen oberhalb des Herrenhauses zu streifen. Hier störte sie keiner in ihren Träumen und niemand riss missbilligend die Augen auf, wenn sie mit Stöcken Bergriesen nachjagte.

»Alte Texte übersetzen. Wofür braucht man das überhaupt?« Mit ihrem improvisierten Schwert führte sie ein paar Attacken gegen eine betagte Eiche. *»Eine Dame kriecht nicht durch den Dreck. Eine Dame spielt nicht mit Ästen.«* Charlotte konnte innerlich ausrasten, wenn Mr Grimsby solche Weisheiten von sich gab. Er wusste wohl nicht, dass sogar ihre Eltern vor etwas mehr als zehn Jahren noch durch den Dreck gekrochen waren; freiwillig und mit Begeisterung. Leider lag dieses Leben mittlerweile hinter ihnen.

Charlotte kletterte auf den Baum. Das knorrige Eichenholz fühlte sich rau an. In der ausladenden Krone bot sich ein atemberaubender Blick über die Ländereien ihrer Eltern: von dem Wäldchen bis zum fischreichen Loch Fyne im Osten und der Steilküste mit der Burgruine im Westen. All dies verdankte ihre Familie einer ganz besonderen Frau: Lady MarySue McGuffin.

Charlottes viel zu früh verstorbene Oma entstammte einer Familie, die bis auf den berühmten Erfinder MacIntosh zurückzuführen war. Der war durch die Entwicklung eines wasserdichten Regenmantels zu Geld gekommen – kein dummer Gedanke in einem Land, in dem es fast täglich regnete. MarySue, die reiche wie gleichermaßen rebellische Urenkelin, hatte ihr Herz an einen Heringsfischer verschenkt. Einem mittellosen Mann, dessen magere Fänge kaum zum Leben reichten. Kurz nachdem sie geheiratet hatten, blühte das Geschäft mit den Heringen jedoch auf wundersame Weise auf. Bald bezog das junge Paar die Villa am Loch Fyne. MarySue und Alistair waren die ersten McGuffins in dem Herrenhaus.

Charlotte seufzte. Manchmal stellte sie sich vor, es gäbe einen Zauber, der die alte Lady McGuffin zurück ins Leben bringen würde. Sie hatte ihre Oma stets bewundert: ihren Pioniergeist, ihren Charme und wie sie die Familie trotz aller Gegensätze zusammengehalten hatte. MarySue hatte sich immer gegen den Wind gestemmt, so hart er auch geweht hatte. Diese Stärke hatte sie an ihre Tochter weitergegeben. *Und auch an mich,* dachte Charlotte stolz.

Erst zwei Stunden später, als sich dunkle Wolken vor die Sonne schoben, warf Charlotte ihr behelfsmäßiges Schwert weg, sprang von der Eiche und machte sich auf nach Hause. Sie ahnte, dass sie dort bereits ein Donnerwetter erwartete.

Der Dieb der Kekse

»Erneut Kopfschmerzen, so, so.« Charles McGuffin bot seiner Tochter eine helfende Hand, als sie sich über das steinerne Balkongeländer zog.

Über dem Loch Fyne türmten sich bereits schwarze Wolken auf.

»Ich musste einfach mal raus«, antwortete Charlotte, nachdem sie den Schreck überwunden hatte, ihren Vater hier oben in ihrem Zimmer zu treffen. »Mr Grimsby ist der langweiligste von allen Lehrern, die wir bisher hatten.«

»Meine Kinder haben ja erst vier vergrault«, murmelte Charles. »Du schwänzst ständig den Unterricht und Finn vermittelt den Lehrern das Gefühl, er wisse sowieso mehr als sie.« Er kratzte sich über die rotblonden Bartstoppeln, während er einen Blick auf das aufziehende Gewitter warf.

»Wenn du uns was über Bienen erzählst, ist das nie langweilig«, wagte Charlotte einen nicht ganz aufrichtigen Vorstoß. Sie hoffte, durch das Thema ihren Vater abzulenken. Die geliebten Tiere ihrer Eltern waren in diesem Sommer besonders zahlreich über das Gelände gesummt. Charles und Amanda McGuffin hatten viele Gläser ihres berühmten Honigs verkauft.

»Wir sind spät dran«, sagte Charles lächelnd und strich sich erneut über die stoppelige Wange. »Ich muss mich noch rasieren. Deiner Mutter gefällt das zwar, aber auf dem Ball …«

»Schon wieder ein Wohltätigkeitsball?« Charlotte atmete auf, dass ihr die Predigt über die Vorteile von Privatunterricht erspart blieb. Erleichtert folgte sie ihrem Vater ins Haus. Die ersten Regentropfen eilten hinterher.

»Es ist wichtig«, antwortete Charles. »Wenn ich die Herren Abrahams und McArthur noch ein wenig bearbeite, funktioniert es vielleicht mit der Insel und Apis mellifera mellifera.« Seit Jahren kämpfte ihr Vater darum, seine dunkelfarbigen Wildbienen auf einer Insel vor der schottischen Küste auszusetzen, ungestört von der menschlichen Zivilisation.

»Mach dir keine Sorgen, Dad«, kam Charlotte dem nächsten Satz ihres Vaters zuvor. »Ich passe wie immer gut auf meine Brüder auf. So eine Sache wie damals mit den Bienen und Finns Kopf passiert nicht noch mal. Schläft Bruce denn schon?«

»Mum bringt ihn gerade ins Bett. Sieh bitte später noch mal nach ihm. Nicht dass er die halbe Nacht wieder die Stäbe seines Kinderbetts ankaut.« Charles hatte bereits die Türklinke in der Hand. »Ach ja, und dein Cousin wollte heute Abend auch noch vorbeikommen. Vertragt euch und macht keinen Unsinn. Am besten, du lässt die Jungs sich in Finns Keller verziehen und kümmerst dich um Grimsbys Hausaufgaben. Schließlich musst du etwas nachholen.« Er drehte sich nochmals zu ihr um und lächelte. »Du bist die Älteste, Charlotte. Du trägst die Verantwortung. Also dann, gute Nacht.«

Kaum hatte der Wagen der Eltern das Anwesen verlassen, läutete es an der Tür. Zunächst wollte Charlotte nicht öffnen. Weil ihr Butler aber Feierabend hatte, schlurfte sie dennoch zur Eingangstür.

Durch das gewölbte Glas konnte sie die Umrisse ihres Cousins erkennen. Er war nur vier Monate älter als sie und vermutlich hätten die Dorf-Mädchen ihn mit seinen eisblauen Augen, den perfekt sitzenden hellblonden Haaren und den weißen Zähnen als gut aussehend bezeichnet. Charlotte mochte ihn nicht sonderlich. *Lester zuerst*, das war sein Motto.

»'n Abend, Les«, murmelte sie, als sie die Tür aufschob.

Feuchte Abendluft schlug ihr entgegen. Obwohl das Gewitter das Herrenhaus nur kurz gestreift hatte, schwitzten die beigen Steine noch immer den Regenguss aus.

Lester McGuffin lehnte im Türeingang und machte auf cool. »Hi, Lottchen.« Er entblößte die weißen Zähne und drückte seiner Cousine den nassen Motorradhelm in die Arme.

Wie ein Hai. Charlotte zwang sich zu einem Lächeln und machte Lester Platz. Dann roch sie den stinkenden Rauch und erschauderte. Im Schatten der Buchsbaumsäulen stand noch ein Besucher.

Lesters Vater war optisch das genaue Gegenteil seines Sohnes. Die Haare wirkten immer ein wenig ungewaschen und die Zähne hatten durch unzählige Zigarren die Farbe alter Knochen angenommen. Einzig die wasserblauen Augen hatte er mit seinem Sohn gemeinsam.

»Sind sie schon weg?«, begrüßte Kaleb seine Nichte, einen Zigarrenstummel im Mundwinkel. Lauernd schob er den Kopf in die Eingangshalle.

»Mum und Dad? Die sind eben los. Du müsstest sie noch am Tor getroffen haben.«

»Glücklicherweise nicht.« Forsch schob Kaleb seinen Sohn durch die Tür. »Aha, Amanda hat den Teppich ausgetauscht.« Er knirschte mit den Zähnen. »Das alte Zeug ist meiner Schwester wohl nicht mehr gut genug.«

Charlotte stöhnte innerlich auf. Immer ließ ihr Onkel irgendwelche giftigen Bemerkungen über ihre Mutter fallen. Reibereien zwischen den Geschwistern hatte es schon vor dem Tod von Charlottes Oma gegeben. Aber seit MarySue in ihrem Testament Amanda statt den älteren Kaleb zum Besitzer des Anwesens erklärt hatte, war die Stimmung eisig. Lester hatte Finn einmal anvertraut, dass kein Tag verging, an dem sein Vater nicht über die stattdessen geerbte Heringsfangflotte fluchte.

»Finn ist unten, Les. Du kennst ja den Weg«, nuschelte Charlotte und wollte die Tür schließen.

»Ophelia mochte den Teppich.« Onkel Kaleb blies den schmutziggrünen Rauch seiner Zigarre ins Haus, trat herein und trampelte prompt in die Maschine neben der Tür. »Was zur Hölle ist das?« Er klemmte mit dem Fuß in dem schuhkartongroßen Apparat aus Eisenstängchen und Schnürsenkelspulen.

Charlotte unterdrückte ein Grinsen und befreite den Onkel aus Finns Erfindung. Auch ihr Vater stolperte regelmäßig über PedesIV.

Kaleb quittierte das mit einem fiesen Lachen, gab dem Schuhbindeapparat noch einen Tritt und stiefelte wieder nach draußen. »Champ, ich hole dich am Montagmorgen ab.« Er legte den Kopf schief, als müsse er nachdenken. »Punkt 7 Uhr 15 stehst du unten am Tor. Keine Minute später. Sonst schaffen wir es nicht pünktlich zur Schule.« Er sah Charlotte an. »Nicht jeder kann sich einen Hauslehrer leisten.«

»Kannst du nicht einfach anklingeln, Dad?«, fragte Lester, schon auf der Kellertreppe.

»7:15, unten am Tor«, blaffte Onkel Kaleb zurück.

»Wie du willst, Dad.« Lester zog die Schultern ein und verschwand im Keller. Charlotte hörte noch, wie er irgendwas von *Familienzoff* murmelte.

»Und nehmt die Bude ordentlich auseinander.« Kaleb schnippte den Zigarrenstummel in den Buchsbaum.

Charlotte warf die Tür zu und sah ihrem Onkel durch die Scheibe nach, wie dieser auf sein Motorrad stieg. Die sündhaft teure Royal Enfield ließ den geharkten Kies auseinanderspritzen, als Kaleb davonbretterte. Wie immer ohne Helm. Sie atmete durch und starrte den Teppich an, den ihre Mutter letzte Woche gekauft hatte. *Ophelia mochte den Teppich.* Charlottes Tante Ophelia war schon vor Charlottes Geburt mit dem Auto verunglückt. Selbst Lester besaß keine Erinnerung an seine Mutter. Sie vertrieb die düsteren Gedanken aus ihrem Kopf. Von ihrem Onkel wollte sie sich nicht den Abend verderben lassen. Ihre Eltern waren nicht da. *Kampftraining!*

»Selbstverständlich habe ich die Dinger nicht angerührt«, murmelte Charlotte verschmitzt, als sie eines der japanischen Schwerter von der Halterung fischte.

Die hohen Wände der Eingangshalle wurden von einer Vielzahl historischer und exotischer Klingenwaffen geziert, die Charlottes Eltern von ihren Reisen mitgebracht hatten. Mongolische Säbel, ein römischer Gladius, Ritualdolche der Tuareg und ein Katana hingen geradezu verführerisch in Reichweite. Nachdem Charlotte sich vor Jahren mit dem Samurai-Schwert über der rechten Augenbraue verletzt hatte, mied sie allerdings die scharfen Klingen und trainierte hauptsächlich mit dem Kendō-Schwert; einer aus Bambusholz gefertigten, stockähnlichen Waffe. Ihre Mutter hatte die Kunst des Schwertkampfes während des Archäologie-Studiums erlernt und Charlotte einige Schläge und Fußstellungen gezeigt – gegen den Willen ihres Vaters.

Manchmal fragte Charlotte sich, was ihre Eltern eigentlich früher genau gemacht hatten, als sie noch ein Abenteurerleben führten. Leider drangen aus dieser Zeit nur wenige Geschichten bis zu Charlotte und ihrem Bruder vor. Es gab da die Erzählung von den insektenverseuchten Ruinen im peruanischen Hochland, bei deren Schilderung Finn jedes Mal kreischend unter die Bettdecke flüchtete. Charlotte mochte vor allem die Story vom Tauchgang nach dem Wrack des spanischen Silberschiffes. Mit Schaudern fuhr sie dabei immer mit dem Finger die Haifischnarbe am Arm ihrer Mutter nach. Am liebsten jedoch hörten die Geschwister die Geschichte von der verschollenen Grabkammer in der Cheops-Pyramide und die rasante Flucht der Eltern durch die nächtliche Wüste.

Charles mochte es nicht, dass seine Frau diese Gutenachtgeschichten erzählte. Er schien die Vergangenheit am liebsten ausradieren zu wollen. Dass sein Traum von einer Schatzsucher-Firma früh zerplatzt war, hatte er bis heute nicht überwunden. Nur ein paar Fotos und Forscherakten im Arbeitszimmer der Eltern zeugten noch von *McGuffin-Treasures*.

Charlotte verbeugte sich vor dem Ölgemälde, das ihre Großeltern zeigte, strich sich die Haare hinters Ohr und ging in die Grundstellung eines Kenjutsu-Kämpfers: rechter Fuß nach vorne, der linke mit dem großen Zeh knapp dahinter, die Ferse leicht angehoben. Nach kurzem Innehalten tänzelte sie mit gezielten und schnellen Schwertschlägen durch den Korridor.

»*Ichi.*« Der erste Schlag richtete sich gegen die Beine der Māori-Figur neben dem Kellereingang. Von dort unten hörte Charlotte ihren Bruder schimpfen und Lester lachen.

»*Ni.*« Der zweite Streich wischte über die Kehle von Sir Shackleton. Die Büste des britischen Polarforschers wackelte.

»*San.*« Eine weitere Attacke sollte die spanische Ritterrüstung am Ende des Ganges das Fürchten lehren. Doch auch heute verfing sich das Schwert zwischen den Rüstungsteilen.

Charlotte fluchte. Nie kam sie zu *Shi*, dem vierten und letzten Schlag der Angriffskombination.

»Nein, das passt nicht, Lester. Lass los, du zerstörst ihn noch!«

Finns verärgerte Rufe brachten Charlottes Konzentration zum Einsturz. Hektisch riss sie das Schwert heraus und die Rüstung des Konquistadors fiel scheppernd auseinander. Der Helm kreiselte lange auf dem Parkettboden.

»Charlotte, alles in Ordnung?«, erkundigte sich Finn aus dem Keller.

»Nichts passiert.« Charlotte unterdrückte einen Fluch und versuchte, die Eisenbleche zurück auf das Gestell zu hängen. Das dauerte. Ständig krachten Rüstungsteile zu Boden.

»Zerlegst du wieder die Bude deiner Eltern?« Lester stand auf einmal hinter ihr. »Also, wenn Dad und ich hier wohnen würden ...«

»Jetzt fang du nicht auch noch damit an!« Charlotte sortierte die Rüstungsteile zurück. »Hilf mir lieber.«

Doch Lester war keine Hilfe. Den Helm auf dem Kopf marschierte er pfeifend durch den Korridor, als wäre er der Eroberer des Hauses.

»Was ist denn hier los?«, fragte Finn von der Kellertreppe.

»Oh, ein Eindringling!« Lester nahm eine Angriffsposition ein. »Hier, fang!« Er schleuderte den Helm auf Finn.

Der schrie auf, streckte die Hände aus – und griff daneben. Der Helm prallte ihm ins Gesicht, Finn stolperte zurück und stieß gegen den Sockel mit der Shackleton-Büste. Mehr neugierig als entsetzt, beobachtete Finn die taumelnde Skulptur.

Charlotte sprang herbei und fing den Kopf auf, bevor er auf dem Boden zerschellte.

Lester lachte. »Immerhin kann einer von euch fangen. Der Radau hätte den kleinen Stinker hundertpro geweckt.«

»Bruce!« Charlotte fuhr zusammen. Sie hatte bisher nicht nach ihrem kleinen Bruder gesehen.

Als sie die Stufen zum Kinderzimmer hochjagte, betete Charlotte, dass der Zweijährige nicht aufgewacht war. Anderenfalls würde sie ihn kaum wieder zum Schlafen überreden können und müsste den Abend stattdessen mit ihm verbringen – mit Hirsekringeln und Apfelsaft.

Langsam stahl sie sich in das dämmrige Kinderzimmer. Das Mobile mit den Holzdrachen drehte sich sanft. *Loch Lomond*, Bruces Einschlafmelodie, dudelte noch immer auf Dauerschleife. Das Bett war leer.

Obwohl ihr Bruder kaum auf Ameisengröße geschrumpft sein konnte, zerwühlte Charlotte den Schlafsack. Dabei stieß sie gegen die Gitter des Bettchens. Zwei der Stäbe rutschten aus der Verankerung: Der kleine Drache war entkommen.

»Du solltest doch auf ihn aufpassen!«, schalt Finn seine Schwester, als sie in seinem Werkzeugkeller Lagebesprechung hielten. Rasch, aber ziemlich planlos hatten sie zunächst die gesamte obere Etage des Herrenhauses, immerhin elf Zimmer, durchkämmt. Ohne Erfolg.

»Er ist genauso dein Bruder«, fuhr Charlotte zurück. Sie hatte zumindest die leise Hoffnung, dass Bruce im Hinterhaus war, auf Archys Knien. Schon oft hatte der Butler nachts ausgeholfen, wenn der kleine McGuffin nicht schlafen konnte, weil ein Zahn unterwegs war. Sie musterte den metallicblauen Roboter, dem Lester gerade in aller Seelenruhe eine rote

Heringsdose als zweites Auge anlötete. »Ihr hättet auch mal nach Bruce sehen können. Aber ihr habt nur diesen blöden Roboter im Kopf.«

»Er heißt H_2O_x. Und er ist nicht blöd.« Finn drückte einen Schalter auf dem Rücken des Blechmanns. Ein leises Summen ertönte, die Stelzenbeine zuckten. »Schau, er kann schon laufen.«

Gegen ihren Willen war Charlotte beeindruckt, wie weit Finns neueste Arbeit fortgeschritten war. Sogar der Kopf mit dem Wasserhahn wirkte fertig. Die zwei zangenartigen Hände allerdings baumelten noch etwas unbeholfen umher. »Vielleicht solltest du zur Abwechslung mal einen Babysitter-Roboter erfinden!«

Finn rieb mit den Fingerkuppen über die Bügel seiner moosgrünen Brille – wie immer, wenn er nachdachte. »Keine schlechte Idee. Man könnte eine Kamera ... wie bei einem Babyfon ... dann noch eine Halterung für Ersatzschnuller ... und alle Materialien müssten ...«

»Herrje, Finn. Jetzt hilf mir, Bruce zu finden!« Charlotte schlug Lester den Lötkolben aus der Hand. »Du auch!«

Die Kinder fahndeten nochmals in ihren Zimmern nach dem Verschollenen. Charlotte verdrehte die Augen, als Lester auch den Roboter mit auf die Suche nahm. Er ließ H_2O_x wie eine Marionette durch das Haus stolzieren. Immer wieder setzte der Motor aus und die dünnen Metallbeine knickten ein.

»Bruce, *Piep*, Brucilein, wo *Tuttut* bist du, *Piediliep*?«, rief der Cousin mit Roboterstimme. »Hier ist Ha-Zwo, komm zu Ha-Zwo!«

Bruce war nicht in den Kinderzimmern, Bruce war nicht im Esszimmer, in keinem der fünf Badezimmer, nicht in der Küche, der Speisekammer und im Whisky-Keller glücklicherweise auch nicht. Schon wollte Charlotte ins Hinterhaus gehen, um in der Wohnung des Butlers nachzusehen. Da entdeckte Finn den Ausreißer. Er hockte im Arbeitszimmer der Eltern. Der rothaarige kleine Kerl schraubte gerade eifrig an einer Gebäckdose herum.

Charlotte wusste, dass ihr Vater darin seine heiß geliebten, mit Whisky gebackenen Kekse aufbewahrte. Aber das war nicht das Hauptproblem. Charles hatte die Blechdose wohlweislich in das oberste Fach des Aktenregals gestellt. Und in diesem saß Bruce nun, die Dose in den kleinen Händen. Ein Turm aus dicken Büchern, wenig sorgsam aufeinandergestapelt, hatte als Leiter gedient.

»Bruce, komm sofort da runter!«, befahl Finn.

»Baun, Turm baun«, gluckste Bruce. »Gekse, mmh!«

Lester bog sich vor Lachen. »Ja, Sir Bruce, hast 'nen feinen Turm gebaut.«

»Echt hilfreich, Jungs!« Charlotte schnaubte. »Rühr dich nicht vom Fleck, mein Großer, ich komme dich holen.«

Als sie den Fuß auf das unterste Brett setzte, wackelte das Aktenregal. Bruce gluckste noch immer fröhlich und mühte sich weiter am Deckel ab.

»So wird das nichts«, sagte Lester. »Wir brauchen eine Leiter.« Etwas unsanft ließ er den Roboter in den Schreibtischstuhl plumpsen. »Brav sitzen bleiben, H_2!« Sein Blick fiel auf die alten Fotografien an der Wand über dem Aquarium. »Sieh an, Dad hatte früher tatsächlich lange Haare.« Er nahm einen der Fotorahmen vom Nagel.

»Häng das Bild zurück, Les. Niemand darf erfahren, dass wir hier drin waren.« Charlotte klopfte auf den Schreibtisch ihrer Eltern. »Fasst mal mit an, wir nehmen den als Leiter!«

Gemeinsam wuchteten sie das Ungetüm von einem Tisch vor das

Regal. Klagend schabten die Eichenfüße über die Bodenbretter und der alte Globus auf dem Tisch erzitterte.

Mit einem Ruck öffnete Bruce seinen Schatz. »Gekse!« Ein paar Akten rutschten aus dem Regal und klatschten auf den Boden.

Vom Tisch aus konnte Charlotte Bruce endlich erreichen. »Komm, Großer. Ich hole was anderes zum Knabbern.«

Bruce breitete die Arme aus und dabei stieß er die Keksdose nach unten.

Charlotte entschied, besser ihren Bruder als die Dose aufzufangen. Das Whisky-Gebäck regnete herab, die Blechdose knallte auf die Holzdielen, drehte sich scheppernd und blieb dann liegen.

»Gekse«, sagte Bruce, wohlbehalten im Arm seiner Schwester.

»Nein, die sind nichts für dich.« Charlotte stieg mit Bruce vom Tisch. »Und wir dürfen hier nicht rein.« Sie wandte sich an Lester: »Kein Wort zu meinen Eltern!«

Lester hob die Hände. »Ich war nie hier, LottyLove.«

»Ich heiße Charlotte«, gab sie zurück. »Also dann, Finn, fegen wir die Krümel weg. Finn?«

Finn hielt den Kopf schief. Wieder schien er seine Gedanken dadurch anzukurbeln, dass er mit den Fingern rasch über seine Brillenbügel rieb. Wortlos fischte er die leere Dose vom Boden und ließ sie sofort wieder fallen. Dann hob er sie erneut auf, ging zwei Schritte Richtung Fenster und ließ die Dose ein zweites Mal auf den Boden scheppern.

Bruce klatschte in die Hände. Lester murmelte etwas von »verrückt«.

»Finn? Was machst du da?«, sprach Charlotte ihren Bruder leise an. Sie kannte seine eigenwilligen Aktionen. Finn war anders als die meisten Kinder. Eigentlich war es für einen Zehnjährigen normal, sich allein die

Schuhe zu binden. Finn jedoch war zu »klug« für solch einfache Handgriffe. Er hatte das Problem auf seine Art gelöst. Seit seinem vierten Lebensjahr kümmerte sich *PedesIV,* die von Finn eigens konstruierte Schuhanziehmaschine, um solche Nebensächlichkeiten wie Schnürsenkel.

»Hier!«, sagte Finn unverhofft, als er die Blechdose zum dritten Mal fallen gelassen hatte. Er deutete auf eine Stelle, an der vorher der Schreibtisch gestanden hatte. »Jetzt seht mich nicht so an. Das ist keiner meiner Ticks. Habt ihr es denn nicht gehört?«

»Was gehört, Lord Kabelkopf?« Lester kam näher.

Auch Charlotte wurde neugierig.

»Das hier.« Finn klopfte auf den Boden. Es klang hohl.

»Das nennt man Keller«, sagte Lester bissig.

Finn befeuchtete seine Unterlippe mit der Zunge. »Vielleicht solltest du die Drähte in deinem Kopf mal benutzen, Lester. Das Arbeitszimmer liegt im angebauten Flügel des Hauses. Unter dem Neubau existiert kein Keller.«

»Dieses Dielenbrett sieht ein bisschen heller als die anderen aus«, sagte Charlotte auf Knien.

»Na und? Erwartet ihr, im Arbeitszimmer eurer Eltern das Gold von El Dorado zu finden?« Lester gackerte.

Charlotte krallte ihre Fingernägel in die Fuge zwischen den Dielen. Mit einem Ruck klappte sie das Brett um.

Der Boden darunter war wirklich hohl.

Hohl, aber nicht leer.

Das Amulett

Das untertassengroße Amulett füllte das staubige Versteck komplett aus. Fünf trapezförmige Steine, lang und dick wie ein Daumen und jeder in einem anderen goldenen Farbton, waren über filigrane Scharniere zu einem Ring verbunden.

Charlotte zögerte. Das Ding sah nicht nur uralt aus, sondern auch wie etwas, das Kinder keinesfalls anfassen sollten.

»Wir sollten das besser nicht berühren«, sprach Finn ihre Gedanken aus und wich ein wenig zurück.

»Ach was. Zeigt mal her!« Lester drängte Finn zur Seite.

»Nein!« Charlotte kam ihrem Cousin zuvor und griff sich das Amulett. *Fühlt sich warm an.* Sie blies den Staub von den Steinen. Silbrige Linien kamen zum Vorschein. »Was sind das für Zeichen?«

»Lass sehen.« Finn nahm seiner Schwester das Amulett weg. Mit dem Daumennagel fuhr er über eines der Zeichen: ein Viereck, das von außen etwas eingedrückt wurde. Abschätzend musterte er den Dreck, der sich daraufhin unter seinem Nagel angesammelt hatte. »Dieser Anhänger liegt da wohl schon länger.«

»Jetzt ich!« Lester schnappte sich das Amulett. »Total kalt das Teil.« Er zeichnete seinerseits einen vielstrahligen Stern mit dem Finger nach. »Muss wertvoll sein, wenn es eure Eltern im Boden versteckt haben.«

»Wir sollten es zurücklegen und gut durchfegen«, bat Finn. »Charles ist pingelig. Ein Kekskrümel und er weiß, dass wir hier waren.«

»Irgendetwas an diesem Objekt stimmt nicht. Dad hätte es sonst wie all die anderen Trophäen in der Eingangshalle aufgehängt.« Charlotte streckte die Hand nach dem Amulett aus.

»Nein, ich will es mir noch ein bisschen ansehen«, sagte Lester. Er ließ das Amulett um seinen Zeigefinger kreisen.

»Vorsicht!«, riefen Charlotte und Finn zugleich.

Zu spät.

Mit einem Sirren rutschte das Amulett von Lesters Finger, prallte am Globus auf dem Tisch ab und knallte geradewegs gegen den Kopf des Roboters. Glucksend und klirrend, als würde eine Flasche umfallen, kippte H_2 aus dem Schreibtischstuhl.

Sofort stürzten sich alle drei auf das Amulett. Lester hielt Charlotte fest, die wiederum Finn wegdrängte, der sich um die Knöchel von Lesters Füßen klammerte. Keiner von ihnen bekam das Amulett zu fassen. Stattdessen flutschte es unter den Schreibtisch.

»Donut, jamjam«, sagte Bruce und schlug seine Zähnchen in den altertümlichen Stein. Prompt heulte er auf.

Dann ging alles ganz schnell: Das Erkerfenster des Arbeitszimmers sprang auf, Wind ließ die Vorhänge flattern, die Notizen auf dem Schreibtisch wirbelten durcheinander. Weitere Akten purzelten aus dem Regal. Finn versuchte, sie aufzufangen. Bruce ließ das Amulett fallen. Es schlug Funken, als es auf den Boden prallte. Charlotte schrie auf. Das Wasser im Aquarium blubberte und spritzte heraus. Lester taumelte zurück und verlor das Gleichgewicht. Der Boden sah auf einmal aus, als wäre einer der Gärtner mit erdverkrusteten Schuhen durch das Arbeitszimmer gestiefelt.

»Was passiert hier?«, schrie Charlotte. Ihr Atem bildete kalte Wölkchen vor ihrem Mund.

Das Amulett schwebte nun auf Tischhöhe in der Luft. Es drehte sich. Immer schneller. Mit jeder Drehung gewann der Wind an Kraft, die Wellen im Aquarium überschlugen sich, mehr Erde sammelte sich auf den Holzdielen und gleich einem Silvester-Feuerrad prasselten Funken aus dem rotierenden Amulett und regneten auf die Kinder herab.

Das Letzte, was Charlotte sah, war ein grelles Licht, das vom Amulett ausging. Es schmerzte, sodass sie die Augen zukniff. Wie aus weiter Ferne hörte sie Finn, Lester und Bruce schreien. Es roch nach Feuer, nach Wald und irgendwie auch nach Schnee. Dann schwanden Charlotte alle Sinne.

Als sie die Augen wieder öffnete, war die Welt noch da. Erleichtert stellte Charlotte fest, dass auch ihre Brüder und Lester neben ihr auf dem Boden lagen – auf dem von Erde und Wasser verschlammten Boden.

Stöhnend stand sie auf und massierte ihre Augenlider. Hinter ihrer Stirn pochte es, als drängte sich eine Gruppe Riesen durch ihre Augenhöhlen nach draußen. »Bruce? Alles okay, Großer?«

Der Jüngste der McGuffins stakste auf sie zu, wackelnd wie immer, aber er schien unverletzt.

Mit ihm auf dem Arm erhob sich Charlotte. Dabei geriet ihre Nase in Bruces spärlichen Rotschopf. Die Haare rochen angebrannt, waren jedoch unversehrt – was man vom Arbeitszimmer nicht behaupten konnte. Charlotte wurde schwindelig. Sie musste sich wieder setzen.

Das Zimmer war verwüstet. Kein Blatt Papier lag mehr auf seinem angestammten Platz, alle Akten waren aus dem Regal gestürzt, einige

Mappen wiesen Brandspuren auf. Die Landkarten an den Wänden wellten sich vor Feuchtigkeit, sogar von der Zimmerdecke tropfte es.

»Heute kommen wir spät ins Bett«, meldete sich Finn mit einem Ächzen zurück und spuckte aus. Dann zeigte er auf das geschlossene Erkerfenster. »Echt jetzt? So lange waren wir bewusstlos?«

Charlotte blinzelte. »Eisblumen?!« Sie sprang zum Fenster und wischte mit der Hand über das kalte Glas. Sofort schmolzen die Kristalle auf der Haut. *Das Eis ist echt.* Sie riss das Fenster auf und ließ den warmmoosigen Geruch der Nacht hinein. »Draußen ist jedenfalls immer noch Herbst.«

»Phänomenal.« Finn bekam diesen besonderen, diesen leicht schrägen Blick, als er aus dem Fenster sah.

Charlotte kniete schon neben ihrem Cousin. »Ich glaube, er ist verletzt.«

Lester kam soeben jammernd zu sich. Nicht nur seine linke Hand, der ganze Arm war blau angelaufen. »Was ist los? Mann, ich habe gleich gesagt, dass wir die Pfoten davon lassen sollten. Wieso hört eigentlich niemand auf mich?«

Ganz der Alte, dachte Charlotte und half Lester auf die Beine. Seine Haut fühlte sich kalt an, als habe er zu lang im schottischen Regen gestanden.

»Oh!«, machte Finn da.

Fast zeitgleich drehten sich Lester und Charlotte um.

Im halbleeren Aquarium, kopfüber im Wasser, die dürren Beine in der Luft, hing H_2 und quietschte leise.

Rasch befreiten Finn und Charlotte den Wasserspender-Roboter aus seiner misslichen Lage.

»Klingt gruselig«, murmelte Lester in Finns Richtung, als dieser ein Ohr auf den metallenen Brustkorb presste.

»Die Quelle der Geräusche ist *in* ihm«, diagnostizierte Finn. Er versuchte, den großen Roboterkopf zu drehen. »Und es ist Wasser reingelaufen. Dieses Zahnrad und das da, sie sind beide blockiert. H_2 braucht dringend etwas Öl.«

»Wir müssen erst mal aufräumen«, schlug Charlotte vor. »Ein quietschender Blechmann ist das Letzte, was uns Sorgen machen sollte.«

Lester hob abwehrend die Hände. »Ohne mich!« Er zog ein unverschämt großes Smartphone aus der Hosentasche. »Dad soll mich abholen, mit diesem Zirkus will ich nichts zu tun haben. Außerdem spare ich mir dann euren blöden Wochenend-Unterricht.« Seine Finger zitterten, als er in das Handy tippte.

Charlotte furchte die Stirn. »Kein Wort zu deinem Vater!«

Als Onkel Kaleb und Lester längst wieder zu Hause waren, beseitigten Finn und Charlotte noch immer die Spuren im Arbeitszimmer. Bruces Aufgabe bestand indes darin, ein großes Glas Apfel-Zimt-Joghurt auszuschlecken und dabei den Boden möglichst nicht noch mehr vollzukleckern.

Während der Putzaktion sprachen die Geschwister nur das Nötigste. Charlotte schwor auch ihren Bruder darauf ein, mit keiner Silbe zu verraten, nicht einmal anzudeuten, was in dieser Nacht passiert war. Sie wusste, dass Finns naive, fast zwanghafte Aufrichtigkeit ein Problem darstellte.

Was war passiert? Immer wieder verschwammen die Möbelstücke vor Charlottes Augen. Ihr Bruder knetete seine Finger, als hätte er Schmerzen in den Händen. Charlotte wagte nicht anzusprechen, was sie soeben erlebt hatten. Schon gar nicht vor Finn, der nur an die Gesetze der Naturwissenschaften glaubte. Sie schielte zu dem Amulett. Das lag völlig bewegungslos auf dem Schreibtisch, außerhalb der Reichweite des kleinsten McGuffins, und wirkte wie ein gewöhnliches Schmuckstück.

Erst als der Boden gewischt, die Akten einsortiert, die Brandflecken mit Finns alten Wachsmalstiften überschminkt und die Karten an der Wand trocken geföhnt waren, taumelten sie müde in Richtung Bett.

Charlotte zog bereits die Tür zum Arbeitszimmer zu, als sie ein klagender Laut innehalten ließ.

Sie hatten H_2 vergessen.

Der Roboter lehnte noch immer am Bein des Schreibtisches und sah sie missbilligend aus seinen Heringsdosen-Augen an. Der Wasserhahn an seinem Kopf tropfte.

»Ich repariere ihn morgen«, nuschelte Finn und schlurfte zurück ins Zimmer, um das neue Familienmitglied zu holen.

»Wie du meinst«, erwiderte Charlotte gähnend. Hinter ihren Augäpfeln pochte es noch immer und der Kopf schwirrte ihr vor Fragen. Allerdings war sie zu erschöpft, um einen klaren Gedanken zu fassen. Nur am Rande nahm sie wahr, dass Finn auch das Amulett einsteckte, das im Schoß des Roboters ruhte.

Schatten der Vergangenheit

Der Duft von Pfannkuchen kitzelte Charlotte am Samstagmorgen wach. Mühsam wühlte sie sich aus dem Bett und streckte die steifen Glieder. Sie hatte so fest geschlafen, als hätte sie die Nacht in einer Höhle verbracht – abgeschottet von jedweden Geräuschen und dem winzigsten Funken Licht. Die Erinnerungen an den gestrigen Abend wirkten wie ein verblasster Traum. Doch kaum berührten ihre Füße das flauschige Fell vor ihrem Bett, durchschoss ein stechender Schmerz ihre Augen. Die Konturen des Amuletts flackerten durch ihren Kopf. Schwankend tappte sie zum Spiegel.

Was sie aus geröteten Augen ansah, die kastanienbraunen Haare zerzauster als nach einem ihrer »Waldspaziergänge«, war wirklich kaum noch vorzeigbar. Charlotte scherte sich wenig um Eyeliner und Abdeckpuder. Auch die Narbe über der Augenbraue kaschierte sie nicht. Doch heute glotzte ihr aus dem Spiegel eine Untote entgegen, die dringend etwas Farbe brauchte. Charlotte spritzte sich fünf Hände eiskaltes Wasser ins Gesicht und band sich eines ihrer zahlreichen Tücher um den Kopf. Das goldgelbe mit dem roten Stern.

Aus der Küche drangen das Brutzeln des Fetts, die brummige Stimme ihres Vaters und das freudige »Eia« von Bruce. Bevor Charlotte sich aber auf den Weg zum Frühstück machte, klopfte sie an die Tür ihres Bruders.

Finn antwortete auch nach wiederholtem Klopfen nicht.

Sie drückte ihr Ohr an die Tür. Ein leises Rumpeln war zu hören. »Finn?« Charlotte lugte durch den Türspalt.

Ihr Bruder saß auf seinem Bett, fertig angezogen, und starrte an die Wand. Er sah ebenfalls ziemlich durchgeknetet aus.

»Gut geschlafen?« Charlotte trat ins Zimmer.

»Da drinnen«, stammelte Finn zur Antwort und deutete mit zittrigen Fingern auf den Wandschrank neben der Tür.

Erst jetzt fiel Charlotte auf, dass ihr Bruder noch dieselben, leicht erdverschmierten Klamotten wie gestern trug. Auch sein Bett sah aus, als hätte er es nicht benutzt.

»Was ist da drin?«, wollte sie wissen, obgleich sie eine leise Ahnung beschlich.

»Er!«

»Er? Du meinst ...?«

Finn nickte, seine Augen waren glasig. »Ich habe H_2 gestern in den Schrank gesteckt. Die ganze Nacht hat er seltsame Geräusche von sich gegeben. Kein Auge habe ich zugemacht. Aber jedes Mal, wenn ich nachgesehen habe, saß er völlig still in der Schrankecke.«

Charlotte runzelte die Stirn. Eigentlich war ihr Bruder kein Angsthase. Nur was mehr als vier Beine besaß und dazu schwirrte oder krabbelte, ließ ihn panisch werden. Ein echtes Problem bei Imker-Eltern.

Sie drückte die Schiebetür des Schrankes auf. Der Roboter lehnte reglos in der hintersten Ecke, halb verborgen von Finns einfarbigen Hemden.

»Wir alle haben letzte Nacht mehr gesehen, als gut für uns war.« Charlotte stutzte. Das klang mehr nach Finn als nach ihr. »Mum und Dad warten sicher schon mit dem Frühstück.«

Während Finn die ausladende Treppe, die die drei Stockwerke des Herrenhauses miteinander verband, hinunterschlurfte, wählte Charlotte den aufregenderen Weg. Gehockt, nur auf den Füßen, surfte sie den polierten Handlauf herunter. Doch wie so häufig misslang ihr der Absprung und sie musste sich mit einer Hand auf dem Boden abstützen.

»Auferstanden von den Toten«, begrüßte Charles seine beiden großen Kinder. Als sein Blick auf die Kopfbedeckung seiner Tochter fiel, stöhnte er auf. »Hey-Ho, Captain Jack.«

»Du solltest mehr Filme schauen, Charles«, schaltete sich Amanda ein und zwinkerte Charlotte zu. »Lass Wonder Woman doch anziehen, was ihr gefällt.«

»Wie du meinst, Honey«, erwiderte Charles und schluckte weitere Bemerkungen herunter. Stattdessen ergriff er die Gelegenheit und wuschelte Finn zur Begrüßung durch die lockigen schwarzen Haare, bevor dieser abtauchen konnte.

Charlotte zog das Tuch tiefer in die Stirn. Sie war froh, dass Mum auf ihrer Seite war. Einige der Kopftücher stammten sogar aus ihrem Besitz. Amanda besaß dasselbe widerspenstige Haar wie ihre Tochter, doch sie zwang die brünette Pracht mittlerweile in einen festen Dutt am Hinterkopf. Vogelnest nannte Charles diese Frisur oftmals.

Charlotte setzte sich an den Frühstückstisch. Durch das halb geöffnete Fenster trieb der Wind das Blöken von Schafen herein, im Radio versprach man gutes Wetter und die Tischdecke war wie immer makellos. Bruce saß ihr mit rotwangigem Gesicht gegenüber und pantschte wie jeden Morgen freudig in einem Berg von Apfelmus herum, seiner Lieblingsspeise. Aus der angrenzenden Küche nickte Archy Charlotte zu. Fragend deutete er auf die Pfanne mit dem Pfannkuchen.

Seit einem Unfall vor vielen Jahren sprach Archibald Black nicht mehr. Was genau damals geschehen war, darüber hatten Amanda und Charles nie ein Wort verloren. Noch so ein Geheimnis, dachte Charlotte.

Sie erwiderte Archys fragenden Blick, kniff die Augen zusammen und sah genau hin.

Archy hielt die Luft an und schwenkte die Pfanne mit wohldosierter Bewegung so aus dem Handgelenk, dass der goldgelbe Inhalt hoch in die Luft flog. Als der Pfannkuchen seinen Scheitelpunkt erreichte, drehte sich der Butler einmal um die Achse. Geradewegs im richtigen Moment. Ohne auch nur ein Stückchen zu verkleckern, landete die Eierspeise vollends wieder in der Pfanne.

Da Amanda und Charles tief in Zeitung und Tablet versunken waren, rutschte Charlotte unbemerkt vom Stuhl, schlüpfte in die Küche und nahm Archy die Pfanne aus der Hand. Sie schloss kurz die Augen. Mehrmals sah sie den Bewegungsablauf vor ihrem inneren Auge. Sie musste ihn nur noch nachmachen.

Der Pfannkuchen vollführte einen perfekten Salto, während sich Charlotte einmal drehte und das Frühstück sicher wieder in der Pfanne landete. Archy klatschte freudig in die Hände und küsste Charlotte auf den Kopf. Die blinzelte mehrmals. Noch nie war ihr das ohne zu kleckern gelungen.

»Schön, dass es gestern Abend mit euch so gut funktioniert hat«, sagte Amanda, als Charlotte den Pfannkuchen servierte. »Wollte Lester nicht vorbeikommen?«

»Er war da, aber …«, begann Finn. Der Ellenbogen seiner Schwester erinnerte ihn an die gestrige Absprache.

»Er hatte keine Lust auf Mr Grimsby«, sagte Charlotte mit ernster

Miene. »Außerdem hat er sich die Hand eingeklemmt. Beim Basteln mit Finns Krempel. Onkel Kaleb hat die Memme dann wieder abgeholt. Finn sollte sich wirklich ein weniger gefährliches Hobby suchen. Eisklettern oder so.«

Nun war es an Finn, Charlotte unter dem Tisch zu treten.

»Ihr seid wie Feuer und Wasser«, sagte Amanda mit einem Seufzer, ohne von ihrem Tablet aufzusehen. »Geschwister sollten zusammenhalten.«

»So ist es: Steht zusammen!«, brummte Charles seinen Standard-Spruch hinter der Zeitung.

Charlotte verdrehte die Augen. Ihre Eltern hatten gut reden. Was war denn, bitte schön, zwischen ihnen und Onkel Kaleb los? Wer so tönte, sollte lieber mit gutem Beispiel vorangehen.

»Kann ich jetzt auch mal die Butter haben?«, bat Finn, aber Charlotte hing ihren Gedanken nach und Amanda hatte damit zu tun, Bruce von einer weiteren Portion Apfelmus fernzuhalten. Charles war immer noch in die Zeitung vertieft.

Wusch!

Die Butterschale aus Olivenbaumholz rutschte über den Tisch, stieß den Korb mit den Toasts zur Seite, schlitterte an der Lachsplatte vorbei und schob sogar die Teekanne aus dem Weg. Finns Hand zitterte, als das Schälchen vor seinem Teller zum Stehen kam.

Charlotte sah ihren Bruder mit aufgerissenen Augen an. »Wie hast du das gemacht?«, wisperte sie ungläubig.

Finn zuckte ratlos mit den Schultern.

Charlotte nahm eine Scheibe Toastbrot, legte sie auf den Tisch und nickte Finn herausfordernd zu.

Nochmals streckte er die Hand aus. Der Toast zitterte, Krümel lösten sich. Doch die Scheibe blieb liegen.

Charles faltete die Zeitung zusammen und verstaute seine Lesebrille. »Ich will kurz nach den Beuten schauen. Die Bienenstöcke sollen heute Abend vorzeigbar sein«, bemerkte er, stand auf und verließ das Esszimmer.

Charlotte lud sich noch einen Pfannkuchen auf den Teller. Wenn ihr Vater von *kurz* sprach und dies in Verbindung mit seinen Bienen geschah, dann sah man ihn für gewöhnlich den Rest des Tages nicht mehr.

»Da erscheint ja jemand spät zum Frühstück!«, rief Charles auf einmal aus der Eingangshalle und lachte.

Charlotte horchte auf. *Wer konnte das sein?*

Als Charles wieder hereinkam, entwich Finn ein heiseres Keuchen. Mit beiden Händen trug ihr Vater H_2 ins Esszimmer.

»Er saß auf der Treppe«, sagte er mit einem Schmunzeln. »Sieht beeindruckend aus, Finnegan. Was kann er?«

Die Kinder tauschten fragende Blicke. Wie war der Roboter alleine die Treppe hinuntergelangt, geschweige denn dem Schrank entkommen? Charlotte bemerkte, dass der Blechkopf bis zum Rand mit Wasser gefüllt war und der Hahn nicht mehr tropfte.

»Er ist ein Diener«, begann ihr Bruder leicht benommen. »Ich habe in seinen Kopf ein Plastikfass eingebaut, eine Gallone Wasser passt da rein, also 4,5461 Liter. Und wenn man diesen Hahn hier …« Mit einem heiseren Aufschrei zog Finn die Hand zurück.

Charlotte hatte es auch gesehen: H_2 hatte seine zangenförmige Metallhand eigenmächtig auf den Wasserhahn gelegt.

»Oh! Eine mechatronische Steuerung. Nicht schlecht, Sohnemann.«

Charles setzte den Roboter auf seinen Stuhl. »Darf ich mal hineinsehen?«

»Charles, nicht hier, nicht jetzt«, bat Amanda. »Wolltest du nicht zu unseren Bienen?«

»Honey, du sagst immer, ich soll mehr Zeit mit den Kindern …«

»Was ist *das* eigentlich?«, unterbrach Finn lauthals und knallte das Amulett mitten auf den Frühstückstisch.

Stille breitete sich aus. Charles und Amanda starrten das Amulett bewegungslos an. Wie ein Eindringling lag es zwischen Toastbrot und Lachsscheiben, Pfannkuchen und Apfelmus.

»Wir wollen nichts mehr damit zu tun haben«, brach Charles nach einer gefühlten Ewigkeit das Schweigen.

Charlotte runzelte die Stirn. Eigentlich hatte sie etwas der Kategorie *Was hattet ihr in unserem Arbeitszimmer zu schaffen?* erwartet. Doch in den Mienen ihrer Eltern stand mehr Traurigkeit als Verärgerung.

»Es hat uns nur Pech beschert«, fügte Amanda leise hinzu. »Wir wollten es vergessen.«

»Wieso habt ihr es dann nicht weggeworfen?«, wollte Finn wissen und rieb über seine moosgrünen Brillenbügel.

»Wenn das so einfach wäre.« Charles tauschte vielsagende Blicke mit seiner Frau. »Das Amulett ist der Grund, warum wir unsere Firma aufgaben, warum wir McGuffin-Treasures nach nur drei Jahren an den Nagel hängten.« Er ballte die Hände zu Fäusten, seine Schläfen zuckten.

»Weshalb?«, flüsterte Charlotte gespannt.

»Wir sollten die Vergangenheit ruhen lassen.« Charles beugte sich über den Tisch und schnappte sich das Amulett. »Das Arbeitszimmer ist tabu!«

»Auf dem Amulett liegt ein Fluch«, begann Amanda leise, nachdem ihr Mann das Esszimmer verlassen hatte.

Die Kinder rückten näher. H_2 und der immer noch mampfende Bruce waren vergessen.

»MarySue, eure Oma, fand die Amulett-Steine einst an einem Ort, der eine große Bedeutung für sie hatte. Erst auf ihrem Sterbebett verriet sie Kaleb und mir, woher das sprichwörtliche Glück der McGuffins rührte. Dann überließ sie mir das Amulett.« Amanda blickte aus dem Fenster. »So begann der Streit zwischen mir und meinem Bruder.«

»Wegen eines Schmuckstücks?«, fragte Charlotte.

»Wie kam es dazu, dass ihr euer Abenteurerleben gegen Bienenzucht eingetauscht habt?«, wollte Finn wissen.

Amanda lächelte. »Imkerei kann durchaus spannend sein.« Sie senkte die Stimme. »Sicherlich ist sie weniger aufregend als eine Bootsfahrt auf dem Amazonas. Aber nicht alles im Leben von Erwachsenen ist ein Spiel.« Noch etwas leiser fügte sie hinzu: »Und irgendwann kommt der Moment im Leben, da ist der Spaß vorbei.«

Der letzte Satz hallte in Charlottes Gedanken nach. Nein, sie würde immer Spaß haben.

»Das Amulett, Amanda«, bohrte Finn nach, »woher stammt es? Wer hat es gemacht? Was sind das für Zeichen?«

Amanda sah ihren Sohn aus müden Augen an. »Das sind Rätsel, die einen locken, Finnegan, ich kann dich nur zu gut verstehen. Doch es gibt Geheimnisse, die sollten nicht gelüftet werden. Manchmal ist es besser, die Vergangenheit ruhen zu lassen und manche Türen nicht zu öffnen. Vergesst das Amulett, Kinder!« Ihr Blick schweifte in die Ferne. »Es gibt da draußen noch andere Abenteuer.«

Die Akte M

»Geheimnisse, die man nicht lüften sollte?« Finn leckte sich versonnen über die Lippen.

»Und Türen, die verschlossen bleiben sollten?«, ergänzte Charlotte mit einem Grinsen. »Ein klares Nein war das nicht, oder?« Sie zog den Knoten ihres Wonder-Woman-Tuchs fester. »Hast du Dad schon mal derart aufgebracht erlebt?«

Finn schüttelte den Kopf. »Was ist damals vorgefallen? Die Firma, der Stress mit Kaleb, das Amulett – das alles scheint irgendwie zusammenzuhängen.«

»Wir dürfen uns einfach nicht erwischen lassen«, antwortete Charlotte.

Eine Stunde war seit dem Frühstück vergangen, als sie und Finn sich erneut dem Arbeitszimmer näherten.

»Und kein weiteres Wort zu Mum und Dad«, fügte Charlotte an. »Aus denen bekommen wir nichts heraus. Wir müssen alleine in der Vergangenheit graben. Bestimmt stoßen wir auf weitere Geheimnisse.«

Finn nickte bedächtig und deutete mit dem Kopf hinter sich. »Und was machen wir mit *ihm*?«

Langsam drehte sich Charlotte zu dem Roboter um. Dass er inzwischen selbstständig laufen konnte, machte ihr Gänsehaut. »Falls H_2 nicht auch noch zu sprechen anfängt, wird er es uns kaum verraten.« Sie zwinkerte Finn zu.

H_2 hatte sie seit dem Frühstück nicht mehr aus den Augen gelassen. Auf seinen wackeligen Metallstelzen war er ihnen aus eigener Kraft die Treppe hoch zu ihren Zimmern gefolgt und hatte Finn selbst beim Zähneputzen wie ein Stalker belauert. Dass er sich auf unheimliche Weise verändert hatte, seitdem das Amulett durch das Arbeitszimmer gewirbelt war, schien außer Frage. Ein weiterer Grund, warum Charlotte und Finn unbedingt mehr über den seltsamen Talisman ihrer Familie herausfinden wollten. Noch blieb ihnen knapp eine Stunde, bis Mr Grimsbys Unterricht drohte. Genügend Zeit, um das Arbeitszimmer ihrer Eltern erneut auf den Kopf zu stellen. Hatte ihr Vater das Amulett in das Versteck zurückgelegt?

Anders als vermutet, war das Arbeitszimmer unverschlossen. Die Freude darüber verpuffte jedoch rasch. Charles hatte in einem Anfall von Heimwerkerwahn direkt nach dem Frühstück die Bodendiele mit einem Riegel versehen und den Riegel mit einem Vorhängeschloss gesichert.

Charlotte und Finn stöhnten. Das Amulett war außer Reichweite. Schließlich konnten sie nicht einfach den Bügel durchtrennen. Und den Schlüssel zum Schloss würden sie vermutlich noch am Ende des Jahres suchen.

Enttäuscht wollten sie sich zurückziehen, als Finns aufmerksamer Blick etwas bemerkte.

»Das stimmt nicht.«

»Was stimmt nicht?«

»Eine fehlt.«

»Was fehlt?«

»Eine Akte.«

»Was? Wie kommst du darauf?«

»Wir haben gestern Nacht dreizehn ins untere Regalbrett gestellt«, sagte Finn, als erkläre er eine Banalität. »Darüber acht, wieder darüber fünf Akten, ganz oben, zu der Keksdose, nur drei – die waren auch ziemlich dick – und wie gesagt, ganz unten dreizehn. Da stehen jetzt aber nur zwölf Mappen.«

Charlotte folgte dem Blick ihres Bruders. »Du hast sie gezählt?« Eigentlich verwunderte sie das nicht. Finn war ein Meister im Abzählen. Wo normale Menschen dies mit den Fingern taten, genügte Finn ein kurzer Blick, um die genaue Anzahl von Kaminholzscheiten, Erbsen auf dem Teller oder sogar Bienen auf einem Wabenrahmen zu beziffern.

»Nicht nur gezählt. 13-8-5-3. Diese Zahlenreihe entspricht einer Fibonacci-Folge. Ich dachte mir, das bringt mehr Ordnung ins Regal und so könnte man …«

»Schon gut«, fiel Charlotte ihrem Bruder ins Wort. »Meinst du, Dad hat diese Akte herausgeholt oder gar vernichtet? Weil sie etwas mit dem Amulett zu tun hat?«

»Möglich. Schließlich haben sie alles über ihre Reisen dokumentiert.« Finn zog eine der prallen Mappen aus der zweiten Regalreihe. »Akte T: Aufzeichnungen zu ihrer Reise nach Tibet. Eine Karte vom Himalaya, Fotos von einem Wasserflugzeug – der Pilot sieht aus wie Archy – und eine Gebetskette. Oder diese da«, er zog eine weitere Akte hervor, »Akte G, wie … Gizeh. Ob wir darin noch mehr Details über ihr Abenteuer in der Großen Pyramide erfahren?«

»Finn!« Charlotte schnipste vor den Augen ihres Bruders. »Der Papiereimer unterm Schreibtisch ist leer. Dad hat die Akte nicht weggeworfen«, sie stapfte mit dem Fuß auf, »er hat sie ebenfalls unter die Diele gesperrt.«

»Dann hole ich den Bolzenschneider.«

Charlotte hielt ihn zurück »Wir brauchen etwas anderes aus deinem Werkzeugkeller. Ich habe da mal einen tollen Fantasyroman über eine Diebesgilde gelesen.«

Entweder hatte es das Buch nicht anschaulich genug beschrieben oder Finns improvisierte Dietriche waren für diese Tat schlichtweg ungeeignet – auch nach zwanzig Minuten gelang es Charlotte nicht, das Schloss zu knacken. Doch so leicht wollte die junge Diebin nicht aufgeben.

Bei YouTube fand sich ein Video, das den richtigen Umgang mit Diebeswerkzeug erläuterte. Obwohl ihrem Bruder vor Nervosität die Brillengläser beschlugen, sah sich Charlotte das kurze Video gleich dreimal an und prägte sich die gezeigten Handgriffe ein. Als sie sich danach erneut über das Vorhängeschloss beugte, arbeiteten ihre Finger wie ferngesteuert. Nach wenigen Sekunden klickte das Schloss auf.

Eine Welle von Euphorie durchflutete Charlotte. Zugleich aber meldete sich der Kopfschmerz hinter ihren Augen zurück. *Muss am Wetter liegen*, beruhigte sie sich, obgleich sie spürte, dass das nicht stimmte.

In dem Dielenversteck, über dem Amulett, wölbte sich die gesuchte Akte. Hastig breitete Charlotte die Dokumente auf dem Boden aus. Neben einem ledernen Notizbuch waren es vor allem Zeichnungen des Amuletts. Und ein kleines Magnettape.

»Eine Videokassette? Die muss zu einer sehr alten Kamera gehören«, überlegte Finn. »Heutzutage nutzt man nur noch Micro-Speicherkarten.«

»Du kennst doch Dad. Wenn er sich überhaupt auf technischen Kram einlässt, dann kauft er ihn auch nur einmal. Hast du ihn je mit einer Videokamera gesehen?«

»Er hat mal das Flugverhalten am Bienenstock gefilmt«, erinnerte sich Finn. »Ist jedoch Jahre her.« Er steckte das Videoband in seine Hosentasche.

»Und die hier?« Charlotte strich über die Bleistiftzeichnungen. Die größte Skizze hob die Symbole auf den Amulett-Steinen besonders deutlich hervor.

»*Runen*«, entzifferte Finn, was seine Mutter hastig unter die Skizze geschrieben hatte. »Sehen wir im Notizbuch nach. Vielleicht steht dort mehr über das Amulett.«

Das Notizbuch entpuppte sich als ein Tagebuch Amandas. Es ging bereits aus dem Leim und bestand nur noch aus einer Handvoll Seiten. Die meisten schienen hastig herausgerissen worden zu sein.

Charlotte knibbelte an den stehen gebliebenen Fetzen und überflog die ersten Einträge. In denen ging es hauptsächlich darum, dass das Amulett aus fünf Steinen bestand und diese sich trotz der eisernen Eckscharniere beliebig zueinander anordnen ließen. Zudem schien jeder Stein noch eine farblich andere Vor- und Rückseite zu besitzen. Erst jetzt fiel Charlotte auf, dass die Zeichnungen ihrer Mutter eben diese Kombinationen der unterschiedlichen Steine festhielten.

»*20. November 2005 – Theorien zu den Zeichen der fünf Steine*«, las Charlotte vor. »*Vermutung 1: Es handelt sich um keltische Runen. Vermutung 2: Es könnten auch fernöstliche Zeichen sein, da unterschiedliche Strichstärken verwendet wurden. Vielleicht buddhistische Einflüsse? Tibet? Erstes Fazit: Der Erschaffer des Amuletts ist weit gereist, hat in den Zeichen*

Kulturen miteinander verbunden, die mehrere Jahrhunderte trennen.« Charlotte sah auf. »Kelten? Tibet? Wie passt denn das zusammen?«

»Lies weiter«, drängte Finn.

»Vermutung 3: Die Zeichen folgen der Fünf-Elemente-Lehre: Dreieck = Feuer / drei geschwungene Linien = Wasser / eingedrücktes Viereck = Erde / Spirale = Luft / der vielzackige Stern = ???

Nachtrag: Habe soeben in der Familienbibliothek die Aufzeichnungen eines spätmittelalterlichen Alchemisten (1426) gefunden. Der selbst erklärte Magier deutet den Stern als Symbol der Zerstörung, gar des Todes. Mich erinnert er eher an einen Eiskristall.«

»Die fünf Elemente«, schloss Finn. »Das erklärt das Chaos im Arbeitszimmer. Irgendwie haben wir elementare Kräfte aus dem Amulett freigesetzt.«

»Magie? Seit wann glaubst du an so was?«, wunderte sich Charlotte. »Finnegan McGuffin ist doch Wissenschaftler.«

»Ich glaube an alles, was ich anfassen kann«, erwiderte Finn leicht säuerlich. »Das Wasser, die Brandflecken – als ich nach diesem Amulettblitz aufgewacht bin, hatte ich sogar Erde im Mund.«

Insgeheim stimmte Charlotte Finn zu. Hier waren mächtige Kräfte am Werk, die über ihre Vorstellung gingen. Angst wallte in ihr auf. »Was hat das Amulett mit uns gemacht?«

Finn zeigte auf H_2. »Ihm scheint die Magie des Wassers jedenfalls so etwas wie Leben eingeflößt zu haben.«

Wie zur Antwort nickte der Roboter leicht mit dem Kopf.

Charlotte japste auf. »Creepy. Nächste Nacht sperrst du ihn bitte so ein, dass er nicht wieder ausbüxt.«

»Was schreibt Amanda noch?«, wollte Finn wissen.

Still überflog Charlotte die nachfolgenden Einträge. »Da, zwei Jahre später: Mum und Dad kamen gerade aus dem Kongo zurück, über Schottland herrschte schlechtes Flugwetter. Mum schreibt, dass sie weitere Symbol-Kombinationen am Amulett ausknobelte. Und jetzt kommt's: *Auf einmal zuckten Blitze durch den Kreis der Amulettsteine. Es roch nach verbranntem Metall. Da tauchte ein Bild auf: schneebedeckte Berge, ein vereister Innenhof, menschenleer, umgeben von Säulengängen. Alles sah so echt aus, als würde ich durch ein Fenster sehen. Plötzlich schmolzen Eis und Schnee, Lava überflutete den Innenhof. Habe das Amulett vor Schreck losgelassen. Es rollte zu Charles ins Cockpit. Leider tauchte die Szenerie danach nicht wieder auf. Ob Mutter das damals auch gesehen hat? Sie hat mir nie von diesem Blick (auf was eigentlich?) erzählt. Versuchte noch auf dem Flug, die richtige Reihenfolge der Amulettsteine wiederzufinden. War jedoch nicht ganz bei der Sache.*«

Charlotte sah von dem Tagebucheintrag auf. »Ich will diesen Ort auch sehen! Wie aber finden wir die richtige Stein-Anordnung? Das sind sicher Tausende Kombinationen.«

»768«, sagte Finn trocken. »Fünf Steine, jeder mit jedem kombiniert, und noch die Möglichkeiten der unterschiedlichen Vor- und Rückseiten. Immerhin fallen durch die Kreisanordnung der Symbole viele doppelte Konstellationen raus.« Er klopfte mit den Fingern auf seinen Brillenbügel. »Ob Amanda alle Konstellationen durchgespielt hat? Ich könnte eine Maschine bauen, die das für uns übernimmt.«

»Schneebedeckte Berge, ein vereister Innenhof, umgeben von Säulen«, wiederholte Charlotte. Ein wohliges Kribbeln breitete sich von den Ohren über ihren Nacken aus.

»Und Lava. Lies weiter, es sind nur noch ein paar Seiten.«

Das Läuten der Türglocke schreckte sie auf, kaum hatte Charlotte umgeblättert. »Oh nein. Grimsby!«

»Schnell, fotografiere so viel, wie du kannst!«, wies Finn sie an. »Wir können die Akte nicht mitnehmen. Charles wird es bemerken.«

Charlotte zückte ihr Handy und begann mit den Amulettzeichnungen.

»Nein, nur die Tagebucheinträge, die wir noch nicht kennen. Wir haben keine Zeit mehr.«

Erneut läutete es, dieses Mal energischer.

»Komme!«, hörten die Kinder ihren Vater rufen. Schritte eilten die Eingangshalle entlang.

Finn schloss hastig, aber leise die Arbeitszimmertür. »Wir sind geliefert. Wenn wir jetzt rausgehen, laufen wir Charles direkt in die Arme.«

Von draußen kam ein erboster Schrei, gefolgt von einem mechanischen Surren. »Dieses verfluchte Ding!«

Finn hob entschuldigend die Schultern. »Charles ist wieder in *PedesIV* getreten. Hast du alles?«

»Check«, erwiderte Charlotte und schob ihr Handy in die Hosentasche. »Ich habe das meiste fotografiert. Wir warten, bis Dad weg ist und Grimsby in der Bibliothek.«

Kaum hatten sie Amulett und Akte zurück in der Diele versenkt und Riegel und Schloss zusammengedrückt, rief Charles nach ihnen. Nun ergriff auch Charlotte Panik. Die Schritte ihres Vaters kamen geradewegs auf das Arbeitszimmer zu.

»Da raus!«, sagte sie nur und schubste ihren Bruder zu dem Erkerfenster.

»Finnegan? Charlotte? Euer Lehrer ist da.« Die Schritte verstummten wenige Meter vor dem Arbeitszimmer. »Verzeihung, Mr Grimsby, ich dulde selbstverständlich keine Unpünktlichkeit.«

Charlotte bugsierte ihren Bruder aus dem Fenster.

Charles tat drei weitere Schritte auf die Tür zu.

Verdammt, der Roboter!

Kurz bevor sich die Klinke zum Arbeitszimmer senkte, schwang sich Charlotte mit dem blöde glotzenden H_2 aus dem Fenster, mitten hinein in die dornigen Triebe der Weißdornhecke.

Kein schwedisches Winterfest

Mr Grimsby war über die zerkratzte Erscheinung seiner verspäteten Schüler wenig erbaut. Dankbar nutzte er jedoch den Anlass, den Unterricht mit einer Vorlesung über die Botanik der *Crataegus*-Gattung zu beginnen.

Charlotte war verzweifelt. Nicht weil die zahlreichen Dornen in ihrer Haut sie noch lange an ihre Flucht erinnern würden, sondern weil es im Moment Wichtigeres gab als Pflanzenkunde. Wenigstens hatte die Weißdornhecke, der Schutzwall gegen Hexen und böse Geister, sie vor der Entdeckung durch ihren Vater bewahrt. Während Mr Grimsby mit leuchtenden Augen über die herzanregende Wirkung der Pflanze dozierte, hatte Charlotte nur eines im Kopf. Sie sah sich, ihre beiden Brüder und Lester im Kreis um das Amulett stehen, die Gesichter ernst auf das mysteriöse Artefakt gerichtet. Irgendwie hatte sie das Gefühl, dass es kein Zufall war, dass sie das Amulett ausgegraben hatten. *Oder hat das Amulett uns entdeckt?*

Charlotte rutschte auf ihrem Stuhl hin und her. Am liebsten wäre sie zurück in ihr Zimmer geflohen. Was hatte Mum noch über die magischen Steine herausgefunden?

Erst am Nachmittag sollten sie wieder die Gelegenheit bekommen, sich den übrigen Tagebuchseiten zu widmen. Und dies auch nur, weil

Charlotte ihre durchaus realen Kopfschmerzen derart dramatisierte, dass der Hauslehrer sie endlich auf ihr Zimmer entließ.

Selbst Finn spielte mit und klagte ausgiebig über ein verstauchtes Handgelenk, was angesichts der unzähligen Schrammen und blauen Flecke nach ihrem Fenstersturz nicht von der Hand zu weisen war.

Jetzt saßen sie auf dem Boden in Charlottes Zimmer und switchten durch die Handyfotos. Leider erwiesen sich einige als verwackelt, sodass man die ohnehin ruhelose Schrift der Mutter nicht entziffern konnte. Es gab jedoch auch brauchbare Fotos.

»1. Februar 2007 – Seltsamer Besuch für McGuffin-Treasures«, las Charlotte vor. *»Eine kalkweiße Frau (lächerlich große Sonnenbrille, trug diese auch im Haus) trat mit einem Auftrag an uns heran. Ophelia und mir war sie gleich suspekt, Charles und Kaleb jedoch hingen an ihren Lippen, als wären sie verhext.«* Charlotte sah auf. »Tante Ophelia … wann ist noch mal ihr Todestag?«

»8. März 2007, ein Donnerstag, der Himmel war klar«, spulte Finn ab. »Oh, nur einen Monat nach diesem Eintrag. Finster. Lies weiter!«

»Die namenlose Frau wusste von dem Amulett. Und seiner Funktion.« Charlotte überflog die nächsten Zeilen. »Mega«, hauchte sie. Dieses Mal ebbte die Gänsehaut nicht mehr ab.

»Was?« Finn grabschte nach dem Handy, doch seine Schwester zog es weg.

»Das Amulett ist ein Schlüssel! Mum schreibt, dass diese Frau auch wusste, *wozu* der Schlüssel passt.«

»Nämlich?«

»Dann hat es ihn also wirklich gegeben?« Charlotte sah in die Ferne. »Davon sollte uns Grimsby mal was erzählen.«

Finn schnaubte. »Charlotte, willst du mich ärgern?«

Wollte sie nicht, aber einmal mehr als ihr schlauer Bruder zu wissen, fühlte sich für Charlotte unglaublich gut an.

»Das Amulett – der Schlüssel zu einem geheimnisvollen Grab«, sagte sie, als würde sie einen Filmtrailer sprechen. »Dem Grabmal des größten Zauberers aller Zeiten.«

»Gandalf!?« Finn zog die Augenbrauen hoch. Zum ersten Mal in seinem Leben sah er nicht sonderlich hochbegabt aus.

Charlotte musste lachen. »Weder der noch Dumbledore. Nein, Mum spricht von dem Grab jenes Zauberers, der als Vorlage für all diese Romanfiguren diente.«

Finns Augen weiteten sich vor Überraschung. »Charles und Amanda waren auf der Suche nach … *dem Grab Merlins*?«

»So ist es.« Charlotte stieß einen tiefen Seufzer aus. »Und heute: Bienen.« Sie summte durch ihre zusammengebissenen Zähne. »Mum schreibt, dass die Frau etwas aus dem Inneren des Grabes wollte.«

»Eine Grabbeigabe?« Finns Stimme überschlug sich. »Steht da auch, was genau?«

Charlotte scrollte durch das Tagebuchfoto. »Nein, die Sonnenbrillen-Lady wollte es nicht verraten. Der Auftrag bestand einzig darin, dass Mum und Dad für sie das Grabmal finden sollen.« Sie schüttelte sich und senkte die Stimme. »Meinst du, sie wollte … die Leiche?«

Finn schien das nicht zu beeindrucken. »Nach 1500 Jahren ist von Merlin nicht mehr viel übrig. Es sei denn, er wurde wie die Toten der alten Ägypter einbalsamiert.«

»War dieser Merlin nicht ein Druide, so ein Typ, der mit Vögeln und Bäumen sprechen konnte?«

»Ich glaube nicht, dass man einem toten Druiden Gold oder Edelsteine ins Grab gekippt hat. Nein, Merlin wurde vermutlich mit etwas viel Mächtigerem bestattet.« Finn machte eine Kunstpause. Nun hinkte Charlotte wie gewohnt seinen Gedankengängen hinterher. »Merlin war ein Wanderer.«

»Die Frau wollte seinen *Wanderstab*?«

Finn raufte sich die Haare. »Jetzt höre mir doch zu! *Marvellous Merlin* war ein Wanderer. Heißt vermutlich, dass er weit herumgekommen ist. Manche glauben gar, dass er durch die Zeit reisen konnte. Er wird vieles gesehen und noch mehr aufgeschrieben haben. Sicherlich hat er dieses Wissen mit ins Grab genommen.«

Charlotte verdrehte die Augen. »Noch mehr Reisetagebücher?« Sie wischte zum nächsten Foto. *»2007, Februar 7 – Taschen verstaut, Wasserflugzeug betankt. Was aber machen wir mit Ophelias Sohn? Können wir ihn mitnehmen? Ophelia will sich die Suche nach Merlins Grab keinesfalls entgehen lassen. Kaleb gefällt das nicht. Aber Honey will nicht auf unsere Sprachexpertin verzichten. Große Diskussion. Schon wieder. Hoffentlich beschert uns dieser Auftrag Glück. 1 Million Britische Pfund Sterling für den Fundort eines antiken Grabes – das ist unfassbar viel Geld. Immerhin wissen wir, wo wir die Suche beginnen werden.«*

Charlotte und Finn glotzten einander sprachlos an.

»Eine Million«, flüsterte Charlotte. »Aber sie haben das Grab nicht gefunden. Das war das letzte Foto.«

»Der letzte Eintrag, den wir haben.« Finn griff an seine moosgrüne Brille. »Erinnere dich: Es fehlen Seiten. Das kann nur eines bedeuten: Es ist was mächtig schiefgegangen und Amanda wollte die Erinnerungen auslöschen.«

»Und wir haben keine Ahnung, wo sie ihre Suche nach Merlins Grab gestartet haben«, pflichtete Charlotte Finn bei und überließ ihm das Handy. »Ich brauche frische Luft.«

Sie trat auf den Balkon. *Ophelias Sohn?* Ein Kribbeln kroch über ihren Nacken. Gedankenverloren sah sie ihren Eltern zu, die unten im Garten die Wachsdeckel von den Honigwaben schabten. »Ob Lester weiß, dass er quasi bei der Grabsuche dabei war?«, sagte sie, mehr zu sich als zu ihrem Bruder.

Finn starrte noch immer auf das Handyfoto. »Dieser letzte Satz – *Immerhin wissen wir, wo wir* ***d****ie Suche beginnen werden* – wieso ist das *D* in *die* eigentlich … oh, es gibt mehr fett geschriebene Buchstaben.«

»Wir sollten ihn anrufen«, überlegte Charlotte laut.

»Charlotte, komm wieder rein! Amanda und Charles könnten dich sehen. Sie denken doch, du liegst im Bett.« Finn fuchtelte mit dem Handy vor dem Gesicht seiner Schwester herum. »Schau mal: Amanda hat einige Buchstaben fetter geschrieben. Absichtlich.«

Charlotte riss ein Blatt aus einem ihrer Zeichenblöcke und Finn begann, die einzelnen Buchstaben herauszuschreiben. »*e, v, a, c* …«

Als er alle der Reihe nach notiert hatte, sahen sich die Geschwister ratlos an. »*Evacsnogard*?« Charlotte kräuselte die Lippen. »Was soll das sein? Ein schwedisches Winterfest?«

»Vielleicht ist es ein Anagramm«, überlegte Finn. »Die elf Buchstaben sind durcheinandergeraten und wir müssen sie in die richtige Reihenfolge bringen.«

Mit Papier und Bleistift stürzten sie sich auf das Rätsel.

»*Crag Van Odes*«, rief Finn nach kurzer Zeit und hörbar stolz. »Ein Dorf in Ost-Schottland, oder?«

Charlotte versuchte, ernst zu bleiben. »*Cadaver Song.*«

Finn sah von der langen Liste auf. »*A vegan cords*?«

»Eine vegane Cordhose?« Charlotte prustete los. »Was geht in deinem Schädel vor, Finnegan McGuffin?« Sie nahm sich den Tagebucheintrag noch einmal vor und verglich ihn mit den Fotos der vorherigen. »Wieso hat Mum das Datum hier eigentlich anders geschrieben: *2007, Februar 7*. Das ist irgendwie … rückwärts.«

»Rückwärts!« Finn trommelte auf die Bügel seiner Brille. »Evacsnogard. Also d r a g…«

»Dragonscave!«, rief Charlotte.

»*Dragon's Cave*. Die Drachengrotte, die Höhle, in der sich Großmutter MarySue und Alistair immer heimlich getroffen haben.« Misstrauisch registrierte Finn, dass sich die Härchen auf seinem Unterarm aufgerichtet hatten.

Charlotte runzelte die Stirn. »Sie haben die Suche in dieser …«, sie suchte nach Worten, »*Knutschhöhle* von Oma und Opa begonnen? Dort haben sie Merlins Grab vermutet? Ist ja voll romantisch.«

»Keinesfalls so abwegig. Schließlich war es das geheime Versteck unserer Großeltern. Hast du nicht zugehört, was Amanda beim Frühstück erzählt hat? MarySue hat das Amulett an einem Ort gefunden, der *eine große Bedeutung* für sie hatte. Sie fand das Amulett in der Drachengrotte!«

»Dann nichts wie los!«, platzte es aus Charlotte heraus. »Schauen wir uns mal in der Höhle um. Vielleicht erfahren wir dort mehr.« Sie sprang freudig auf. »Endlich ein Abenteuer. Mum und Dad haben viel zu früh aufgegeben. Jetzt sind wir dran. Machen wir uns auf die Suche nach Merlins Grab.«

Von kalten Knochen und nassen Büchern

Obwohl Charlotte ihn nicht dabei haben wollte, bestand Finn darauf, ihren Cousin mitzunehmen. »Sechs Augen sind besser als vier«, meinte er und zückte sein Handy. »Außerdem kennt er den Weg besser als wir.«

Es war nämlich Lesters Vater gewesen, durch den sie zum ersten Mal von der Höhle erfahren hatten. Charlotte konnte sich gut an die Fahrt auf dem müffelnden Fischkutter entlang der Küste erinnern. Es war einer der seltenen Ausflüge mit Onkel Kaleb gewesen. Und dennoch: Charlottes Bauchgefühl warnte sie, dass der Cousin nur Stress machen würde.

»Eine Höhlen-Expedition ist waghalsig«, blieb Finn unbeirrt bei seiner Meinung, während der Telefon-Lautsprecher das Freizeichen von sich gab. »Zu dritt ist es sicherer.«

Charlotte ahnte, dass es ihrem übervorsichtigen Bruder eher darum ging, jemanden dabeizuhaben, der in einer engen Höhle nicht sofort in Panik geriet. Stillschweigend schwor sie sich, sich gegenüber den Jungs keine Blöße zu geben. Atmen wie ein Yoga-Meister – mitunter half ihr das, ihre Furcht zu überwinden.

»Finnyboy!« Lesters Stimme hallte, als befände er sich in einem großen, leeren Zimmer.

»Hallo, Lester, ja, also hier ist Finn. Wir müssen dir unbedingt etwas erzählen.« Finn begann, dem Cousin von der Akte und ihren Entdeckungen über das Amulett zu berichten.

Lester zeigte sich ungewohnt sprachlos und besonders die Tatsache, dass auch sein Vater in die Grabsuche verwickelt gewesen war, interessierte ihn sehr. Er wollte unbedingt mit, wenn Charlotte und Finn sich zur Dragon's Cave aufmachten. Allerdings gab es ein Problem.

»Ich bin im Krankenhaus«, murrte er. »Schon seit heute Morgen. *Congelatio erythematosa* der oberen Extremitäten durch Vasokonstriktion – heiß, oder?«

Charlotte rollte die Augen. *Typisch Lester. Angeben, wo immer es geht.*

Selbst Finn konnte mit diesem komplizierten Befund nichts anfangen. Da nützte es auch nichts, dass ihn der Cousin im Laufe des Gesprächs vier Mal wiederholte. Als Lester merkte, dass die Wirkung seiner Wichtigtuerei langsam verpuffte, erklärte er die Diagnose mit »Erfrierungen«.

Sein Vater hatte ihn am Morgen zitternd und mit blassen Händen und Armen im Bett vorgefunden. Als sich auch nach einem heißen Bad die Haut keinesfalls gesünder färben wollte, hatte Kaleb nach einem Krankenwagen gerufen. Seitdem dokterten gleich drei Ärzte an Lester herum. Und weil Kaleb mit Geldscheinen wedelte, wurde sogar noch ein vierter hinzugezogen: ein Spezialist für alpine Kälteopfer.

»Kälteopfer, versteht ihr? Ich bin ein *Opfer*. Dabei ist mir gar nicht kalt. Okay, meine Arme und Beine fühlen sich verflucht schockgefrostet an. Ab und zu zittern die Muskeln, ohne dass ich was dagegen tun kann.« Lester lachte, aber es klang eher nervös als cool. »Auf jeden Fall ist Dad ziemlich durch den Wind. Und er hat mich so lange genervt, da musste ich ihm haarklein erzählen, was passiert ist. Oh, meine Doctores kommen. Muss Schluss machen.«

»Du kapierst einfach nicht, dass Les ein Angeber ist«, maulte Charlotte, als sie sich zum Nachdenken in die Kühle von Finns Kellerwerkstatt zurückgezogen hatten. »Ich wusste, dass er nicht dichthalten wird. Jetzt haben wir den Salat und Onkel Kaleb ist nun auch aufgeschreckt.«

»Erfrierungen«, grübelte Finn. »Erinnerst du dich an das Eis auf dem Arbeitszimmerfenster? Das ist alles so seltsam.«

»Zumindest scheint unser Eisprinz gut drauf zu sein«, sagte Charlotte gedankenverloren und massierte ihre Augenlider. Was auf sie wiederum nicht zutraf. Sie getraute sich nicht, es Finn zu sagen, aber irgendwas hatte das Amulett auch in ihr verändert. Immer wenn sie ihren Blick konzentriert auf etwas richtete, meldete sich das schmerzhafte Pochen hinter ihren Augen, das sie schon beim Anschauen des YouTube-Videos bemerkt hatte.

Sie blinzelte und fixierte H_2, der wie ein kleines Kind durch eines von Finns Mechanik-Büchern blätterte. Obwohl Charlotte die Metallfinger fokussieren konnte, erschien ihr die Umgebung um den Roboter, als blicke sie durch eine beschlagene Scheibe. Erst als sie ihre Aufmerksamkeit von dem Blechjungen abwandte, klärte sich ihr Blick. *Was ist mit meinen Augen?* Hatte der Funkenflug des Amuletts sie etwa verletzt?

»Gehen wir eben ohne Lester zur Höhle«, murmelte Finn, es klang wenig selbstsicher.

Charlotte ahnte, dass ihren Bruder die Sache mit der Butterschale am Morgen noch immer beschäftigte. Während eine Hand gegen die Brille trommelte, war die andere auf den ehemaligen Armeerucksack ihres Vaters gerichtet, den sie für die Höhlenexpedition hervorgekramt hatten. Finns Finger zitterten, als er sie in Richtung des groben Stoffs krallte.

Es wurmt ihn, dass er nicht versteht, was in der Nacht im Arbeitszimmer mit uns und dem Amulett geschehen ist, dachte Charlotte. Zumindest schien Finn kein Kopfschmerz zu plagen.

»So wird das nichts. Ich fühle mich wie damals, als Amanda mich gezwungen hat, den Gemüsegarten umzugraben.« Finn knackte mit den Fingerknöcheln.

»Was hält uns eigentlich auf, jetzt noch zur Dragon's Cave zu laufen?«, schlug Charlotte vor.

»Jetzt? Bist du wahnsinnig?« Finn schüttelte so stark den Kopf, dass seine Brille verrutschte. »Allein bis zur Burgruine von Old Lachlan laufen wir eine knappe Stunde und das ist nicht mal die Hälfte des Weges.« Er klappte den Kompass, der seine Armbanduhr bedeckte, hoch. »Außerdem herrscht momentan Flut. Der schmale Kiesstrand unterhalb des Kliffs wird unter Wasser stehen. Nein, wir müssen bis morgen warten.«

»Aber dann brechen wir sofort nach dem Frühstück auf. Morgen ist Sonntag, Grimsby bleibt uns immerhin erspart.«

Leicht missmutig, weil Warten überhaupt nicht zu ihren Stärken zählte, warf Charlotte einen Blick auf H_2. Unfassbar, zu was der Roboter mittlerweile alleine in der Lage war.

H_2 zog ein weiteres Buch aus dem Regal. Dieses Mal einen Band der *Encyclopædia Britannica*, eine jener Lexikonausgaben, die die Bibliothek des Herrenhauses mit dem einstigen Glanz des Empires segnen sollten – wie Charles McGuffin gerne sagte. Unter seinen Augen hatte Charlotte nie in den rostbraunen Lederbänden blättern dürfen, geschweige denn sie aus der Bibliothek schleppen. Nun aber wischte ein ölverschmierter Dieb durch die antiquare Ausgabe.

Charlotte sah, dass Luftblasen in H_2s Wasserkopf tanzten. Dabei zuckten die Heringsdosenaugen von links nach rechts. *Als würde er lesen.* Widerwillig gab sie zu, dass Finn recht hatte und es unklug war, heute das Haus zu verlassen. Zu viel war geschehen, zu viel, mit dem sie noch gar nicht zurechtkamen. Es würde ihnen allen guttun, eine weitere Nacht darüber zu schlafen.

Am Sonntagmorgen wurden die Traditionen im McGuffin-Manor gehörig durcheinandergewirbelt.

Amanda hatte kaum geschlafen. Ihr Jüngster hatte die halbe Nacht seltsame Laute von sich gegeben und mit Bauklötzen spielen wollen. Zudem hörte sich seine Stimme noch am Morgen an, als würde man Backsteine über einen Kiesweg schieben. Bruces Haut glühte, aber obwohl seine Mutter mehrfach nachgemessen hatte, zeigte die Körpertemperatur normale 36 Grad an. Als der kleine McGuffin seiner Schwester am Morgen ins Gesicht hustete, rollte Charlotte eine heiße Wolke entgegen. Bruces Atem stank, als hätte er altenglischen Käse verdrückt.

Nach der teils durchwachten Nacht wurde der Familienbrunch zudem durch die Anwesenheit eines befreundeten Imkers und seiner Frau gestört. Amanda schaute drein, als bereute sie die Einladung durch ihren Mann. Die Gäste redeten viel und dabei so Langweiliges, dass Charlotte und Finn dankbar waren, als sie auf den Wink ihrer Mutter vom Frühstück flüchten durften. Endlich war es an der Zeit für ihre Wanderung zur Drachengrotte.

Doch als sie durch die Bibliothek liefen, prallten sie auf ein erneutes Problem.

Vor dem Regal mit den 28 Bänden der *Encyclopædia Britannica* – der 29. Band lag noch immer in Finns Keller – saß ein putzmunterer H_2 und schien ebenfalls zu frühstücken. Seite um Seite riss er aus dem Lexikon und warf sie sich genüsslich in seinen oben offenen Wasserkopf.

»Guten Morgen …« Finn blieb der Rest im Hals stecken.

»*Morgen*: Tagesabschnitt, Zeit nach Mitternacht, meist von 6-9 Uhr, wenn ein Vormittag folgt, ansonsten bis zum Mittag um 12 Uhr, dies besonders im englischen oder französischen Sprachraum, wobei auch …«

»Scheibenkleister!«, unterbrach Charlotte. Sie fischte eine durchweichte Lexikonseite aus H_2s Kopf. Das Papier löste sich bereits in breiige Fetzen auf. »Wieso kann der plötzlich sprechen? Finn, was hast du da eingebaut?«

»Nichts, was Töne erzeugen könnte. Maximal einen Wasserfilter, dessen Membran … nein, das muss auch etwas mit diesem Amulett zu tun haben. So ein Mist.«

»*Mist*: Umgangssprachlicher Ausdruck, abwertend, in Anlehnung an den Dung tierischen Ursprungs in agrarischer Nutzung.«

»Sei still!«, schalt Finn und brachte das Lexikon außer Reichweite. »Oje, Charles wird überschnappen.«

»*Charles*: Männlicher Vorname, wird auch als Familienname genutzt. Englische und französische Version des deutschen Vornamens Karl. Berühmtheiten unter anderem Charles Dickens, Charles Darwin, Charles …«

»Wie lange nascht der schon Wörter?« Charlotte deutete auf den Bücherstapel.

Finn hob einen ausgefressenen Ledereinband hoch. »Er ist bei Band 3. H_2, du bist so was von Altmetall!«

»*Altmetall*: Bezeichnung für …«

»Nein!« Charlotte schnappte sich das Plappermaul. »Das Frühstück ist vorbei!«

Amanda und Charles hatten von der Bücherverzehrung nichts mitbekommen. Als Charlotte in das Esszimmer lugte, tauschten sich die Eltern mit ihren Imker-Freunden noch immer über Drohnen-Krankheiten und Smoker-Varianten aus. Für Charlotte und Finn stand fest, dass sie den umherlaufenden und nun auch noch sprechenden H_2 keinesfalls im Haus zurücklassen durften. Nicht auszudenken, was geschah, wenn er plötzlich den Eltern über den Weg lief, den Wasserkopf voller sich auflösender Seiten aus Shakespeares Dramen.

Eine Viertelstunde später standen Charlotte und Finn endlich auf der Terrasse hinter dem Haus. Es war Zeit für Antworten.

Charlotte trug ihr gelb-rotes Wonder-Woman-Kopftuch, außerdem Wanderschuhe sowie knöchel- und handgelenklange Klamotten. Um die Schultern hatte sie ein Seil geschlungen, die Reste ihrer Kinderschaukel.

Finns Daumen steckten in einem Gürtel, an dem ein Monster von einer Stabtaschenlampe baumelte. Zum Schutz gegen allerlei Getier hatte er sich mit einem übel riechenden Zeug eingesprüht, das sicherlich auch Bären in die Flucht geschlagen hätte. Er trug zudem einen Hut, der eigentlich für eine Anglerpartie gedacht war. Hinter diesem zerbeulten Lappen lugte aus dem Rucksack der Kopf von H_2 hervor.

»Bereit?«, fragte Finn.

»Schon seit gestern«, antwortete Charlotte und zog den Knoten ihres Kopftuchs enger. »Wo lang?«

Unter Gras und Stein

Die beiden McGuffins vermieden den ausgetretenen Pfad zur Burgruine – zu viele Touristen – und wählten eine Abkürzung, um zum Meer zu gelangen. Sie stiegen über Steinmäuerchen und Weidezäune und liefen über saftig grüne Wiesen, die von Heerscharen von Schafen bewacht wurden. Auch über den Himmel zogen Schäfchen. Sie hätten einen angenehmen Tag versprochen, wäre da nicht der starke Ostwind gewesen, der die Wolken rasch über den Morgenhimmel trieb.

H_2 gab sich in seinem schaukelnden Sitz auf Finns Rücken überraschend wortkarg, sodass Charlotte ihn zwischenzeitlich sogar vergaß. Der Roboter schien die erste frische Luft seines Lebens zu genießen.

Dann endete der Weg abrupt. Mehr als zehn Meter ging es hinter der Weide abwärts. Wie der Kamm eines Riesen schoben sich schwarzgraue Kliffe in den Atlantischen Ozean. Obwohl Charlotte bis zur Bruchkante der feuchten Wiese robbte, konnte sie den Eingang zur Drachengrotte im schroffen Felsen der Steilküste nicht entdecken. Ein paar Tölpel flatterten zeternd auf.

»Die grobe Position stimmt«, rief Finn gegen den Wind und zeigte auf die Überreste eines Wegweisers.

Der verwitterte hölzerne Pfosten erinnerte an eine Wanderroute, die nicht mehr existierte. Unweit des Herrenhauses hatte vor Jahren eine

Sturmflut Teile der Küste weggespült und den Wanderweg mit in die Tiefe gerissen.

»Gib mir das Seil«, bat Finn und wollte den Rucksack mit seinem schweren Passagier schon absetzen. »Ich mache es hieran fest.«

Charlotte übernahm das vorsichtshalber selbst. Neben dem Fangen hatte es ihr Bruder nicht so mit Knoten.

Sie kam heil unten an. Klettern konnte sie.

Finn jedoch besaß kaum Klettererfahrung. Zwar hielt er sich einigermaßen im Seil, doch er trampelte lehmrote Brocken und Geröll aus dem Steilhang und machte so hektische Bewegungen, dass er mit seinem Rucksack immer wieder ins Trudeln geriet. Mehrmals schlug H_2s Kopf gegen Felsgestein. Dann setzte auch noch leichter Regen ein.

Als ein Tölpel hinter einem Grasbüschel missbilligend in die Höhe flatterte, verlor Finn den Halt und rutschte in die Tiefe.

Geradewegs in Charlottes Arme.

»Zu Hilfe, ich korrodiere«, meldete sich der Roboter. Er versuchte, kopfüber zurück in Finns Rucksack zu krabbeln. Sein Kopfblech war an vielen Stellen zerschrammt.

»Das hat ja mal gut funktioniert«, sagte Finn. Er schob den Anglerhut aus dem Gesicht und musterte seine dreckige, aufgerissene Jeans.

»Immerhin bist du unten und hast dir nicht den Kopf aufgeschlagen.«

Als wollte er Charlottes Aussage überprüfen, tastete sich Finn durch die lockigen Haare. »Wir hätten richtige Kletterseile mitnehmen sollen. Und Helme.«

»Taucheranzüge könnten wir auch gebrauchen.« Charlotte zeigte zu einer Stelle, wo die Wellen gurgelnd in einer Felsspalte verschwanden. »Ist er das? Der Eingang zur Grotte?«

Finn nickte fluchend. »Eigentlich herrscht Ebbe, aber der Wind drückt die Wellen noch ziemlich hoch.«

»Lass uns nachsehen, ob wir trotzdem trocken in die Höhle kommen.«

Die Dragon's Cave hatte ihren Namen von den besonderen Felsformationen erhalten, die hier ins Meer ragten. Verdrehte Säulen, die aussahen, als hätte Drachenfeuer sie aus dem Stein geschmolzen, säumten den engen Eingang der Höhle. Nur wenige Einheimische kannten diesen Ort. Aberglaube und die gefährliche Lage sorgten dafür, dass die Dragon's Cave allgemein gemieden wurde.

Als Finn und Charlotte zu der Felsspalte kletterten, bemerkten sie, dass das Meer die Grotte nicht vollends überflutet hatte. Sie passten den Moment ab, als sich der Wellenkamm an den Klippen brach und das zurückweichende Wasser einen schmalen Spalt freiließ. Kaum waren sie trockenen Fußes in die Höhle geschlüpft, holten die Wellen sie wieder ein. Charlotte und Finn wichen auf einen Felssims zurück. Dieser war zwar von Vogelkot und glitschigen Algen überzogen, aber hier wurden sie zumindest nicht nass. Etwas unterhalb des Simses sammelte sich das Meerwasser in einem Bach, der in den Tiefen der Höhle verschwand.

Charlotte schluckte. Schon jetzt drückte die Enge auf ihr Gemüt. Die Morgensonne stand noch zu tief im Osten, als dass ihr Licht den Eingang erhellt hätte. Was würde sie im Dunkeln erwarten?

»Ich gehe voran«, schlug Finn ungewohnt einfühlsam vor. Er schulterte den Rucksack mit dem Roboter. »Keine Sorge, H_2: Ich habe bei dir größtenteils verzinkte Bleche verwendet. Die rosten nicht so schnell.«

»Ihr seid der Konstrukteur«, antwortete H_2 demütig und zog seinen Wasserkopf tiefer in den Rucksack.

Charlotte nahm einen langen Atemzug und zwängte sich hinter ihrem Bruder in die Drachengrotte.

Mit jedem Schritt wurde es kühler und das Rauschen des Meeres leiser. Zudem rückte die Höhlendecke immer näher. Das Licht aus Finns Taschenlampe ließ die Schatten in den Steinen tanzen. Charlotte zwang sich, ruhig zu atmen. Das Herz klopfte ihr bis zum Hals. Ein falscher Schritt und sie würden in den eiskalten Höhlenbach stürzen.

Während sie sich stumm vorantasteten, beleuchtete Finn immer wieder auch die Decke. Da war sie wieder: Finns Insekten- und Spinnenphobie. Charlotte spähte in die Dunkelheit. Auch sie beschlich ein flaues Gefühl. *Als stolperten wir geradewegs in den Schlund eines Drachen.*

Charlotte versuchte, ihre Gedanken auf ihre mutige Oma zu lenken. Hier unten hatte sich MarySue mit ihrem geliebten Alistair getroffen. Heimlich. Als man noch nicht auf offener Straße herumknutschen durfte, wenn man unverheiratet war. *Voll spießig*, dachte Charlotte.

Hinter der nächsten Biegung verschwand der unterirdische Bach unter Gestein. Direkt darüber öffnete sich eine Höhlenkammer. Charlotte atmete auf. Sie waren am Ziel.

Die kreisrunde Grotte wurde durch einen Riss, weit in der Höhlendecke über ihnen, schwach erhellt. Charlotte legte den Kopf in den Nacken. *Wie in einer Kathedrale.*

»Eisen«, bemerkte Finn. Seine Stimme echote durch die Grotte. »In den Wänden sind mächtige Adern.« Er klopfte auf den Kompass seiner Armbanduhr. »Er spielt völlig verrückt.« Die Taschenlampe huschte über rostbraune Schlieren im Fels. »Der Regen hat das Metall über Jahrtausende herausgespült.«

»Als bluteten die Wände«, murmelte Charlotte.

»Hey.« Finns Licht verharrte. »Sind das Zeichnungen?«

Charlotte entdeckte nun auch die feinen Linien, die sich im Schatten außerhalb des Lichtkegels aus dem Gestein schälten. Sobald ihr Bruder sie aber anleuchtete, verschwanden sie wieder. Erst als Finn das Licht ausknipste, offenbarten sich die Zeichnungen. Sie glommen leicht in der Finsternis.

»Eine Pyramide«, flüsterte Charlotte. »Berge. Vielleicht ein Vulkan? Irgendwas Walartiges neben einer Stadt mit Türmchen. Und da sind Obstbäume mit Gesichtern und … was ist das?« Sie zog Finn zu einer Zeichnung, die ein pelziges, großes Wesen zeigte, aufrecht auf zwei Beinen und mit schraubigen Hörnern auf dem Kopf.

Finn runzelte die Stirn. »Die Grotte muss uralt sein. Diese Bilder stammen garantiert nicht von unseren Großeltern.«

In der Mitte der Höhle erhob sich ein hüfthoher Felsbrocken, der von den Elementen in den Jahrtausenden rund gelutscht worden war. Auch auf diesem rotbraunen Stein gab es eine Vielzahl von Einritzungen, allerdings keine Bilder, sondern ein paar einfache Symbole und vor allem Zahlen.

»Die sehen wie Formeln aus«, sagte Finn und putzte seine Brille. »Römische Ziffern«, er stutzte, »und arabische.«

»Arabische?« Charlotte ging auf die Knie.

»*Indisch-arabische Ziffern*«, tönte es aus dem Rucksack. »Die von den Arabern übernommenen Ziffern gehen wiederum auf zehn indische Zahlzeichen zurück. Ins Abendland eingeführt wurden sie im 10. Jahrhundert durch den späteren Papst …«

»Bist du auch noch da!« Finn setzte den Rucksack mit H_2 ab. »Was du alles weißt!« Er fuhr mit der Hand über den Stein. »Schau, Charlotte:

Hier ist eine 5, dort eine 2, eine 33 und da eine 28. Hier haben sich viele Besucher verewigt.«

»Aber wieso Zahlen? Schreibt man nicht so was wie *Justin war hier*? Sind es vielleicht Jahreszahlen?«

»Oder Koordinaten.« Finn richtete die Taschenlampe auf die Vertiefung oben auf dem Felsen, in der rostiges Wasser stand. »Die Größe passt. Die Form auch.«

»Was passt?«

»Das Amulett. Sieh doch, diese Vertiefung ist genauso groß wie das Amulett. Das kann kein Zufall sein.«

»Dann lag es einfach so auf diesem *Stein*, als Oma MarySue es gefunden hat?«

»Wie auf einem Amboss.« Finn umrundete den Felsbrocken. »Bingo. Auf dieser Seite sind das Dreieck-Symbol und das eingedrückte Quadrat.«

»Und hier ist die Spirale«, ergänzte Charlotte. »Tatsache, dieselben Zeichen wie auf dem Amulett.«

»Aber das Eis-Zeichen dort unten hat eine Macke. Als hätte jemand ein Stückchen herausgebrochen.«

»Und was nützt uns das alles?«, hob Charlotte an. »Ich sehe nichts, was auf einen toten Zauberer hindeutet.«

Finn ließ den Lichtkegel der Taschenlampe noch einmal durch die Schatten wandern. »Was ist das?«, rief er.

Das Licht reflektierte auf einem knubbeligen Objekt, das im hinteren Teil der Grotte in der Wand steckte.

Es war ein Helm, eingeklemmt in eine Felsspalte. Das verkratzte Logo mit der Schatztruhe ließ keinen Zweifel zu.

»McGuffin-Treasures.« Finn leuchtete in die Felsspalte. »Unsere Eltern haben versucht, hier durchzukommen. Dahinten muss noch eine Höhle sein.« Schon quetschte er sich ein paar Schritte in den Spalt.

»Ich kann das nicht«, sagte Charlotte leise und wich zurück. Sie hatte sich lange zusammengerissen, aber der Anblick des engen Durchgangs drückte ihr die Kehle zu.

»Weiter hinten hängt eine Menge Geröll.« Finn ächzte. »Eine Sackgasse.« Er fuchtelte mit der Lampe in den Spalt.

Polternd rutschten die verkeilten Steine, eine Armlänge von Finn entfernt, nach unten.

Der Weg war frei.

Drachengeschichten

»Was immer du gemacht hast, Finn, wehe du benutzt das, um in mein Zimmer zu kommen!«

Obwohl die Enge des Durchgangs ihr weiterhin die Luft abschnürte, fühlte Charlotte Neugier in sich aufsteigen. *Wie hat er das angestellt?* Sie hatte eine Theorie, wagte aber nicht, diese vor ihrem Bruder auszusprechen. Noch nicht. Finn würde sicherlich auch irgendeine natürliche Ursache für den urplötzlich freigelegten Gang auf Lager haben. Obwohl er sich bemühte, sich nichts anmerken zu lassen, wusste Charlotte, dass ihr Bruder genauso überrascht und verunsichert war wie sie.

»Nicht träumen, Charlotte, einfach weitergehen«, rief Finn ein paar Schritt vor ihr. »Und vergiss nicht zu atmen.«

Die feuchten, eisenhaltigen Steinwände sonderten eine ockerfarbene Schmiere ab und färbten ihre Kleidung ein, während sich Finn und Charlotte Meter für Meter durch die schmale Kluft schoben. Kein Erwachsener hätte hier durchgepasst.

Was erzählen wir eigentlich Mum und Dad, wenn wir derart dreckig zu Hause auftauchen? Wenn. Das enge Gefühl in Charlottes Hals kehrte schlagartig zurück. Was, wenn sie hier nicht mehr herauskämen? Wenn die Höhle über ihnen einstürzte und sie für immer begrub?

Charlotte wandte den Kopf nach oben. Der Spalt verlor sich in der

Dunkelheit. Falls von dort etwas herabfiel – schwer, scharfkantig oder lebendig und mit blutrünstigen Absichten –, sie würden es zu spät bemerken. Dies war kein sorgsam geebneter, für Touristen ausgeleuchteter Sightseeing-Ort. Charlotte sah die Schlagzeile vor sich: *Kinder beim Spielen in Höhle verschüttet.* Dann stahl sich ein gequältes Lächeln auf ihre Lippen. *Zwei Kinder und ein Roboter unbekannter Bauart.*

Auch H_2 schien Angst zu haben. Aus dem Rucksack auf Finns Rücken drang ein stetiges Jammern. Charlotte glaubte, mehrmals das Wort »Pilzsporen« zu hören.

Sie zwang sich, ruhig zu atmen.

»Na toll.« Finn stieß einen langen Klagelaut aus.

»Was ist?« Sofort hielt Charlotte wieder die Luft an.

Finn tänzelte auf und ab, was in dem engen Gang albern aussah. »Ich … ich muss mal.«

»Jetzt?« Charlotte verdrehte die Augen. »Mach einfach hier irgendwo hin. Nein, warte, lass mich vorher vorbei.« Sie kletterte an ihrem Bruder vorbei.

»Aber ich kann nicht.«

»Herrje, ich schau auch nicht hin.«

»Nein, ich meine, ich kann nicht in diese Höhle pinkeln.«

Charlotte seufzte. Sie wusste, dass ihr Bruder ein Problem damit hatte, woanders als zu Hause sein Geschäft zu erledigen. Sie nahm ihm die Taschenlampe ab. »Es ist dunkel. Stell dir vor, du bist auf der Toilette zu Hause.«

»Das ist es nicht. Diese Höhle, die Zeichen auf dem Fels, das alles ist uralt, ich kann das doch nicht *entweihen*.«

Charlotte verkniff sich den Kommentar. *Wir müssen echt noch an unserem Abenteuererleben arbeiten*, dachte sie und ging weiter. Finn folgte ihr murrend.

Keine fünf Schritte später blieb sie abrupt stehen.

»Alles in Ordnung?«, fragte Finn, der fast gegen sie geprallt war. »Bist du stecken geblieben?«

»Schhh, hör mal!«

Sie hatte sich nicht getäuscht: ein leises, unruhiges Scharren.

»Was ist das?«, flüsterte sie. Die Härchen in ihrem Nacken stellten sich auf.

»Kann ich nicht einordnen.« Finn wich zurück. »Aber es kommt definitiv von da vorn. Charlotte, ich muss wirklich dringend.«

»Vorwärts!«, wisperte sie. »Und wachsam bleiben.«

Das ungute Gefühl breitete sich erneut in ihrem Magen aus, je weiter sie sich durch den Felsengang zwängten. Charlotte versuchte, an eine Wiese voller Blumen zu denken. Doch ihr pumpendes Herz und ihr hektischer Atem vertrieben jedes Bild von Frieden und Freiheit.

Das Geräusch wurde von Schritt zu Schritt lauter. Vor ihnen kroch irgendetwas über den schmierigen Boden. Gut, dass Finn hinter ihr lief und ihr Gesicht nicht sehen konnte.

»Ich schalte das Licht aus«, wisperte sie und bevor Finn etwas einwenden konnte, knipste Charlotte die Stabtaschenlampe aus.

Die Dunkelheit schien das eigenartige Geräusch sofort zu verstärken. Das Scharren wurde hektischer und beharrlicher.

»Wir brauchen das Licht!«, zischelte Finn durch zusammengebissene Zähne. Er riss Charlotte die Lampe aus der Hand und betätigte den Schalter.

Kaum hatte er das getan, kreischten die McGuffins auf. Der Boden

bewegte sich. Graue Leiber, groß wie Hände, stoben auseinander. Die gepanzerten ovalen Körper scharrten über den Stein. Hunderte kleiner Füßchen hetzten aus dem störenden Lichtkegel.

»Kellerasseln!«, rief Charlotte, als sie sich wieder gefangen hatte. Mit einer Mischung aus Ekel und Faszination beobachtete sie, wie die Krebstiere in die Ritzen und Falten des Höhlenbodens flüchteten. »Seit wann sind die so riesig?«

Die zitternde Taschenlampe in beiden Händen, als wäre sie ein Lichtschwert, gab Finn nur noch ein Wimmern von sich. Charlotte wusste, dass es sich für ihren Bruder so anfühlen musste, als wäre er geradewegs in seine persönliche Hölle geraten.

Eine Kellerassel irrte direkt auf sie zu. Instinktiv warf Finn die Taschenlampe nach ihr. Mit einem schrecklichen Platzen zerbarst die Glühbirne. Sofort kamen die Kreaturen wieder aus ihren Verstecken.

Jetzt war Finn nicht mehr zu beruhigen. Er trat um sich, als würden die ersten Asseln bereits über seine Schuhe oder in seine Hosenbeine krabbeln. Panisch versuchte er, sich von seinem Rucksack zu befreien. Doch in der Hektik verhedderte er sich in einer Schlaufe. Wimmernd strauchelte Finn in Richtung des dunklen Ausgangs. Dort verhakte sich der Rucksack in der Kluft und holte Finn mitsamt dem Roboter von den Beinen. Laut scheppernd gingen beide zu Boden.

Es dauerte etwas, bis Charlotte ihren zitternden Bruder und den ebenfalls jammernden H_2 in der Dunkelheit gefunden hatte. Sie nahm Finn in den Arm und hielt ihn mit all der Stärke einer älteren Schwester fest.

»Ich will hier weg«, jammerte Finn und rieb über eine Beule auf seinem Hinterkopf. »Die werden uns auffressen. Niemand wird unsere Überreste finden.«

»Es sind nur Kellerasseln«, antwortete Charlotte. Aber auch ihre Fantasie galoppierte. *Was fressen die, dass sie so groß sind?*

Während die Höhlenbewohner erneut näher krochen, klammerten sich die Geschwister aneinander.

Da flammte ein kleines Licht auf. Die riesenhaften Kreaturen stoben sternförmig auseinander und verzogen sich eilig wieder in ihre Löcher. Charlotte blickte sich verwundert um.

Das Licht ging von H_2 aus! Genauer gesagt entsprang es der Leuchte in seinem rechten Auge. Das linke hatte beim Sturz vorhin etwas abbekommen, aber der bläuliche Schein des intakten Auges reichte aus, dass sich Charlotte und Finn sofort sicherer fühlten.

»Danke«, krächzte Finn, als klar war, dass die Asseln nicht mehr zurückkommen würden. »Dein Licht hat uns gerettet.«

»*Licht*: Elektromagnetische Strahlung. Obgleich zum messbaren Licht auch Gammastrahlen und Radiowellen gerechnet werden, kann der Mensch nur das Spektrum vom roten bis zum violetten Licht wahrnehmen.« Während H_2 das mit kräftiger Stimme von sich gab, gewann das Leuchten seines Auges an Kraft und bannte auch die letzten krabbelnden Leiber zurück in die Schatten.

Die Grotte war kleiner als die erste und kaum mehr als eine sichelförmige Grube. Charlotte konnte nur im vorderen Teil stehen. Den hinteren Teil hätte sie höchstens kriechend erreichen können. Dort stachen längliche Gebilde aus der Wand. Kurzerhand schob Charlotte H_2 in Richtung der versteinerten Objekte.

»Sind das …?«

»Knochen«, antwortete Finn.

Charlotte kroch näher an die Skelettteile heran, die aus der Wand ragten. Einige Knochen, länger als die Ruder eines Bootes, lagen auch auf dem Boden.

»Was war das für ein Tier?«

»Vielleicht ein prähistorischer Höhlenbär.« Als hätte er nie eine Panikattacke erlitten, kramte Finn emsig durch das trockene Geröll zwischen den Gebeinen. Charlotte hoffte nur, dass keine weitere Assel unter den Knochen hockte.

Da hielt Finn etwas in die Höhe. Spitz, scharfkantig und so groß wie seine Hand. Ein Zahn.

»Ein Säbelzahntiger?«, mutmaßte Charlotte. »Zumindest gehört der Zahn zu einem großen Carnivoren. Aber wenn dies das Lager eines Fleischfressers war, müssten hier nicht auch kleinere Knochen der Beute herumliegen?«

Charlotte richtete H_2s Kopf so aus, dass der Schein seines Auges auf einen großen, abgeflachten Knochen fiel, der aus der Wand ragte. »Das könnte ein Schulterblatt sein. Ich würde die Geschichte dieses Tieres zu gern erfahren. Vor allem: Wie kam das Riesenvieh hier herein? Wir haben schon kaum durch den Spalt gepasst.«

»Du hast recht«, gab Finn murmelnd zurück. »Merkwürdig. Vielleicht hat sich die Höhle im Laufe der Jahrtausende verändert. Die Kraft des Wassers kann viel bewirken.« Er sah auf. »Moment mal. Die Kraft des Wassers«, er drehte H_2 herum, »die Geschichte des Tieres, die Geschichte der Knochen. H_2, wie machst du das eigentlich? Das mit all deinem Wissen?«

Der Roboter glotzte seinen Schöpfer aus dem verbliebenen Auge an. »Hydration«, antwortete er.

»Auflösung in Wasser, natürlich!«, rief Finn, bevor der Roboter zur ausführlichen Erklärung ansetzen konnte. »Du löst das in Büchern gebannte Wissen mittels Wasser heraus. Phänomenal.«

»Okay, Professor Finn, dein Robo trinkt Bücher«, mischte sich Charlotte ein. »Mega. Und wie nützt uns das?«

Wortlos klappte Finn H_2s Kopfdeckel auf und ließ den fossilen Reißzahn hineinplumpsen.

Sofort richtete sich der Roboter auf. Hinter seiner gläsernen Schädeldecke begann das Wasser zu wirbeln. Dann ertönte ein Zischen aus seinem Kopf, das Wasser blubberte.

»Es kocht«, erkannte Finn stolz. »Unfassbar. Ich habe ihm gar keine Heizspirale eingebaut.«

»*Sei gegrüßt, Erbe!*«

Die Geschwister prallten zurück und setzten sich auf ihre Hosenböden. H_2 hatte mit dröhnender Stimme gesprochen – einer Stimme so alt wie ein Echo. Das abwechselnd helle und dunkle Augenlicht des Roboters ließ die Schatten zwischen den Skelettteilen tanzen.

»*Seit mehr als 1500 Jahren*«, hob H_2 erneut mit lauter, durchdringender Stimme an, »*hat niemand mehr diesen Ort betreten.*«

»Wer bist du?«, wagte Finn zu fragen.

»*Ich bin der Wächter*«, gab die Stimme zurück. »*Der Hüter jenes Amuletts, das ich zu beschützen geschworen habe auf immerdar. Ich bin der letzte Wächterdrache.*«

Ein Drache. Charlottes Gedanken schlugen Salto. Sie widerstand der Versuchung, H_2 zu schütteln, damit er schneller sprach. »Wo ist Merlins Grab?«

»*In dieser Grotte wurde das Amulett erschaffen*«, fuhr die Stimme ungerührt fort. »*Ein Artefakt, in das Myrddin große Kräfte band.*«

»Mit Myrddin ist Merlin gemeint«, flüsterte Finn.

H_2 spulte den Text ab, wie ferngesteuert. Das Wasser in seinem Kopf schäumte wie in einer Waschmaschine. »*Diese großen Kräfte hatte er auf seinen Reisen aufgelesen, damit sie nicht der Vergessenheit anheimfielen. In den Weiten des Sandmeers, zu Füßen feuriger Berge, auf dem Dach der Welt und an vielen anderen Orten, von denen keine Karte berichtet, wandelte mein Gebieter und sammelte die Essenz der fünf Elemente ein.*« H_2 stieß ein tierisches Schnauben aus. »*Oh ja, groß war ein jede Kraft.*«

Charlotte sah ihren Bruder an. *Große Kraft.* Hoffentlich kam ihnen die Drachenstimme nicht auch mit dem zweiten Teil des Spider-Man-Spruchs.

»*Doch erst, wenn sich ein Geschöpf offenbaren würde – rein im Herzen, ohne Gier und Falschheit, ein würdiges Blut dieser Lande –, sollten die Kräfte von Feuer und Wasser, von Luft, Erde und Eis weitergegeben werden. Und das Geschöpf würde Myrddins Erbe sein.*«

Charlotte schluckte. Also doch große Verantwortung? *Was heißt das nun für uns?*

»*Doch verbergen sich nicht nur elementare Gewalten in dem Amulett. Es ist auch ein Schlüssel. Denn sollte Myrddin dereinst diese Welt verlassen, so wird dieser Schlüssel sein reiches Vermächtnis vor falschen Fingern verschließen.*«

»Er weiß nicht, dass Merlin mittlerweile tot ist«, raunte Charlotte. »Sollten wir es ihm sagen?«

Finn schüttelte den Kopf. »Sein reiches Vermächtnis? Er meint das Grab, oder? Was ist nun da drin?«

Unbeeindruckt von den Fragen fuhr H_2 fort: »*Sei gewarnt! Morgana, die dunkle Dame, die finstere Fee, die heimtückische Hexe – mein Gebieter gab seiner Schülerin viele Namen –, beneidete Myrddin um sein Wissen. Sie flehte ihren Lehrer an, ihr alle Zaubersprüche und Kräuter sowie die geheimen Lagerplätze unermesslicher Schätze zu verraten.«*

»Fee? Hexe?« Charlottes Herz stolperte vor Aufregung. Hilfe suchend sah sie ihren Bruder an. »Der Name Morgana kommt mir bekannt vor. War das diese Frau, die …«

»Schh!«, unterbrach Finn. »Wir verpassen noch etwas Wichtiges.«

»Myrddin aber, der einst tief in Morganas Herz geschaut und nichts als Dunkelheit vorgefunden hatte, behielt manch Wissen vor seiner eitlen Schülerin verborgen. Doch auch große Geister sind nicht vor Schwäche gefeit. So kam der Tag der Erschaffung des Amuletts. Ich war zugegen, als die Hexe in diese Grotte kam und Myrddin bei seiner Arbeit störte. Gütig und milde, wie mein Gebieter ist, aber auch töricht, gestattete er ihr zu bleiben. Sie sollte zusehen, wie er mittels meines Drachenfeuers die gesammelten Elementarkräfte in das Amulett schmiedete. Denn Myrddin hegte die Hoffnung, dadurch wieder das Licht in seiner Schülerin zu wecken. Arglistig verwickelte Morgana ihren Lehrer in unnütze Reden und so kam es, wie sie es ausgeheckt hatte: Mein Gebieter schmiedete unaufmerksam und am Eisstein geriet eine Bindung zu schwach. Das Amulett ward fehlerhaft.«

Die Geschwister sahen sich wortlos an.

»Was bedeutet das nun?«, wisperte Charlotte.

Fast schon entschuldigend hob Finn die Schultern.

»Zornig über seine Einfältigkeit schleuderte Myrddin das Amulett ins Meer. Dann beauftragte er Wasserdrachen wie mich, den Schlüssel zu seinem Wissen zu bewachen. Bis es Zeit für den Erben sei. Zudem legte mein Gebieter einen Schutzbann über seine Schmiedekunst. Mit eigener Hand kann die Hexe das Amulett nicht berühren. So verstrichen Jahrhunderte.

Das Amulett geriet in Vergessenheit. Morgana aber begann, Zwietracht unter uns Wächterdrachen zu säen. Wer ihr das Versteck des Amuletts preisgäbe, würde reich belohnt werden und ihre ewige Gunst erhalten. Müde über unsere Wacht gerieten wir Drachen in Streit.«

Das Kribbeln in Charlottes Nacken breitete sich erneut aus. Sie fühlte sich beobachtet, wagte jedoch nicht, sich umzudrehen. Wie gerne hätte sie diese Geschichte zu Hause auf dem Sofa mit einer dampfenden Tasse Kakao genossen. Aber das hier – tief unter der Erde, riesige Asseln hinter und sprechende Knochen direkt vor sich, im Dunkel einer uralten Grotte, in der ein Zauberer einst mächtige Magie gewebt hatte – das war ein ganz anderes Kaliber.

»*Der Kampf der Drachen währte lang. Und als endlich wieder Stille über die blutrote See wehte, trieben Dutzende toter Drachen auf dem Meer. Nur in einem war noch ein Rest von Leben. Ich nahm Myrddins Amulett an mich und brachte es zurück in diese Grotte. Hier war es geschmiedet worden, hier wollte ich ruhen, bis der Erbe hervortrat.*

Niemand kam. Meine Wunden heilten nicht. Tropfen für Tropfen glitt das Leben aus mir und ich ward Teil der Grotte.«

Mit den letzten Worten erlosch das blaue Licht und das Brodeln in H_2s Kopf verebbte. Wie eine erschlaffte Marionette sackte der Roboter zusammen. Der letzte Wächterdrache hatte seine Geschichte erzählt.

Kenobi

Es goss, als wären alle Himmelsdämme zugleich gebrochen. Charlotte und Finn rannten zurück zum Herrenhaus, H_2 hüpfte im Rucksack auf und ab.

»Merlin, die Hexe Morgana, ein Wächterdrache – das ist Stoff aus alten Legenden.« Charlotte machte einen Satz über eine niedrige Trockenmauer. »Mum und Dad ahnten nichts davon.« *Auch Oma nicht.* »Wo sind wir da nur hineingestolpert?«

Finn schlitterte, während sie über die klatschnassen Weiden rannten. Bei jedem Schritt spritzten Pfützen und Schlamm auf. »Feuer, Wasser, Luft, Erde und auch noch Eis – die Elemente der Natur, gebannt und vereint in einem magischen Amulett. Solch ein mächtiger Gegenstand darf nicht in falsche Hände geraten.«

»Und was ist mit dieser Sache mit dem *Erben*? Heißt das nun, dass tatsächlich wir …?« Charlotte wagte nicht, es auszusprechen.

»Hast du Charles schon mal Funken aus den Fingern schlagen oder Amanda durch die Luft fliegen sehen?«, feixte Finn zurück.

Charlotte blieb so abrupt stehen, dass ihr Bruder fast in sie hineinrannte. »Glaubst du jetzt etwa doch an Magie, Finnegan McGuffin?«

Ihr Bruder verzog das Gesicht, als müsse er sich für etwas sehr Dummes entschuldigen. Hektisch putzte er seine Brille, was bei dem Regen aussichtlos blieb. »O.k., fassen wir zusammen: Ich kann scheinbar irgendwelche Gegenstände bewegen, ohne sie zu berühren. Das muss das Erd-Element in mir ausgelöst haben. Lesters Hand war eiskalt, er bekam sicher die Eis-Kraft zugeteilt. H_2 wurde durch Wasser zum Leben erweckt und er nutzt dieses Element, um Objekten ihre Geschichte zu entlocken. Unfassbar, das liegt jenseits aller physikalischen Erklärungen.«

»Bleiben noch Luft und Feuer«, ergänzte Charlotte. »Was ist mein Element?«

»Eindeutig Luft«, beschied Finn. »Denn das Feuer-Element scheint unseren Bruder auserwählt zu haben. Ich hoffe, er fackelt nicht irgendwann das Haus ab. Überhaupt wäre eine Gebrauchsanleitung, wie man die elementaren Kräfte richtig nutzt, hilfreich.«

Luft also. Und was fange ich damit an? Charlotte stierte in den Regen und versuchte, einzelnen Wassertropfen zu folgen. Das Pochen hinter den Augen blieb aus. »Und warum nicht unsere Eltern? Warum gerade wir?« Sie trabte wieder an.

»*Ein weises Geschöpf … ohne Gier und Falschheit.*« Finn rief es hinaus in den Regen und hechelte hinter seiner Schwester her. »Das waren die Worte des Drachen. Ohne Gier, ohne Falschheit – wow, also wenn das auf uns zutrifft, dann ist das ein Wahnsinnskompliment, oder?«

Charlotte sprang über ein weiteres Mäuerchen und landete in einer breiten Wasserlache. *Und ein würdiges Blut dieser Lande.* Das Wasser spritzte ihr bis in den Nacken. *Würdiges Blut.* Ihr gefiel dieser Ausdruck nicht.

»Oder es hat etwas mit der Anzahl zu tun«, keuchte Finn. »Du, Lester, ich, Bruce, selbst H_2 – wir alle berührten das Amulett im Arbeitszimmer.« Er rang nach Atem. »Fünf Elemente … fünf Auserwählte. Das

Amulett … vielleicht hat es … darauf gewartet …, dass die Anzahl – puh, ich kann nicht mehr – …, dass die Anzahl … der Erben … stimmt.« Er hielt an und stützte die Hände in die Seiten. »Wieso … rennen wir eigentlich … als wäre Morgana persönlich … hinter uns her?«

»Ich dachte, du musst dringend pinkeln?« Charlotte verlangsamte ihr Tempo.

Finn verzog den Mund zu einem Grinsen. »In den Geschichten … gehen die Helden … nie … auf die Toilette.«

Helden. Erben. Auserwählte. Waren sie das nun? Charlotte war sich unsicher, was sie von alledem halten sollte. Noch vor wenigen Stunden hatte sie gelangweilt über lateinischen Texten gehangen. Wie eine normale Schülerin. Und jetzt? *Die Erben Merlins.* Konnte es sein, dass sich das Amulett geirrt hatte? Dass es die Falschen mit den Kräften der fünf Elemente ausgestattet hatte? Oder geschah das alles nach einem uralten Plan?

Sie besah sich ihre Hände. *Sehen noch immer normal aus*, dachte sie. Dann aber wurde ihr bewusst, dass die magischen Kräfte wohl nur bei Finn und Lester in die Hände eingedrungen waren. *Bei mir aber in die Augen.* Das würde das Pochen erklären. Es beunruhigte sie noch immer. Und dennoch fühlte sie sich stolz. »Wahnsinn, Merlins Erben!«

Finn wrang seinen Anglerhut aus und setzte ihn H_2 auf den Blechkopf. »Wir können von Glück reden, dass Morgana nie die Idee gekommen ist, dass das Artefakt all die Jahrhunderte am Ort seiner Herstellung schlummerte. Was glaubst du, was passiert wäre, wenn sie es in die Finger bekommen hätte?«

»Nichts Gutes.« Charlotte legte den Kopf in den Nacken, streckte die Zunge aus und fing etwas Regen auf.

»Sie kann das Amulett nicht mit eigenen Händen berühren«, erinnerte Finn sich an die Worte des Drachen. »Aber du hast recht: Böse Hexe + große Macht = Ärger. Ich frage mich, was genau Merlin mit ins Grab genommen hat.«

»Ein Buch, eine Schriftrolle, einen Zaubertrank? Wir werden es erst erfahren, wenn wir das Grab gefunden haben.«

Finn blickte skeptisch auf den grauen Horizont. »Ich fürchte, wir müssen das Amulett nochmals einer genauen Untersuchung unterziehen. Bestimmt haben wir etwas übersehen.«

Sie erreichten das Herrenhaus kurz vor Mittag. Der Duft von gebratenem Fleisch drang durch die Weißdornhecken.

Obgleich Charlotte und Finn das Wasser im Munde zusammenlief, mussten sie sich zuerst in einen vorzeigbaren Zustand bringen. Eilig zogen sie im Waschkeller die triefenden und verschlammten Klamotten aus und schlüpften in trockene. Falls ihre Eltern Fragen stellten, wollten sie ihnen etwas von den morastigen Uferwegen am Loch Fyne auftischen.

Auf der Treppe nach oben blieb Charlotte wie festgenagelt stehen. »Riechst du das?« Sie sog die Luft ein.

»Hammelkrustenbraten mit Rosmarinkartoffeln und Mais. Archibald kocht dein Lieblingsgericht.«

»Richtig, Supernase, aber da ist noch etwas anderes.« Charlotte blähte die Nüstern wie ein Raubsaurier. »Es hängt ein Geruch in der Luft, den erkenne ich auf eine Meile.« Sie zog Finn mit sich, geradewegs in Richtung des Arbeitszimmers. »Onkel Kaleb!«

»Onkel Kaleb?«

»Er war hier. Seine süßlichen Zigarren sind nicht zu … sagt man eigentlich *überriechen*?«

Als Finn nochmals schnupperte, schien auch er die störende Note zu bemerken. »Du hast recht. Deshalb war der Kiesweg zum Tor wieder zerfahren. Kaleb war mit dem Motorrad da.« Er kratzte sich hinter dem Ohr. »Oh weh, garantiert hat er Charles und Amanda vorgejammert, in was für einen Schlamassel wir seinen Super-Sohn mal wieder reingezogen haben.«

Charlotte drückte die Klinke zum Arbeitszimmer herunter. »Ich habe da ein ganz mieses Gefühl.«

Eine Sekunde später wusste sie auch, warum.

Das Geheimversteck im Boden unter dem Schreibtisch war keines mehr. Ungeachtet des Schlosses hatte man die Diele gewaltsam herausgerissen. Leere gähnte den Kindern entgegen. Die Akte und das Artefakt waren fort. Onkel Kaleb hatte sich Merlins Amulett unter den Nagel gerissen.

Charlotte fluchte. »Das war's dann mit unserem Abenteuer. Ohne das Amulett können wir die Suche nach Merlins Grab vergessen.« Sie schob die Augenbrauen zusammen und sog nochmals die Luft ein. Der schwere Zigarrengeruch hing so deutlich im Arbeitszimmer, als hätte der Einbrecher seine Tat erst vor wenigen Minuten begangen. »Wir haben einen Dieb in der Familie.« Charlotte knirschte mit den Zähnen. »Kaleb war schon immer seltsam. Aber hättest du ihm *das* zugetraut? Was ist in ihn gefahren?«

»Dieser eingebildete Fisch!«, knurrte Finn. »Immer will er glänzen. Was hat Kaleb nun vor?«

»Er war doch damals auf der missglückten Expedition dabei. Vielleicht hat er im Gegensatz zu Mum und Dad mit der Grabsuche noch nicht abgeschlossen.«

Finn nickte. »Es ging um viel Geld. Kaleb kann es gut gebrauchen. Seine Heringsfangflotte ist total marode. Aber steht das Angebot dieser rätselhaften Auftraggeberin noch? Das ist mehr als zwölf Jahre her.«

»Jedenfalls hatte er Hunger.« Charlotte zeigte auf die Keksdose auf dem Schreibtisch. »Nicht nur ein Einbrecher, jetzt futtert auch er Dad die Kekse weg. Was mögen nur alle an diesem scheußlichen Whisky-Gebäck?«

Sie schraubte die Dose auf. Wie erwartet war sie leer. Bis auf einen unsauber gefalteten Zettel. Charlotte fischte ihn heraus. Nur ein Wort stand darauf.

»*Kenobi*? Was soll das nun wieder bedeuten?«

Finn holte tief Luft und nahm seiner Schwester den Zettel ab. »Das hat Lester geschrieben. Das ist unser Code.«

»Ihr habt einen *Code*?« Charlotte wusste nicht, was sie davon halten sollte.

»Nicht hier«, gab Finn zurück. »Hier können wir jeden Moment gestört werden.«

»Was hast du vor?« Charlotte spürte, wie neue Aufregung sie durchströmte.

Finn hob eine Augenbraue. »Geduld, junger Padawan.«

Zurück auf Charlottes Zimmer hielt Finn ihr sein Handy unter die Nase und startete eine App. *Vocabulary-Monk* hatte es in sich. Hinter dem gefakten Startscreen für Deutsch-Vokabeln verbarg sich ein völlig anderes Programm.

»In Wirklichkeit ist es eine Nachrichten-App, mit der man unbemerkt von den Eltern chatten kann«, erklärte Finn. Er schien ein bisschen stolz, dass er etwas besaß, das seine Schwester nicht kannte.

Charlotte gelangte nach Eingabe des Codewortes *Kenobi* auf die geheime Funktionsebene. »Ein Messenger, den uns Dad noch nicht gesperrt hat – den hättest du mir früher zeigen müssen. Wie funktioniert die App genau?«

»Man kann in ihr Textnachrichten hinterlassen. Wenn dir jemand eine Nachricht geschrieben hat, meldet sich die App mit der Mitteilung, dass eine neue Vokabel-Lektion für deine Lernmühen freigeschaltet wurde. Eltern checken so etwas nicht.«

Charlotte lächelte mit großen Augen. Dieses Maß an Verschlagenheit hätte sie ihrem Bruder nie zugetraut. »Dann lass uns sehen, was Lester dir Geheimes hinterlassen hat.«

»*Dad hat das Amulett*«, las Finn Lesters Nachricht vor, die reich an wütenden, fragenden, aber auch ängstlichen Emojis war. »*Er glaubt, dass es schuld sei an meiner komischen Erkältung. Angeblich braucht er es, um irgendwo hochzulaufen. Hoch zu einem Grab. Ist das Merlins Grab, von dem du am Telefon erzählt hast? Auch faselt Dad ständig von einer alten Freundin, die er treffen muss. Ich kapiere das alles nicht. Von jetzt auf gleich hat er mich aus dem Krankenhaus gezerrt. Die Ärzte haben voll komisch geguckt. Und jetzt will Dad verreisen. Sofort. Mit dem Flugzeug. Ich habe keinen Plan, wohin es gehen soll. Ernsthaft, Finny: Der Alte macht mich nervös. Helft mir, Obi-Wan Kenobi – Ihr seid meine letzte Hoffnung!*«

»Wow, das klingt dramatisch.« Charlotte sah ihren Bruder an. »So kenne ich Lester gar nicht. Ihm scheint wirklich die Düse zu gehen. Aber kein Wort davon, ob er irgendeine Eis-Kraft in sich spürt.«

»Dafür hört es sich fast nach einer Entführung an«, entgegnete Finn.

»Wir sollten Charles Bescheid geben. Immerhin gab es einen Einbruch in sein Arbeitszimmer.«

»Auf keinen Fall! Statt Onkel Kaleb wird Dad nur uns verdächtigen. Am Ende bekommen wir noch Hausarrest.«

Finn murrte. »Dann müssen wir das alleine klären und Lester finden. Klar ist, Kaleb will mit ihm zum Grab.« Er rieb über seine Brillenbügel. »Wo vermutet Kaleb das Grab? Lester schreibt *hoch zu einem Grab.* Denk mit, Charlotte! *Wo* hoch?«

»Vielleicht liegt Merlins Grab in einem Turm? Zauberer fahren doch auf solche Gebäude ab.«

»Turm, Berggipfel, in der Grotte waren auch Zeichnungen von Pyramiden.« Finn bearbeitete weiterhin die Brille.

»Du meinst, Merlin ruht in einer ägyptischen Pyramide? Oh Mann, das wird ein weiter Weg.«

»Möglich ist alles.« Finn riss sich die Brille vom Kopf und stiefelte in Charlottes Zimmer umher. »Wir Amateure! Wir hätten die Zeichnungen in der Höhle fotografieren sollen. Noch mal krieche ich nicht zu den Monster-Asseln.« Er vergrub die Hände in den Hosentaschen und trat wütend gegen das Bett seiner Schwester.

»Und die Akte haben wir auch nicht mehr«, stimmte Charlotte in den Frust ihres Bruders ein. »Ob wir Mum doch noch mal aushorchen sollten?«

Finns Gesicht hellte sich auf. »Das müssen wir nicht. Wir haben noch etwas, das uns möglicherweise erzählen kann, was damals vorgefallen ist.« Er zog eine Hand aus der Hosentasche. »Vielleicht ist unser Abenteuer doch nicht vorbei.« In seiner Hand lag das kleine Videoband.

Ein Bootshaus ohne Boot

Der Sonntagsbraten ließ heute ungewohnt lange auf sich warten. Alle fünf McGuffins saßen bereits am Tisch, während Archy noch immer in der Küche hantierte. Als der Butler endlich das Essen servierte, fiel die Familie wie eine Wolfsmeute über Hammel, Kartoffeln und Mais her.

Während sich Finn konzentriert jedem einzelnen Maiskorn widmete, versuchte Charlotte, nicht daran zu denken, was im Arbeitszimmer vorgefallen war. Was führte Onkel Kaleb im Schilde? Sie tupfte die Bratensoße mit den Kartoffeln auf. Obwohl Archy sich wie so oft selbst übertroffen hatte, hing eine gespannte Stimmung über dem Mittagstisch. Charlottes Vater kaute nachdenklich und auch ihre Mutter wirkte abwesend, während sie Bruce die Kartoffeln zerdrückte.

Amanda hatte erzählt, dass der Dorfarzt bei Bruce keine Krankheit festgestellt hatte (trotz heißer Haut und kratziger Stimme). Vielleicht brütete der Zweijährige etwas aus, der nächste Zahn war auf dem Weg oder Bruce befand sich in einem der gefürchteten Entwicklungssprünge.

Momentan schien der kleinste McGuffin zumindest hochzufrieden. Er verdrückte erst drei Kartoffeln mit Soße und beim Nachtisch Unmengen an Eiscreme, als hockte ein nimmersattes Raubtier in ihm. Charlotte musterte ihren Bruder aufmerksam. Wie lange würde es noch dauern, bis sich das Feuer-Element in ihm seinen Bann brach? Und was würde dann passieren?

H_2 befand sich derweil in sicherer Verwahrung in Finns Zimmer. Nachdem Finn ihn rasch abgetrocknet hatte, hatte er ihn mitsamt einer Ausgabe von Sir Thomas Malorys »König Artus und die Ritter der Tafelrunde« in den Wandschrank gesperrt. Er hoffte, dass der durstige Roboter mit dieser Lektüre vorerst beschäftigt war.

»Sollen wir den Wildbienen-Vortrag noch mit ein paar aktuelleren Fotos auflockern?«, meldete sich Charles aus seinen Gedanken zurück.

»Warum nicht gleich ein Film über unsere Bienenstöcke?«, schlug Amanda vor. »Hast du deine alte Videokamera noch?«

Beide Kinder verharrten mit dem vollen Löffel vor dem offenen Mund.

»Ja, aber die habe ich lange nicht mehr benutzt«, gab Charles zu. »Sie muss im Bootshaus sein. Ich suche später danach, erst will ich nach meinen Bienen sehen.«

»Wir sollten das Bootshaus wirklich mal aufräumen«, erwiderte Amanda und wandte sich an ihre Tochter. »Aber das muss warten. Könnt ihr euch heute Nachmittag mit eurem kleinen Bruder beschäftigen? Euer Vater und ich müssen noch einiges für den Kongress nächste Woche vorbereiten.«

»Kongress?«, fragte Charlotte verwirrt. Sie schielte zu Finn. Auch in seinem Gesicht standen Fragezeichen.

»Der Herbstkongress, die Tagung der schottischen Imker«, antwortete Charles. »Der ist doch jedes Jahr um diese Zeit. Dieses Mal ist er besonders wichtig. Wenn ich McArthur von meinem Vorhaben überzeugen kann, können wir vielleicht schon im nächsten Frühjahr mit der Überführung unserer Bienenvölker auf die Insel Oronsay beginnen.«

Während ihre Eltern schon wieder zu langweiligen Imkergesprächen übergingen, zwinkerte Charlotte ihrem Bruder zu. Keine Frage, was sie nach dem Essen umgehend in Augenschein nehmen würden.

»Wieso heißt es eigentlich Bootshaus, wenn gar kein Boot darin liegt?«, fragte Charlotte, als sie nach dem Mittagsessen hinunter zum Ufer des Loch Fyne liefen. Bruce brabbelte im Halbschlaf irgendwas von Fischen. Charlotte hatte keine Lust gehabt, ihrem Bruder beim Mittagsschlaf zuzusehen. Kurzerhand hatte sie ihn in den Tragesitz gesteckt und auf ihren Rücken geschnallt.

»Opa Alistair ist von dort zu seinen ersten Fängen hinausgefahren«, erklärte Finn. Auch das neue Familienmitglied auf seinem Rücken döste. Die Geschichten um Artus, Morgana und Merlin, die H_2 in kurzer Zeit bis auf die letzte Seite in sich hineingeschaufelt hatte, wollten erst mal verdaut werden.

»Ich kann mich nicht daran erinnern, wann wir das letzte Mal da drin gewesen sind.« Charlotte beschattete ihre Augen, als das Bootshaus vor ihr auftauchte. Es war nicht viel mehr als ein hölzerner Lagerschuppen, dessen hinterer Teil auf Stelzen hinaus ins Meer ragte. Wände und Dach erweckten dabei den Anschein, als sei das Bootshaus im Laufe der Jahre ungeplant in Richtung Wasser gerutscht. Auch das verblasste Logo von McGuffin-Treasures hatte seine beste Zeit lange hinter sich.

»Abgeschlossen«, bemerkte Charlotte mit Blick auf das mächtige Vorhängeschloss am Schuppeneingang.

»Dann zeig mal, was du aus dem Video noch behalten hast.« Finn lehnte den Rucksack mitsamt dem dösenden Roboter gegen die Schuppenwand und kramte die Dietriche hervor, mit denen seine Schwester schon im Arbeitszimmer Erfolg gehabt hatte.

Charlotte machte sich ans Werk. Doch sosehr sie sich auch abmühte, es gelang ihr nicht, das rostige Schloss zu öffnen. Was sie in dem YouTube-Video gesehen hatte, erschien ihr wie Spuren im Schnee, die der Wind zugeweht hatte. »Ich dachte, ich könnte es noch.« Enttäuscht schmiss sie das Diebeswerkzeug ins Gras. Was immer es mit der Elementkraft der Luft auf sich hatte, es war keinesfalls leicht zu begreifen. Immerhin blieb dieses Mal der Kopfschmerz aus.

»Keine Hektik«, beschwichtigte Finn. »Vielleicht solltest du dir das Video noch mal anschauen. Das weckt deine grauen Zellen wieder auf und dann ist es ganz einfach.«

»Heb den Bügel des Schlosses doch *einfach* mit deiner tollen Erdkraft an«, gab Charlotte mit gekräuselten Lippen zurück. »Oder am besten gleich das ganze Bootshaus.« Es wurmte sie, dass Finn bei seiner Kraft mehr Durchblick zu haben schien.

»In der Dragon's Cave waren es Steine. Und zu Hause eine Butterschale. Das Schloss hier besteht jedoch aus Eisen. Die molekulare Struktur ist nicht zu vergleichen, außer …«

»Schon gut«, unterbrach Charlotte. »Vielleicht gibt es einen anderen Eingang.« Sie reichte Finn die Trage mit Bruce. »Halt mal!«

Während Finn mit überfordertem Gesichtsausdruck seinen soeben aufgewachten Bruder auf dem Arm balancierte, stakste Charlotte mit hochgekrempelten Hosenbeinen auf der Rückseite des Schuppens ins Wasser. Das Bootshaus lag zum See hin offen, allerdings versperrte ein Gatter den Zugang.

Charlotte verspürte wenig Lust, unter Wasser nachzusehen, ob die

Latten bis zum Gewässergrund reichten. Trotz der milden Herbsttage war Loch Fyne unangenehm kalt. Immerhin konnte sie, als sie einige Braunalgen auf dem Tor entfernte, durch die Ritzen in das Bootshaus spähen.

Inmitten von vollgestopften, vor Regen und neugierigen Blicken abgedeckten Wandregalen lugte unter einer ausgeblichenen Plane der Rumpf eines Flugzeugs hervor. Charlotte erkannte das sonnengelbe Wasserflugzeug, das gemächlich auf dem Wasser schaukelte, sofort wieder. Und doch war es Jahre her, dass ihr Vater sie mit der *MarySue* auf einen Rundflug über den Loch Fyne mitgenommen hatte.

»Es gibt eine Dachluke«, rief sie, als sie entdeckte, wodurch Licht ins Innere des Bootshauses fiel. »Aber es ist noch ein Gitter davor.«

Weil Finn neben den Dietrichen auch weitere Werkzeuge mitgenommen hatte, waren die Schrauben des Gitters schnell heraus. Dann schnallte sich Charlotte den lachenden Bruce wieder auf den Rücken und stieg in das Lager hinab.

Finn und H_2 folgten nicht minder neugierig.

Unter den Schutzplanen verbargen sich Zelte, Schlafsäcke, Kletterseile, Steigeisen und Schneeschuhe. Auch Spaten, Holzfällerbeile und eine Wurfanker-Pistole – leider defekt – waren unter der Ausrüstung der Eltern. Zudem fanden sich in zahlreichen Kisten Sturmlaternen, Wachsfackeln, Schutzhelme, Ferngläser, Taucherausrüstungen, Koch- und Essgeschirr sowie längst abgelaufene Medikamente.

Bruce, der sofort aus der Trage geklettert war, schob sich glucksend durch das Gerümpel und stöberte im Nu einen Vorrat an Konserven auf. Die Etiketten waren verblasst und einige der Ravioli-Dosen seltsam aufgebläht. Während H_2 schläfrig die *MarySue* unter der Plane beäugte und ungefragt Informationen zur Bauweise des sogenannten Flugbootes abspulte, suchten Charlotte und Finn fieberhaft nach dem Camcorder ihres Vaters.

Sie fanden ihn in einer wasserdichten Plastikbox. Zwar waren die Batterien leer, aber Finn hatte an Ersatz gedacht. Gespannt schob er das Magnettape in die Videokamera, klappte den winzigen Bildschirm aus und drückte auf *Play*.

»*Heute geht's endlich los*«, begrüßte sie das jüngere Ich ihres Vaters, direkt in die Kamera. »*Wir stehen zusammen, wir fahren in ein Abenteuer. Kaleb, läuft sie? Sag mal, weißt du überhaupt, wie dieser Schnickschnack funktioniert?*«

Die Stimme ihres Onkels bejahte aus dem Off und zusätzlich nickte er mit der Kamera. Kurz war der Boden des Wasserflugzeugs zu erkennen.

»*Sag hallo, Honey.*« Charles zog Amanda ins Bild. »*Ophelia und Kaleb haben vorgelegt, jetzt sind wir an der Reihe.*« Charles küsste den unauffälligen Bauch seiner Frau.

»*Ihr müsst euch noch ein paar Monate gedulden.*« Amanda lächelte in die Kamera, dass Charlotte warm ums Herz wurde. »*Übrigens: Es wird ein Mädchen. Wir werden sie Charlotte nennen.*«

Nicht nur Lester, dachte Charlotte mit einem Kloß im Hals, *auch ich war mit Mum und Dad schon auf Abenteuerreise.*

Onkel Kaleb schwenkte durch den Laderaum des Flugzeugs. Sie erkannten zahlreiche Ausrüstungsgegenstände, die noch heute im Bootshaus lagerten. Dann keuchte Charlotte überrascht auf. Eingeklemmt zwischen Transportkisten und den hinteren Flugzeugsitzen stand ein Baby-Reisebettchen. Unter einer Dinosaurier-Decke strampelte etwas. Dann endete die Videoszene unerwartet.

Noch bevor Finn und Charlotte sich darüber austauschen konnten, ob sie soeben tatsächlich Lester gesehen hatten, ging die Aufzeichnung weiter. Dieses Mal schien ihr Vater selbst zu filmen. Die Kamera zeigte kurz seine Hand mit dem Ehering, dann schwenkte Charles nach oben. Blauer Himmel, darunter die Wolkendecke. Knatternder Motorenlärm verriet, dass das Flugzeug bereits in der Luft war.

Als Charles zurückzoomte, erschien Ophelia auf dem Co-Pilotensitz. Die Frau mit den langen Haaren und den großen Ohrringen lächelte in die Kamera. Ein weiterer Schwenk zeigte den Säugling, der auf ihrem Schoß saß. Die Ähnlichkeit mit Lester war nicht abzustreiten. Ophelia sagte etwas, aber die Propellergeräusche verschluckten die Worte.

Ruckartig riss Charles die Kamera zum Pilotensitz herum. Dort saß Archy, die noch nicht ergrauten Haare zu einem kurzen Zopf gebunden, eine Zigarre im Mundwinkel.

Charlotte und Finn klappten erneut die Münder auf.

»Dieselben Zigarren, die Kaleb immer raucht«, sagte Finn und drückte die Pausentaste unterhalb des Bildschirms. »Eindeutig, die grüne Banderole mit dem goldenen Indianerkopf.«

Charlotte starrte auf die eingefrorenen grün-goldenen Pixel des Zigarren-Logos und nickte.

»Damals kamen sie wohl noch gut miteinander klar.« Finn hob schnuppernd den Kopf. »Merkwürdig, ich kann das Feuer förmlich riechen.«

Charlotte wirbelte herum. »Nein, Bruce, nein!«

Ihr Bruder saß in einer Metallkiste, eine braune Wachsfackel in den Händen, in die er soeben genüsslich hineinbiss. »Sotolade, mmh!«

Charlotte entriss ihm die Fackel. »Ausspucken! Sofort!«

Für einen Moment sah der Kleine seine Schwester entrüstet an. Dann spuckte er aus. Die heiße, knisternde Wolke aus Bruces Mund entflammte sofort eine weitere Fackel, die neben der Kiste lag.

Ach du … Entsetzt starrte Charlotte ihren Bruder an.

Geistesgegenwärtig beförderte Finn die Fackel mit einem Tritt ins Wasser, wo sie sofort zischend erlosch. »Phänomenal.«

Charlotte rang die Hände. »Mein Großer, geht es dir gut?« Sie wagte einen Blick in Bruces Mund. Sein Rachen war nur leicht gerötet, aber der Atem roch nach faulen Eiern.

Bruce lachte und schlang die kurzen Ärmchen um den Hals seiner Schwester. »Duast, Schalett.«

»Ich habe leider nichts zu trinken dabei.« Sie sah sich um. Kurz blieb ihr Blick an H_2 hängen.

»Nun wissen wir, was die Kraft des Feuer-Elements in ihm auslöst«, stellte Finn fachmännisch fest. »Ich nehme an, auch das verschweigen wir unseren Eltern?«

Charlotte schob die Brauen zusammen. »Wenn sie davon Wind bekommen, ergeht es Bruce wie unserem Cousin. Sie stecken ihn ins Krankenhaus. Und danach fühlen sie uns auf den Zahn.«

Die Geschwister sahen ihren kleinen Bruder an. Der faulige Gestank schien ihm aus allen Körperöffnungen zu strömen. Bruce erweckte jedoch nicht den Anschein, dass ihn das störte. Er strahlte über das ganze Gesicht. Charlotte schnaufte durch. »Weiter im Film.«

Finn ließ die Aufzeichnung weiterlaufen. Niemand anderes als der Butler rief nun etwas in Richtung Kamera. Zwar ging auch das im Lärm der Flugzeugmaschine unter, doch es war eine Sensation.

»Archibald konnte zu diesem Zeitpunkt noch sprechen!«, rief Finn. »Was hat er gesagt?« Er spulte zurück.

»Himalaya«, wiederholte Charlotte, was sie von den Lippen des Butlers gelesen hatte. »Sie sind unterwegs in den Himalaya.« Sie japste auf. »Dort also haben sie Merlins Grab vermutet. Das wird ja immer besser.«

Der nächste Schnitt brach auch diese Szene unerwartet ab, Charles filmte jetzt außerhalb des Flugzeugs. Die MarySue schaukelte auf den Wellen eines stahlblauen Sees, der von teils schneebedeckten Bergen umrahmt wurde. Erstmalig war nun auch Onkel Kaleb zu sehen. Er bestieg ein Motorboot, in dem mehrere Einheimische saßen.

Charlotte musste grinsen. Nicht über die bunt gekleideten Dorfbewohner mit den tiefschwarzen Haaren und den herzlichen Gesichtern, sondern über ihren Onkel. Auch Kaleb McGuffin hatte damals anders ausgesehen. Wie er jetzt im Boot saß – aufrecht, die nackenlangen Haare wehten im Fahrtwind, der wasserblaue Blick war verwegen auf das heraneilende Ufer geheftet – sah er aus wie ein Filmstar.

Schon fing die wackelige Kamera das Dorf am Seeufer ein. Mit ihren flachen Schieferdächern wirkten die Häuser wie angemalte Schuhkartons. Leinen mit bunten Stofffetzen flatterten zwischen den Gebäuden. Noch einmal schwenkte Charles zurück zum Wasserflugzeug. Archy winkte dem davonfahrenden Boot aus dem Cockpit nach. Auf seinem Arm saß Baby Lester. Aus dem Off konnte man hören, wie Ophelia aufschluchzte.

»*Dein Kleiner ist bei Archibald in guten Händen*«, sagte Charles hinter der Kamera. »*Außerdem werden wir nicht lange weg sein.*« Die Kamera streifte Ophelias von Tränen gerötetes Gesicht.

Ophelia schniefte. »*Hoffen wir, dass die Legende von dem Mann im Eis ein Fünkchen Wahrheit beinhaltet und nicht wieder so ein Reinfall ist wie deine Idee mit der Dragon's Cave.*« Sie drückte die Kamera nach unten.

»Und hör auf mit dieser Filmerei, Charles! Kaleb hat recht, das Geld hättest du besser in ordentliche Kletterseile investieren sollen.«

»Ob Archy diese Aufnahmen kennt?«, fragte Charlotte, als nur noch Schnee auf dem Videoband folgte. »Hey, Bruce, weg vom Wasser!« Sie zog ihren Bruder vom Flugzeugsteg.

»Ein Mann im Eis«, murmelte Finn. »Eis. Wieder Eis.«

»Ich würde zu gern erfahren, wie Archibald seine Stimme verloren hat«, gestand Charlotte und drückte auf Vorspulen.

Es gab noch eine Szene. Sie war inmitten eines Schneesturms aufgenommen worden. Wie schwarze Fliegen setzten sich die Flocken auf die Kameralinse. Kurz waren Kalebs Umrisse im fauchenden Weiß zu erkennen.

Dann wurde die Aufnahme erneut unterbrochen. Die nächste Szene war wieder an Bord der MarySue. Jemand pfefferte die Kamera bei laufender Aufnahme auf die Armaturentafel des Cockpits.

»Wir brechen ab«, rief Charles mit hochrotem Gesicht ins Objektiv. Seine Barthaare starrten voller Eiskristallen. *»Bring sie hoch, Archibald, wir müssen hier weg! Sofort!«*

Hinter Charles schleppte sich Amanda ins Flugzeug, dabei stützte sie ihren Bruder.

Kalebs Blick war von Schmerz und Tränen verwischt. In der Hand hielt er einen faustgroßen, blassblauen Kristall, den er wütend von sich schleuderte. Immer wieder rief er etwas, das das Heulen des Sturms davontrug.

Finn sah seine Schwester fragend an.

Charlotte wurde eiskalt, als sie erkannte, was Onkel Kalebs Lippen von sich gaben: *»Sie ist tot!«*

Ich kann alles fliegen

Unablässig starrten Finn und Charlotte auf den leeren Bildschirm der Videokamera.

»Tante Ophelia … sie ist auf der Suche nach Merlins Grab gestorben«, sagte Charlotte leise, als könne die Wahrheit so kein Gewicht bekommen. »Wenige Monate nach Lesters Geburt. Wie grausam.«

»Darum also haben sie die Expedition abgebrochen.« Finn klappte den Bildschirm ein und klang nicht weniger erschüttert. »Sie haben uns belogen. Ophelia ist nicht bei einem Autounfall gestorben, sondern … Wer da?« Er wirbelte herum.

Mit pochendem Herzen, aber ungleich langsamer wandte sich auch Charlotte um. Der Mann hinter ihnen musste das Schloss der Schuppentür völlig geräuschlos geöffnet haben.

Erleichtert atmete sie auf, als sie das markante Gesicht erkannte. »Archy, was machst du denn hier?«

Archibald Black verzog den Mund, deutete stumm auf die Kamera in Finns Händen und schüttelte den Kopf.

»Wir haben nur …«, begann Finn. »Also wir …«

»Wie ist Tante Ophelia gestorben?«, wollte Charlotte wissen. »Passierte es auf dem Berg?«

Archy trat näher, schenkte Bruce ein Lächeln und warf H_2 einen neugierigen Blick zu. Fordernd streckte er die Hand nach der Kamera aus.

Finn gab sie ihm seufzend. »Du warst dabei, hast die MarySue geflogen, im Himalaya auf Lester aufgepasst. Was ist damals vorgefallen?«

Archy schnaubte und seine Miene versteinerte.

»Vielleicht wiederholt es sich gerade«, versuchte es Charlotte. »Lester ist fort. Onkel Kaleb hat ihn mitgenommen. Er will Merlins Grab noch immer finden.«

Jetzt kam Bewegung in die Gesichtszüge des Butlers. Er schnalzte mit der Zunge, griff in seine Weste und zog heraus, womit er seit Jahren kommunizierte: einen kleinen Notizblock.

Darum also stahl Kaleb das Amulett, schrieb er auf den ersten Zettel und zeigte ihn den Kindern.

»Du weißt davon?«, fragte Charlotte überrascht.

Ich bin euer Butler, notierte Archy auf dem zweiten Zettel und fügte auf einem dritten hinzu: *Ich kümmere mich um euch und das Haus. Mir entgeht nichts!*

»Kaleb ist auf dem Weg in den Himalaya«, sagte Charlotte. »Was ist damals auf der Reise unserer Eltern schiefgelaufen?«

Archy zog zwei Transportkisten heran und deutete den Kindern, sich zu setzen. Er brauchte viele Zettel, um zu berichten, was vor mehr als zwölf Jahren vorgefallen war:

Die Suche nach Merlins Grab hatte die McGuffins damals tatsächlich bis in das Himalaya-Gebirge verschlagen. Charles hatte herausgefunden, dass es sich bei den arabischen Ziffern in der Dragon's Cave um Längen- und Breitengrade handelte, und diese hatten sie nach Tibet geführt. Hier erzählten die Einheimischen von einem zauberkundigen Toten – einem

Mann, eingeschlossen im Eis des Berges, seit Jahrhunderten von Mönchen eines Klosters verehrt.

»Merlin liegt in einem Kloster begraben?«, unterbrach Charlotte die Zettelflut.

Archy lächelte und kramte einen neuen Block hervor: Die vier Schatzsucher hatten das Kloster nie erreicht. Mitten auf dem Berg waren sie von einem Schneesturm überrascht worden. Kaum hatte der sich verzogen, gab es Streit über den weiteren Fortgang der Expedition. Kaleb mahnte vor Lawinen und Gletscherspalten, aber Charles setzte sich durch. Dann kam es zur Tragödie: Ophelia und Charles stürzten in eine Eisspalte, heimtückisch unter dem Schnee verborgen. Die Sicherung durch eine Leine hielt beide, jedoch nur kurz.

Kaleb gibt Charles noch heute die Schuld für die billige Ausrüstung, schrieb Archy weiter.

»Aber Dad konnte sich retten«, wisperte Charlotte und spürte, wie ihr Tränen in die Augen stiegen.

Archy nickte: *Charles schaffte es aus der Gletscherspalte. Ophelia aber fiel in das kalte Blau und verschwand.*

Bestürzt schwiegen die Geschwister. Sogar Bruce schien die Traurigkeit zu spüren, die sich über das Bootshaus senkte.

»Und so drehten unsere Eltern wieder um«, sagte Finn nach einiger Zeit, »und gaben nicht nur die Suche nach Merlins Grab, sondern auch die Firma auf.«

Archy sah die beiden Kinder regungslos an. Dann schrieb er nickend: *Kaleb hat eurem Vater nie verziehen.*

»Und nun will Onkel Kaleb nochmals zu dem Kloster«, sagte Charlotte. »Um Merlins Grab endlich zu finden.«

Aber wieso mit Lester? Archy malte ein großes Fragezeichen unter seine Frage.

Nun war es an Finn zu erzählen, was geschehen war, als sie das Amulett gefunden hatten. Dass sich die Kräfte der Elemente aus den Steinen des Amuletts gelöst hatten und auf Finn und seine Geschwister übergegangen waren.

»Lester hat das Amulett ebenfalls berührt«, schloss Finn seine Geschichte. »Wir vermuten, dass er die Kraft des Eises abbekommen hat. Wahrscheinlich glaubt Kaleb, dass ihm sein Sohn beim Öffnen des Eisgrabes irgendwie von Nutzen sein wird.«

»Eis!«, krähte Bruce und torkelte auf Charlotte zu.

Archy kratzte sich den Backenbart. *Nicht gut. Der Weg zum Kloster birgt mehr Gefahren als nur Gletscherspalten,* schrieb er.

»Wir müssen ihnen schleunigst folgen«, sagte Charlotte.

Archy und Finn sahen sie gleichermaßen überrascht an.

»Wir wissen alle, wie skrupellos unser Onkel ist. Wir müssen Lester da raushauen.«

»Wie soll das funktionieren?«, warf Finn ein. »Wir sind Kinder, wir können nicht mal eben in den Himalaya reisen.«

»Wieso nicht? Sieh dich um. Alles, was wir für so einen Trip brauchen, ist in diesem Schuppen.« Charlotte deutete auf das Flugzeug. »Die alte Lady könnte mal wieder frischen Wind vertragen.«

Die Augen des Butlers weiteten sich. *Oh nein*, kritzelte er eilig aufs Papier.

Charlotte setzte jenen Blick auf, der auch bei ihrem Vater funktionierte. »Bitte, Archy, du musst uns helfen! Du kennst den Ort, zu dem Onkel Kaleb und Lester unterwegs sind.«

Nochmals hielt der Butler den letzten Zettel hoch.

»Aber was ist mit unseren Eltern?« Finn neigte den Kopf und wägte ihre Chancen ab. »Sie werden solch ein Abenteuer kaum erlauben. Es sei denn ...«

»... es sei denn, sie bekommen davon nichts mit«, beendete Charlotte den Satz. »Der Bienenkongress! Mum und Dad sind nächste Woche nicht da.«

Der alte Butler rang die Hände und vermied es, zum Wasserflugzeug zu schielen. Ohne es den Kindern zu zeigen, schrieb er auf den letzten verbleibenden Zettel seines Notizblocks.

Finn straffte sich. »Stell dir vor, Kaleb öffnet das Grab und nimmt sich, was mit Merlin begraben wurde. Wollen wir wirklich unserem Onkel die Entdeckung überlassen?«

Ein seltsamer Schimmer lief über das Gesicht des Butlers. *Eure Eltern werden mich entlassen, wenn das herauskommt,* stand auf dem zuletzt geschriebenen Zettel.

»Dann ist es beschlossene Sache.« Charlotte sprang auf. »Wir verreisen. Das wird ein Abenteuer. Danke, Archy, danke!« Sie fiel dem Butler um den Hals.

Der drückte Charlotte und zwinkerte Finn zu. Dann stand er auf und klopfte mit der Faust gegen den Rumpf des abgedeckten Flugzeugs.

»Du kannst die MarySue doch noch fliegen, oder?«, fragte Finn.

Archibald Black lächelte verschwörerisch und drehte den letzten Zettel seines Blocks um: *Ich kann alles fliegen!*

Flugschule

Charlotte war seit dem Morgen bei bester Laune. Ganz anders als die Vorfreude auf ihren Geburtstag oder sogar Weihnachten. Das hier, das war Aufregung auf einem ganz anderen Level.

Bereits als der Motor ansprang, jauchzte sie. Doch obwohl Archy Headsets mit dick gepolsterten Kopfhörern verteilt hatte, übertönte das Knattern des über 50 Jahre alten Propellers alles. Ihr Bruder glotzte nur verständnislos zurück und tippte auf das funktionslose Mikrofon seines Headsets. Es würde wohl keine allzu gesprächsreiche Reise werden.

Als Archy Vollgas gab und die MarySue über den See pflügte, ächzend und stöhnend, als erwache sie aus einem langen Schlaf, lief ein wohliges Kribbeln durch Charlottes Körper. Und obwohl ihre Ohren jetzt schon dichtmachten, waren ihre übrigen Sinne nie wacher gewesen. Sie roch verbranntes Öl, heiß werdendes Metall, die muffigen durchgesessenen Sitze und sprödes Plastik. So roch der Aufbruch in die Ferne, die Reise ins Ungewisse. Sie liebte diesen Geruch.

»Wir finden das Grab. Wir retten Lester«, murmelte sie, als die Maschine die Wasseroberfläche verließ und sich in die Luft erhob. Charlotte schob das Kendō-Schwert ihrer Mutter unter den Flugzeugsitz. Sie kam sich vor wie eine der mutigen Kriegerinnen aus den Geschichten, die sie so gerne las. Ein Blick auf Finn verriet ihr, dass auch er von der betagten, aber tüchtigen Flugmaschine schwer begeistert war.

Die MarySue wurde von Archy bis auf Reisehöhe geschraubt und Charlotte und Finn machten es sich im hinteren Teil des Flugzeuges bequem. Eingepfercht zwischen Zelten und Kisten mit Proviant und Schneekleidung stand Lesters altes Babybett, in dem nun Bruce regierte. H_2 war von Finn auf einem der Sitze festgegurtet worden, vor sich eine Kiste mit Lesenahrung, aus der sich der Roboter nach Zahnradlust bediente. Als neuestes Familienmitglied wollten die McGuffins ihn natürlich dabeihaben – nicht nur, weil man H_2 in Unweite zu einer großen Bibliothek schwerlich hätte allein lassen können. Finn hatte immer wieder betont, dass die Erben Merlins zusammenbleiben sollten und sich H_2 noch als nützlich erweisen würde.

Als der Butler eine Kurve über ihr nun verwaistes Zuhause flog, verstauten Charlotte und ihr Bruder die letzten Gepäckstücke. Nach Abfahrt der Eltern hatten sie sich kaum einen Tag gegönnt, die eingemottete Ausrüstung von McGuffin-Treasures zu durchsuchen und das Brauchbare hervorzuholen. Wie erwartet, hatten Amanda und Charles ihre Kinder der Obhut ihres alten Freundes Archy überlassen. Etwas mehr als eine Woche blieb ihnen nun, Lester und Kaleb aufzuspüren und wieder nach Hause zurückzukehren, bevor ihre Eltern von dem Bienen-Kongress wiederkamen.

Die MarySue nahm Kurs in Richtung der aufgehenden Sonne. Bereits der Flug über ihre Heimat raubte den Reisenden den Atem. Die tiefgrünen Highlands schlummerten noch unter der dunstigen Decke der Nacht.

Charlotte ließ ihre Gedanken schweifen. Was erwartete sie dort draußen? Würde das Flugzeug die weite Reise überstehen? Hatten sie genug Essen dabei? Sie musterte ihren Bruder, der stirnrunzelnd die Packliste durchging. *Oje, es gibt gar kein Klo an Bord.*

Kaum hatten sie die Küste knapp hinter der schottischen Hauptstadt passiert, ging es über die Nordsee. Die MarySue hüpfte und schlingerte im Wind, als befände sie sich im Griff zweier ringender Riesen. Charlottes Magen rebellierte und Finns Gesicht verfärbte sich. Bruce wurde in seinem wackelnden Bettchen aus dem Schlaf gerissen und plärrte lauthals seinen Unmut heraus. Charlotte versuchte, ihn mit allerlei Tricks, die sie sich bei ihren Eltern abgeschaut hatte, zu beruhigen. Aber selbst den heiß geliebten Paw-Patrol-Schnuller verschmähte der Kleine.

»Das kann ja heiter werden«, murmelte sie, ließ sich jedoch nicht die Laune verderben. Unter dem anhaltenden Brüllen ihres Bruders gurtete sie sich wieder an. *Früher oder später wird er einschlafen.*

Über dem Norden Deutschlands, als das Wetter ruhiger wurde, schlummerte Bruce tatsächlich ein. Die Reisenden atmeten auf. Fortan ging es für weite Strecken über Land.

Nachdem sie sich an den Spielzeuglandschaften vorerst sattgesehen hatten, begann Finn damit, sich in seiner neuen Kraft zu üben. Als die MarySue die Grenze zu Polen überflog, schwebte ein Becher des Essgeschirrs zitternd in der Luft – nur durch die unsichtbare Kraft aus Finns Fingern angehoben. Bald darauf gelang es ihm, auch noch einen zweiten Alu-Becher zeitgleich anzuheben.

»Die Macht ist stark in dir«, kommentierte Charlotte den Erfolg ihres Bruders. Insgeheim war sie ein bisschen neidisch, dass Finns Elementarkraft so einfach zu begreifen war. *Und was bin ich? Eine Luftnummer mit Migräne.*

Gelangweilt scrollte Charlotte durch die Video-App ihres Handys. Zuerst sah sie Freeclimbern zu, die sich ungesichert an Steilwände wagten. Danach wechselte sie zu Selbstverteidigung-Tutorials. Es sah so leicht aus, einen Messerangreifer mit einem einfachen Ast zu entwaffnen. Sie hoffte jedoch, dass ihr solch brenzlige Situationen erspart bleiben würden.

Nach ein paar Baseball-Videos blieb sie schließlich bei einer Reihe von Skater-Clips hängen. Die Jungs und Mädels turnten mit ihren Brettern über Rampen, als gälten die Gesetze der Schwerkraft für sie nicht. Besonders ein Stunt imponierte Charlotte: Der Junge surfte mit seinem Longboard über ein ewig langes Treppengeländer, als wäre das Brett mit diesem auf magische Weise verschmolzen. Mehrmals und ohne zu blinzeln, sah sich Charlotte das Video an und versuchte, sich Körperhaltung und Bewegung des Skaters einzuprägen. Dabei kitzelte es ihr in Armen und Beinen. Charlotte seufzte. Nicht einmal einen halben Tag waren sie unterwegs und schon juckte es sie, sich dringend zu bewegen, um nicht einzurosten.

Zur Mittagszeit setzte sie sich zu Archy ins Cockpit. Dass sich hinter ihrem zurückhaltenden Butler all die Jahre ein routinierter Pilot verborgen hatte, faszinierte sie. Welche Talente schlummerten noch im stummen Archibald Black?

Archy begrüßte sie mit einem Lächeln und deutete aus dem Fenster. Die Sicht über dem polnischen Luftraum war klar, sodass Charlotte unzählige Wälder und Felder sehen konnte, die wie bunte Flicken einer Decke unter ihnen vorbeizogen. Straßen durchschnitten die Landschaft, ab und zu erhoben sich inselgleich Ansammlungen von Häusern aus dem hügeligen Grün und Gelb und Braun. Charlotte fühlte sich so frei wie noch nie. Als dann noch ein Schwarm Wildgänse unter dem Flugzeug in Pfeilformation herflog, hätte sie sich am liebsten zu ihnen gesellt.

Kaum waren die Zugvögel verschwunden, widmete Charlotte ihre Aufmerksamkeit dem Instrumentenbrett. Minutenlang beobachtete sie die Handgriffe des Butlers. So schwer sah das Steuern gar nicht aus.

Archy stupste sie an und deutete fragend auf das Handrad.

»Du meinst, ob ich mal fliegen möchte?«, fragte Charlotte mit großen Augen.

Archy erhob sich grinsend aus dem Pilotensitz. Eilig rutschte Charlotte auf seinen Platz. Dabei geriet sie mit dem Knie gegen einen Hebel zwischen den Sitzen. Sofort beschleunigte die Maschine, der Steuergriff zitterte und das Flugzeug driftete nach links.

Nach rechts, deutete Archy wortlos an.

»Ich versuch's.« Charlotte ergriff das Steuer. Kaum hatten ihre Finger es berührt, tauchten die richtigen Handgriffe vor ihrem inneren Auge auf. Das musste ihre Elementarkraft sein! Wie selbstverständlich spulte sie ab, was sie zuvor bei Archy beobachtet hatte: Höhenmesser kontrollieren, den Kreiselhorizont im Auge behalten, Tragflächen ausgleichen, Querruder in den Wind, gegensteuern. Ein Flugzeug zu steuern, erschien Charlotte kinderleicht.

Irgendwann jedoch ermüdete sie. Sie vergaß Handgriffe, die sie soeben noch perfekt beherrscht hatte, und fühlte sich zunehmend fehl am Platz. Als das schmerzhafte Pochen hinter ihren Augen wieder zunahm, musste Charlotte sich etwas eingestehen. Zwar war sie auf dem richtigen Weg, ihre Elementarkraft zu begreifen, gänzlich kontrollieren konnte sie sie aber noch nicht. Zumindest war ihr nun eines gewiss: Es waren Bewegungen, die sie sich gut merken konnte. Gesten oder schwierige

Handgriffe hinterließen vor ihren Augen Spuren in der Luft, unsichtbar für andere. Charlotte aber konnte den Luftspuren folgen und dann war sie in der Lage, die komplexesten Bewegungsabläufe nachzuahmen – und so sogar ein Flugzeug zu fliegen.

Archy klopfte auf eine Anzeige vor seinem Co-Pilotensitz. *FUEL* stand darüber. Zwischen Nadel und Null passte kaum noch ein Flohbein.

»Tanken? Schon?« Charlotte sah erstaunt auf die Uhr. Sie waren bereits seit sieben Stunden in der Luft.

Archy übernahm wieder das Steuer. Im Süden der Stadt Warschau ging er runter, führte eine Wasserlandung auf der Weichsel aus und lenkte die MarySue zu einer sandigen Insel inmitten des Flusses.

Dankbar, sich endlich die Beine zu vertreten und dem Motorenlärm für kurze Zeit zu entrinnen, sprangen die Kinder aus dem schwimmenden Flugzeug und liefen die letzten Schritte durch das kniehohe warme Wasser.

»Ich muss mal«, rief Finn und eilte zu einem der Nadelgehölze im Zentrum der kleinen Insel.

»Und ich verhungere«, gestand Charlotte und stürzte sich auf die Kiste mit dem Abendessen.

»Das ist der erste Zwischenstopp«, erklärte Finn, als er wenig später den Campingbrenner entzündete. »Meinen Berechnungen nach müssen wir noch zweimal landen, um aufzutanken. Hast du auch diesen nervigen Druck auf den Ohren?«

Charlotte nickte und versuchte es mit Gähnen. *Kaugummi wären jetzt gut.* Doch an die hatte keiner gedacht. Stattdessen fand Finn in der Proviantkiste ein paar Flaschen Zitronenlimonade.

»Sidrone!«, forderte sein kleiner Bruder prompt.

Obwohl Bruce streng genommen zu jung für das klebrige Zeug war, entkorkte Finn ihm eine Flasche. Dies war eine außergewöhnliche Reise. Da konnte man mal eine Ausnahme machen.

»Schließlich sind *wir* jetzt die Helden«, sagte Finn.

Und da gab es noch etwas, um das sich die Geschwister in Abwesenheit ihrer Eltern ebenfalls kümmern mussten. Es hatte sie während des Fluges schon lange belästigt: Bruce brauchte dringend eine frische Windel.

Als Charlotte die Stinkbombe nach dem Wickeln sorgsam in eine Plastiktüte einwickelte, kam sie sich nicht mehr so heldenhaft vor. *Mit so was haben sich Mum und Dad damals nicht abgequält*, dachten sie, bevor ihr einfiel, dass bei deren Himalaya-Expedition auch ein Baby an Bord gewesen war.

Die Reisenden hatten soeben den Möhreneintopf verputzt, als stromabwärts ein kleines Boot auftauchte. Archy hatte ihnen bereits gesteckt, dass sie hier auf einen alten Freund warteten, der ihm schon früher gute Dienste erwiesen hatte.

»Ist er das?«, fragte Finn, als das Boot näher kam.

Archy nickte und winkte dem Ankömmling.

Was da auf sie zutuckerte, sah aus, als hätte jemand seinen Schrotthandel auf ein Boot verlegt. Der breite, aber kurze Kahn war derart vollgeladen, dass die Wellen über den Bug schwappten. Turmhoch waren Metallteile, Elektrogeräte, Auto- und Schiffszubehör, sogar zwei Kühlschränke sowie unzählige Kisten und Plastikkörbe voller undefinierbarem Zeugs aufgeschichtet. Es glich einem Wunder, dass das Dampfboot überhaupt von der Stelle kam.

»Hei-ho, Scottish Man«, scholl es im breiten Akzent herüber.

Erst als das Dampfboot sie fast erreicht hatte, sah Charlotte den Sprecher zwischen all dem Gerümpel. Das dicke Männlein reichte ihr nur bis zum Kinn. Es trug eine knielange, verschlissene Jacke, die einst einem viel größeren Kapitän gehört haben musste. Charlotte konnte noch die vier Streifen und den goldenen Stern auf den Schulterklappen erkennen.

Archy verschränkte die Hände hinter dem Rücken und lächelte, während der seltsame Mann unvorsichtig mit seinem Schrottkahn gegen die Schwimmer der MarySue schrammte.

»Is her lange, alter Banause. Piotr freut sich. Aber warum du nicht reden heut?« Das Männlein reckte das ölverschmierte Kinn und beäugte Charlotte, Finn und besonders ungläubig Bruce, der emsig im Sand Türmchen baute. »Jetzt machst Babysitter, Archy?« Er lachte. Es klang wie der verstopfte Motor seines Bootes.

»Archibald kann nicht sprechen«, meldete sich Finn. »Er hat schon vor Jahren seine Stimme verloren. Und hier ist nur *ein* Baby und das ist zwei Jahre alt.«

Das Männlein verzog den Mund. »Das schade ist mit Stimme. Aber Piotr auch alt. Nun, ich mache Tank voll und dann ich zeigen euch noch zwei Schmuckstickchen. Werdet staunen, Kinderchen!«

Die *Schmuckstückchen* entpuppten sich als eine münzgroße goldene Brosche mit einer Totenfratze, aus der Sonnenstrahlen schossen. Zudem hielt ihnen Piotr ein mit einer gelblichen Flüssigkeit gefülltes Glasgefäß unter die Nase, in dem ein länglicher Gegenstand schwamm. Als das Männlein mit geheimnisvoller Stimme erklärte, dass das der Ring eines mittelalterlichen Papstes war, noch am Finger des Kirchenmannes, wich Charlotte angeekelt zurück. Die Brosche, aus Südamerika, an die 3000

Jahre alt, sollte 9899 Złoty kosten. Für den Ring am mumifizierten Papstfinger verlangte Piotr etwas weniger.

»Nehm ich auch Euro, Dollar, Rubel und Creditcard.« Piotr zauberte den nächsten Gegenstand aus den Tiefen seines Bootes. Der handtellergroße und mit ägyptischen Hieroglyphen verzierte Skarabäus war angeblich ein Hochzeitsgeschenk Amenophis des III.

»Antike Grabbeigaben? Reliquien? Sie sind ein Hehler«, brach es aus Finn heraus. Vorwurfsvoll drehte er sich zu Archibald um. »Das alles stammt aus Grabräubereien.«

Eine Stunde später war die MarySue wieder in der Luft. Piotr, »Kaufmann auf Weichsel, der nicht macht hauen übers Ohr«, hatte neben seinen zweifelhaften Kunstschätzen noch Dinge im Angebot gehabt, bei denen sich die McGuffins nicht wie Grabräuber vorkamen: bessere Kopfhörer und Kaugummi.

»Trifft man auf Reisen häufig so komische Leute?«, sprach Charlotte in das neue Headset. Endlich konnten sie sich an Bord unterhalten.

Archy hob entschuldigend die Hände und verteilte Kaugummis, Marke *Kaschumm*. Sie hielten, was Piotr versprochen hatte: »Die machen Ohren in Höhe frei von Druck und halten Geschmack eine Woch.«

»Charles und Amanda ließen ebenfalls Reliquien von ihren Reisen mitgehen«, sprach Finn in sein Headset.

»Das ist was anderes«, entgegnete Charlotte und wusste sofort, dass sie falschlag. Auch ihre Eltern hatten Schätze verkauft, sich mit zwielichtigen Gestalten abgegeben.

»Wir sind nicht wie unsere Eltern«, murmelte Finn. »Solch uralte Artefakte, die gehören nicht in die Vitrinen schwerreicher Privatsammler.«

»Sondern in Museen«, stimmte Charlotte zu.

Zum Abend verließen sie Polen mit freien Ohren und flogen in ukrainisches Gebiet. Nach kurzem Schlaf übernahm Charlotte erneut das Steuer. Dieses Mal behielt sie die Handgriffe und auch der Kopfschmerz war erträglich. Charlotte freute sich. Ihre Elementarkraft fühlte sich immer besser an.

Als Archy bemerkte, dass seine Schülerin allein zurechtkam, schrieb er ihr auf das Klemmbrett an der Instrumententafel, dass sie ihn erst wecken sollte, wenn die Sonne vollständig hinter dem Horizont versunken war. Dann genehmigte er sich auf den Kisten im Laderaum eine Mütze Schlaf.

Wie an einer unsichtbaren Schnur gezogen, glitt die MarySue über Ebenen, Berge und Städte. Finn und H_2 unterhielten sich im hinteren Flugzeugteil über Technikkram, Bruce schnarchte in seinem Bettchen wie ein verschnupfter Drache. Ein Gefühl von Zufriedenheit wallte in Charlotte auf. Sie genoss das Vertrauen, das Archy in sie setzte. Sie war jetzt die Pilotin, die Anführerin. Nie war sie glücklicher gewesen als in diesem Moment.

Scharfe Schuppen und lodernde Lichter

Sie entdeckte den Schwarm schon von Weitem und fragte sich noch, wann die Zugvögel ausweichen würden. Da klatschten die ersten Tiere gegen den Flugzeugrumpf. Charlotte riss das Steuer herum. Finn, H_2 und Bruce schreckten fast zeitgleich hoch. Charlotte fiel nichts Besseres ein, als das Handrad nach vorne zu drücken. Sofort stürzte die MarySue mit der Nase voran der Erde entgegen. In rasendem Tempo kam die von unzähligen Seen und Flüssen durchzogene Landschaft näher.

»Hochziehen!«, brüllte Finn.

»Ja, schon kapiert!«, schrie Charlotte zurück.

Endlich fuhr auch Archy von seiner Schlafstätte auf und schlingerte nach vorne. Laut ächzend zerrte Charlotte das Steuerrad an sich. Aus dem Augenwinkel nahm sie wahr, wie Rucksäcke, Zelte und Transportkisten durch den steilen Flugzeugbauch rutschten. H_2 gab fiepende Töne von sich, Finn eilte fluchend zu seinem Bruder und wurde von umherschießenden Gepäckteilen getroffen. Bruce fauchte und glich dabei eher einem wütenden Krokodil als einem niedlichen Kleinkind.

Da wurde die MarySue von einer Fallbö ergriffen. Schlagartig sackte das Flugzeug mehrere Meter ab. Gepäck und Passagiere wurden nach oben geschleudert. Finn verlor seine Brille, ließ aber Bruce nicht los. Charlotte katapultierte es aus dem Pilotensitz und direkt wieder hinein.

Archy hatte nicht so viel Glück. Er stieß mit dem Kopf gegen eine Metallkiste und blieb bewegungslos auf dem Flugzeugboden liegen.

Verzweifelt riss Charlotte am Steuerrad. Die Knöchel ihrer Finger traten weiß hervor. Die MarySue reagierte, wenn auch nur zögernd.

»Das Höhenruder klemmt«, plärrte Finn in sein Headset, während er sich schützend über seinen Bruder beugte.

»Bruchlandung. Festhalten!«, brüllte Charlotte, obwohl ihr das mit dem Festhalten reichlich dämlich vorkam. *Verdammt, das wird knapp.*

Die ersten Silhouetten der Baumwipfel tauchten auf.

Nur wenige Wimpernschläge später kratzte Holz unter den Flugzeugrumpf. Es gab einen heftigen Schlag und die MarySue geriet in Schieflage. Mit einem Mal war das Handrad leichter zu bewegen. Aber noch immer sank das Flugzeug viel zu schnell.

Als sie wieder nahezu in der Waagerechten hingen, zwang Charlotte das Flugzeug in eine Kurve. Das Zwielicht des Abends offenbarte ein Moorgebiet. Auch größere Seen waren teils von Gräsern und Schilfinseln bedeckt. Tote Bäume ragten wie abgebrochene Zahnstocher aus dem Wasser.

»Ich sehe keinen Landeplatz«, rief Charlotte. »Was jetzt?«

»Eine schmale Wasserrinne muss reichen«, gab Finn zurück.

Irgendwie brachte Charlotte die MarySue runter. Unsanft setzte die alte Lady auf. Harte Gräser, Totholz und zu wenig Wasser klatschten gegen die Schwimmer und zwangen die Kielflosse des Flugzeugs in eine unberechenbare Landungsbahn. Alle Insassen wurden mächtig durchgeschüttelt, als die Maschine ungebremst durch die Moorlandschaft pflügte. Die Pilotin vergrub den Kopf unter den Armen. Von hinten gab Bruce noch immer Knurrlaute von sich.

Als das Flugzeug endlich zum Stehen gekommen war, wagte Charlotte, den Kopf zu heben. Sie schien unverletzt.

Mit zittrigen Beinen wankte sie nach hinten. Archy blutete am Kopf, kam in diesem Moment aber wieder zu sich. H_2 saß noch angeschnallt auf seinem Sitz. Obwohl er funktionstüchtig aussah, wiederholte er immer wieder dieselben Wörter: »Notsignal absetzen, für Sicherheit sorgen, auf Hilfe warten, Notsignal absetzen, für Sicherheit sorgen …«

»Ich bin in Ordnung«, erwiderte Finn auf Charlottes besorgten Blick. »Glückwunsch, du bist einen Level aufgestiegen und kannst die Fähigkeit *Survival* upgraden.«

Charlotte stieß einen Laut der Überraschung aus. Er galt nicht dem eigenwilligen Lob ihres Bruders, sondern Bruce, den Finn noch immer fest umklammerte. Das Gesicht des Kleinen, die Hände, Arme, selbst die nackten Füße, all das war von rötlichen Schuppen bedeckt.

»Bruce?« Zögerlich strich sie über die Haut ihres Bruders. Die Schuppen fühlten sich hart an. Prompt schnitt sie sich an ihren scharfen Kanten.

»Reptilienschuppen«, wisperte Finn. »Sie haben ihn vor dem Aufprall geschützt. Da, am Hals verschwinden sie bereits wieder.«

Tatsächlich verblassten die hornartigen Platten allmählich. Charlotte stieß einen langen Pfiff aus. War auch das die Kraft aus Merlins Amulett? Sie schüttelte sich. *Brüderchen, was wird aus dir?*

Archy bahnte sich einen Weg über die durcheinandergewirbelte Ausrüstung, ein Tuch gegen die Platzwunde auf seine Stirn gepresst. Hektisch sammelte er seinen Rucksack ein und warf den Kindern schuldbewusste Blicke zu. Erst als diese beteuerten, dass sie die Bruchlandung glimpflich überstanden hatten, entspannte er sich. Sofort begann er mit der Beurteilung der Schäden am Flugzeug, während Finn mit Blick auf das Navigationssystem feststellte, dass sie inmitten des Wolgadeltas notgelandet waren. Schnell war klar, dass der Zusammenprall mit dem Vogelschwarm nicht nur das Höhenruder, sondern auch die Tankklappe deformiert hatte. Die MarySue besaß zu allem Überfluss nun auch noch ein Treibstoffproblem.

Über das weitläufige Mosaik aus Tümpeln, Wasserläufen und morastigen Niederungen brach rasch die Nacht herein. Die Dunkelheit verbot jede weitere Auskundschaftung der Flusslandschaft und der aufgehende Mond war nicht mehr als eine blasse Sichel. Die Laute, die in Hörweite zum Flugzeug nach und nach erwachten, kündeten jedoch von einer reichen Tierwelt. Archy schaltete die Außenlampen des Flugzeugs ein. Sofort stoben schwimmend und fliegend allzu neugierige Moorkreaturen von der MarySue weg. Dafür dauerte es nicht lange und Myriaden von Mücken entdeckten das hell erleuchtete Gefährt.

Weil keiner der Reisenden Lust verspürte, mitten in der Nacht durch einen Sumpf zu marschieren, entschieden sie, die Stunden bis zum Sonnenaufgang an Ort und Stelle zu verbringen. Am Morgen wollte Archy sich dann auf den Weg machen, um in der nahen Stadt etwas aufzutreiben, mit dem sich die MarySue betanken ließ. Begleitet vom Zirpen und Quaken der Wesen der Nacht, vom Glucksen und Plätschern legten sich die McGuffins auf dem Boden des Flugzeugsbauches schlafen.

Charlottes Brüder glitten sofort ins Land der Träume, wobei Bruce immer wieder von einem seltsam bellenden Husten geschüttelt wurde. Charlotte hielt noch etwas anderes wach. Sie musste an Kaleb und Lester denken und ein Grab, irgendwo in den vereisten Weiten der höchsten Berge der Welt. Um Energie zu sparen, hatte Archy die Außenbeleuchtung wieder abgeschaltet. Das ließ den Sumpf erneut näher kommen.

Mehrmals strich etwas an den metallenen Schwimmern vorbei und einmal landeten krallenbewehrte Füße auf den Tragflächen der MarySue und stolzierten klickernd auf und ab.

Kaum überfiel Charlotte die bleierne Schwere des Schlafes, schreckte ein Geräusch sie auf.

Gebeugt stand Archy vor einem der ovalen Fenster und tippte mit dem Finger rhythmisch gegen die Plastikscheibe.

»Was 'n los?«, fragte Charlotte schlaftrunken.

Der Butler reagierte nicht. Als Charlotte aus dem Fenster sah, erschrak sie. Weit draußen im Sumpf zuckten Lichter durch das Geäst. Für Laternen oder Lampen eines Bootes bewegten sie sich zu ruckartig. Auch verschwanden sie hin und wieder, um urplötzlich an anderer Stelle aufzutauchen. Mal glommen sie weit über den Baumwipfeln, mal schwebten sie direkt über die Wasseroberfläche.

Archy schlurfte zur Flugzeugluke, entriegelte sie kurzerhand und trat hinaus auf die kurze Leiter.

»Archy!«

Der Mann torkelte ein paar Schritte über den schwankenden Schwimmer. Und stieg ins Wasser.

»Was hast du vor?« Charlotte stürzte hinterher. Dabei stolperte sie über Finn. »Wach auf! Archy geht nach draußen.«

»Und?« Finn drehte sich brummelnd um. »Er ist erwachsen.«

Charlotte schob den Kopf aus der Flugzeugluke. Die Laute der Sumpfbewohner waren verstummt, als warteten sie darauf, was als Nächstes geschehen würde. Drei Lichter schwebten nur unweit der MarySue über dem Wasser. Für die Dauer eines Herzschlages glaubte Charlotte, in den blaugrünlichen Erscheinungen die Konturen von Gesichtern zu erkennen. Archy watete genau auf sie zu. Das trübe Wasser reichte ihm bis zur Hüfte.

Charlotte verspürte ein eigenartiges Verlangen, auch ins Wasser zu steigen, um den Lichtern nahe zu sein. Doch sosehr sie es sich auch wünschte, ihre Finger wollten sich nicht von der Flugzeugluke lösen. Mehrmals rief sie Archy hinterher. Er hörte sie nicht oder wollte sie nicht hören. *Er kann uns doch nicht alleine lassen?*

»Er hat es sich eben anders überlegt«, versuchte Finn, sie zu beruhigen, nachdem Charlotte ihm von Archys seltsamen Verhalten erzählt hatte. »Vermutlich ist er bereits los, um nach dem Treibstoff zu suchen. Er kommt sicher bald zurück.«

Charlotte tröstete das wenig. Aber sie fand es erstaunlich und bewundernswert, dass Finn in solch einer insektenlastigen Umgebung derart gelassen bleiben konnte. *Er verändert sich.*

»Und diese seltsamen Lichter?«, bohrte sie nach.

Finn zuckte mit den Achseln. »Was meinst du, H_2?« Er zog den Roboter zu einem der Fenster.

»*Sumpfgas*«, antwortete der Blechmann, »durch anaerobe Verwesungsprozesse entstanden. Das aus dem Schlamm entweichende Methan kann sich bei Kontakt mit Sauerstoff schlagartig entzünden.«

Finn setzte sein Na-also-Gesicht auf und legte sich wieder schlafen.

Doch keine Irrlichter, dachte Charlotte enttäuscht.

Seit sie klein war, hatte sie sich gewünscht, einem Spunkie zu begegnen, wie die Irrlichter in ihrer Heimat genannt wurden. Jetzt, wo sie gleich drei mit eigenen Augen gesehen hatte, gruselte es sie. H_2 und Finn konnten viel erzählen und einem jedwede Magie ausreden. Sie aber würde bei ihrer Meinung bleiben. Es waren diese Lichter, die Archibald aus dem Flugzeug gelockt und zu seiner nächtlichen Wanderung getrieben hatten. *Lichter nicht von dieser Welt.*

Sie horchte, bis Finn tief schlief. Dann schob sie ihren anderen Bruder zu ihm. Nicht zum ersten Mal strahlte Bruce eine ungewöhnliche Wärme ab, obwohl er überhaupt nicht krank zu sein schien. Sie wartete noch eine Weile. Dann nahm sie all ihren Mut zusammen und öffnete erneut die Flugzeugluke.

Das Moor roch wie ein Aquarium, das man lange nicht mehr sauber gemacht hatte. Was lauerte noch da draußen in der Dunkelheit? Charlotte versuchte, ihre blühende Fantasie im Zaum zu halten, als sie sich im Schneidersitz auf den Schwimmer niederließ und eine leere Limonadenflasche neben sich stellte. Sie musste das jetzt einfach ausprobieren.

Ihre Oma hatte ihr mal erzählt, wie man einen Spunkie anlockte. »Angstschweiß, die Spucke der Neugier und etwas Blut«, wisperte Charlotte die drei Zutaten vor sich hin. Das blutbefleckte Tuch von Archys Platzwunde steckte nun zusammengeknüllt in der Flasche und den Rest hatte sie ebenfalls schnell beisammen. Im fahlen Mondlicht, irgendwo in einem Sumpf fern dem Rest der Menschheit, kam sich Charlotte wie eine Hexe vor. *Mal sehen, ob du recht hattest, Oma.*

Der Geruch von verschmortem Plastik und ein Geräusch, als kratze eine Münze gegen Glas, weckten Charlotte.

Sie fuhr hoch. *Ich habe geschlafen?! Wie lange?*

Als ihr klar wurde, wo sie sich befand, war sie unendlich dankbar, nicht vom Schwimmer in das morastige Wasser gerollt zu sein. Dann sah sie das Irrlicht. Das blau leuchtende Ding, nicht größer als zwei Daumen, warf sich im Inneren der Limo-Flasche gegen das Glas. Wütende Augen erschienen in dem Wabern und Blitzen.

Schnell drückte Charlotte den eingeknickten Kronkorken auf den Flaschenhals. *Ein echter Spunkie.* Schade, dass ihre Oma das nicht mehr erlebte. »Keine Sorge, ich tu dir nichts.«

Mit ihrem Fund unter dem Arm kletterte Charlotte zurück in das Wasserflugzeug. Nochmals überprüfte sie den festen Sitz des Kronkorkens, dann verbarg sie die Flasche ganz hinten im Flugzeug und legte sich endlich schlafen.

Am Morgen war Archy wieder da. Er saß auf dem Schwimmer, die aufgehende Sonne im Rücken, und briet ein paar Eier, als wäre nichts Absonderliches geschehen. Auf einem Kahn, der unweit der MarySue festgezurrt war, standen mehrere Kanister. Von irgendwelchen Irrlichtern wusste Archy nichts. Aber er machte große Augen, als Charlotte ihm davon berichtete. Was sich nun auch an Bord der MarySue verbarg, verschwieg sie jedoch allen Familienmitgliedern.

Nach dem Frühstück reparierten Archy und Finn das verklemmte Höhenruder und die undichte Tankabdeckung. Charlotte und Bruce fütterten derweil die Fische mit Frühstücksresten. Einige Welse waren länger als Bruce. Als sie mit ihren schlangenähnlichen Körpern gegen die Schwimmer des Flugzeugs schlugen, erklärten sich Charlotte auch diese Geräusche der vergangenen Nacht.

Eine Stunde später drehten sich die Propeller wieder. Während Archy auf der Suche nach einer Wasserschneise für den Start um die Schilfinseln kurvte, verstaute Charlotte die letzten Ausrüstungsstücke. Dabei fiel ihr Archys Rucksack in die Hände, der nicht richtig zugeschnürt war.

Zwischen sorgsam zusammengerollter Kleidung blitzte ein taubeneigroßer Edelstein hervor. Fragend wandte sie sich zu Archy um, aber der trieb die MarySue in diesem Moment auf Höchstleistung, um endlich aus dem Wolgadelta abzuheben.

Charlotte musterte den blassblau schimmernden Kristall. Einen ähnlichen, wenn auch größeren Stein hatte sie in dem Video ihres Vaters gesehen. Es war in der letzten Szene auf dem Band gewesen: Charles hatte die Kamera auf die Instrumententafel gepfeffert und Archy zum schnellen Start gedrängt. Im Hintergrund hatte Kaleb voller Wut und Trauer den Kristall von sich geschleudert.

Neugier stieg in Charlotte auf wie in einer geschüttelten Sodaflasche. Archy hatte ihnen noch immer nicht die ganze Geschichte über die gescheiterte Himalaya-Expedition erzählt.

Von Berggeistern und Banditen

Als sie das andere Ufer des Kaspischen Meers erreichten und sich die Landschaft schlagartig zu einer trockenen, wüstenartigen Umgebung wandelte, stellte Charlotte den Butler zur Rede und hielt ihm den Kristall unter die Nase.

Ich muss das in Ordnung bringen, schrieb Archy, nachdem er Charlotte das Steuer übergeben hatte.

»In Ordnung bringen? Was sind das für Steine?« Nur unwillig übernahm Charlotte noch einmal das Steuer der MarySue. »Woher habt ihr sie? Hat dieser Kristall etwas mit Tante Ophelias Tod zu tun?«

Während sie über scheinbar endlose Steppen und Wüsten flogen, schrieb der alte Abenteurer ganze drei Seiten voll. Seine Kaumuskeln traten dabei aus den Wangen hervor, aber als Archy geendet hatte, lächelte er.

»*Diese Steine haben alles noch schlimmer gemacht*«, las Charlotte ihrem Bruder hinten im Flugzeugbauch Archys Worte vor. »*Ich ärgere mich noch heute, dass ich damals nicht eingegriffen habe. Aber der Reihe nach: Nach Ophelias Unfall stritten eure Eltern lange. Umkehren oder weitergehen? Ophelia sollte nicht umsonst gestorben sein. Unweit der Unglücksstelle die ersten Spuren: Berggeister, Schneemenschen, Yetis. Diese mystischen Bergbewohner gibt's wirklich. Eure Eltern und Kaleb waren die Ersten, die sie entdeckten. Haarige Kreaturen, mehr als drei Meter groß, aber friedfertig. Die Yetis hausten in Eis-Hütten, kochten Tiere und Pflanzen und hatten sogar so was wie eine Religion.«*

Charlotte sah von den Zeilen auf. »Kochende Yetis?«

»Und betende«, ergänzte Finn. »Lies weiter!«

»Im Zentrum der Siedlung gab's einen Altar. Darauf lagen Bergkristalle, groß wie eure Köpfe. Die Yetis zogen aus den Steinen irgendeine Energie. Amanda nannte es Magie. Der Beweis, dass wir auf Merlins Spuren waren. Dummerweise lud sich euer Onkel die Taschen mit den Klunkern voll. Aber auch euer Vater verfiel dem Glanz. Der Diebstahl flog auf, die Yetis waren verärgert, eure Eltern mussten abhauen. Sie schafften es bis zur MarySue, haarscharf, ich habe den Motor früh wieder angeworfen. Lester war die ganze Zeit bei mir. Wir hoben ab, die Grabsuche war beendet.«

»Wir sind die Kinder von Banditen?!«, empörte sich Charlotte. *Edelstein-Diebe*. Sie las Archys krakeligen Absatz noch mal. Die Worte änderten sich nicht.

»Wir können nichts dafür, was unsere Eltern angestellt haben«, sagte Finn, aber es klang wenig überzeugt.

Seufzend überflog Charlotte die nächsten Zeilen. »Die Geschichte ist noch nicht zu Ende, es kommt noch dicker: *Zurück in Schottland hat Kaleb dichtgemacht, hat sich mit Lester vom Rest der Familie abgekapselt. Er hat lange getrauert. Und dann hat er der Presse alles gesteckt.«*

»Nein!« Finn atmete laut ein und hielt die Luft an.

»Die Menschen sind wie Schmeißfliegen über die Yeti-Siedlung hergefallen. Reporter, Glücksritter und dann Soldaten. Edelsteingier, schlimme Sache. Die Menschen haben die Yetis …«, Charlotte schluckte, *»haben die Yetis fast alle niedergemacht. Nur wenige konnten fliehen. Klar, dass eure*

Eltern sich schuldig fühlten. Die Suche nach Merlins Grab hat einen Keil in die Familie getrieben. Eure Mutter spricht noch heute von einem Fluch, der auf dem Amulett lastet.« Charlotte nahm den letzten Zettel. »*Immerhin wagten eure Eltern einen Neuanfang. Aus Schatzsuchern wurden Imker. Charles sagte, er wolle künftig bewahren statt zerstören.«*

Mit feuchten Augen legte Charlotte Archys Bekenntnisse aus der Hand. *Die Vergangenheit unserer Eltern – hätten wir nur nicht so tief gegraben.*

Sie schwiegen lange, dann sprang Finn von seinem Sitz auf. »Der Stein. Archibald geht es um den Edelstein. Deshalb war er so rasch einverstanden, nochmals in den Himalaya zu fliegen. Er will nicht nur verhindern, dass ein paar McGuffins erneut was Saudummes anstellen, er will vor allem Diebesgut zurückschaffen, um Vergangenes wieder glattzubügeln.«

»Archy will den Yetis einen Edelstein zurückgeben?« Charlotte runzelte die Stirn. »Ich hoffe, diese Schneemonster kapieren das, bevor sie uns aufessen.«

Den nächsten Stopp bildete der Fluss Serafschan, der sich tief in die staubigen Hügel Usbekistans gegraben hatte. Dieses Mal wartete schon ein Tanklaster am Ufer auf das durstige Flugzeug. Charlotte staunte erneut darüber, wie weit die Beziehungen ihres diskreten Butlers reichten.

Während der Treibstoff in den Tank gluckerte, sprach Archy mittels Handzeichen mit dem usbekischen Jungen. Der Kerl sandte Charlotte unter seinem schmierigen Deadpool-Basecap neugierige Blicke zu. Er war nur ein paar Jahre älter als sie und dass er einen Lkw voller Flugzeugtreibstoff fuhr, imponierte Charlotte. *Ob er eine Freundin hatte? Oder eine ganze Tankstelle?*

Der Junge schien Charlottes Gedanken zu hören und entblößte seine Zähne.

Charlotte erschrak und sah schnell auf ihre Füße. *Eine Zahnbürste jedenfalls hat er nicht.*

Sie streckte die müden Glieder auf dem Schwimmer der MarySue aus. Seit mehr als 30 Stunden waren sie jetzt schon unterwegs. Der Proviant erschöpfte sich sichtbar, auf Schachpartien mit ihrem ständig gewinnenden Bruder hatte sie keine Lust mehr, außerdem schmerzten ihr die Ohren vom Headset. Charlotte musste zugeben: Das anfängliche Kribbeln des Abenteuers war verschwunden.

Außerdem fragte sie sich zum wiederholten Mal, wie Merlin vor über 1500 Jahren diese weite Strecke bewältigt hatte. Schließlich hatte er nicht fliegen können. *Oder doch?* Ihren Brüdern schien der Flug überdies wenig auszumachen. Wenn Finn nicht gerade an H_2 herumschraubte, optimierte er zusammen mit Archibald die Flugroute. Nicht jede Region war gefahrlos zu überfliegen. Mal gab es in den Ländern, nur vier Kilometer unter ihnen, bewaffnete Unruhen oder der Luftraum war grundsätzlich für ausländische Flugzeuge gesperrt. Einmal waren ohne Vorwarnung zwei Düsenjets am Horizont aufgetaucht. Archy hatte die MarySue daraufhin so tief herabgelenkt, dass Charlotte schon glaubte, die Hügel unter sich mit der Hand berühren zu können. Auch Bruce hatte sich pflegeleichter als erwartet erwiesen. Der Husten hatte sich größtenteils gelegt und wenn der Kleine nicht gerade auf irgendetwas Essbarem herumnagte oder mit den mitgenommenen Bauklötzen spielte, wiegte ihn das stetige Rumpeln der MarySue in tiefe Träume.

Charlotte kletterte zurück ins Flugzeug und band sich ihr Lieblingskopftuch, das schwarze mit den lilafarbenen Totenköpfen, um die widerspenstigen Haare. Immerhin hatten sie den größten Teil der Strecke geschafft. Jedoch lagen noch knapp 2000 Kilometer vor ihnen und Archy hatte angedeutet, dass die letzte Etappe nochmals schwierig werden würde.

Das Tanken war noch nicht beendet, als auf dem Hügelkamm eine Gruppe von Motorrädern auftauchte. Die Crossmaschinen knatterten durch den Staub, geradewegs auf das Flugzeug zu. Der usbekische Junge verzog das Gesicht zu einem schiefen Grinsen und hielt plötzlich eine Pistole in der Hand.

Archy reagierte sofort. Er stieß den Schuft nach hinten, der Überrumpelte fiel über den Tankschlauch, der Schuss peitschte in den staubgelben Himmel.

»Finn, wirf den Propeller an!«, rief Charlotte. Sie ahnte, dass die Banditen es auf das Flugzeug abgesehen hatten.

Finn stürzte zum Propeller und versuchte, ihm Starthilfe zu geben, wie er es zuvor bei Archy gesehen hatte. Das Metall bewegte sich nur schwerfällig und Finn musste all seine Kraft aufbringen.

Archy schlug dem Jungen die Waffe aus der Hand. Dann schlitterte er das schräge Ufer zum Flugzeug hinab.

Schüsse gellten in den Himmel. Die Motorradbande kam näher. Sie besaß sogar ein Maschinengewehr.

Stotternd sprang der Propeller an. Mit eingezogenem Kopf hechtete Charlotte ins Cockpit, stolperte über Bruce und dessen Bauklötze-Türmchen. Funkenschlagend prallte eine Kugel am Gestänge des Tragflügels ab. Charlotte jagte den Gashebel nach vorne.

In diesem Moment erreichte das erste Motorrad das Ufer. Der vermummte Mann sprang von seiner Maschine, direkt zum startenden Flugzeug hinüber. Er landete auf dem Schwimmer.

»Verriegeln!«, schrie Charlotte.

»Archy ist noch draußen«, brüllte Finn.

In dem Moment warf sich der alte Schotte durch die Bordluke. Der Bandit war direkt hinter ihm. Er zerrte Archy an den Beinen aus dem startenden Flugzeug. Doch Archibald war niemand, der schnell klein beigab. Er bekam den Rahmen der Einstiegsluke zu fassen und versuchte, den Mann mit Tritten abzuschütteln. Wie eine durstige Wüstenechse klammerte sich der Bandit an ihn. Beide Männer wälzten sich durch das Flugzeug und ließen die Fäuste sprechen.

»Mach was, Finn!«, forderte Charlotte aus dem Cockpit. »Unter dem Sitz, mein Kendō-Schwert!«

Sie riss am Steuer. Das Flugzeug vollführte eine scharfe Kurve, vom Ufer weg. Archy und der Bandit kugelten gegen die Bordluke.

»Was? Wie?«, kreischte Finn zurück. Mit Charlottes Bambusschwert in beiden Händen hüpfte er unschlüssig um die Kämpfenden herum, mehr darauf bedacht, nicht in das Gewirr aus Armen und Beinen zu geraten, als dazwischenzugehen.

Dann zog der Bandit Archy auf die Beine. Er verpasste ihm einen Faustschwinger, der sich anhörte, als klatschte ein dickes Buch auf den Boden. Archy griff sich an die Nase, taumelte zurück und prallte gegen das Babybett.

»Bett aua«, beschwerte sich Bruce, holte tief Luft und brüllte.

Es war kein Brüllen wie bei einem Kind vor dem Süßigkeitenregal an der Supermarktkasse. Es war der Schrei eines Raubtieres; eines sehr großen Raubtieres. Die MarySue und ihre Passagiere erzitterten. Alle an Bord hielten sich die Ohren zu. Auch der Bandit.

Noch während Bruce brüllte und sein Atem wie eine heiße Wand durch den Flugzeugbauch raste, brachte Charlotte das Flugzeug steil aus dem Fluss. Die unverschlossene Luke flog auf. Mit blutender Nase wuchtete Archy den unwillkommenen Passagier aus dem Flugzeug. Er krachte zuerst auf den Schwimmer und platschte dann ins Wasser.

»Das ist Irrsinn«, klagte Finn, als die Anhöhe mit den restlichen Banditen hinter der nächsten Flussbiegung verschwand. »Wäre Archibald nicht gewesen, dann …« Er ließ Charlottes Kendō-Schwert fallen, stapfte auf H_2 zu, drehte dessen Kopfhahn auf und spritzte sich eine Handvoll Wasser ins Gesicht.

»Sumpfgas«, sagte der Roboter, während das Wasser lief.

»Das war abgefahren.« Charlottes Arme bebten, während sie das Steuerrad umklammert hielt. »Wir müssen vorsichtiger werden, keine Landung mehr oder nur noch dort, wo … Finn, jetzt schraub H_2s Kopf wieder zu! Wir wussten doch, auf was wir uns einlassen.«

»Ach, wussten wir das?« Finn drehte den Hahn zu. »Wenn ich mich recht entsinne, warst du es, die unbedingt in dieses Flugzeug steigen wollte.« Er ließ sich missmutig in seinen Sitz fallen. »Sogar einen Zweijährigen schleppen wir mit. Für was? Für wen?«

»Er ist auch dein Cousin«, raunzte Charlotte zurück und übergab Archy das Steuer. Mit zitternden Händen strich sie Bruce über den erhitzten Kopf.

»Geht es dir wirklich um Lester?«, grummelte Finn weiter. »Du bist doch nur auf Ruhm aus. Ein geheimes Grab – Amanda und Charles haben es nicht gefunden, aber ihre mutige Tochter Charlotte McGuffin, wow!«

Charlotte ballte die Fäuste. Eine Stimme in ihrem Kopf mahnte sie, nicht auf die Provokation einzugehen. War es das Amulett, das sie streiten ließ? Geschah jetzt genau das, was auch ihre Eltern, ihren Onkel und die Tante entzweit hatte?

Mit einem Schnauben warf sie sich zurück in ihren Sitz. Insgeheim musste sie Finn recht geben: Sie wollte das Geheimnis um Merlins Grab unbedingt lüften. Und sie sorgte sich sehr um Lester. *Warum eigentlich?* Im Gegensatz zu Finn hatte sie ihn nie sonderlich gemocht. Was war geschehen, dass sie sich plötzlich so stark mit ihm verbunden fühlte?

»Ich hoffe, wir müssen nicht noch mal tanken«, sagte sie nur und starrte bockig aus dem Fenster.

Da klingelte Finns Handy. Alle zuckten zusammen. Weil Finn jedem Kontakt einen eigenen Klingelton zugewiesen hatte, wusste jeder in diesem Moment, wer da soeben anrief. Mit aufgerissenen Augen starrte Finn auf das Display.

»Dad! Und jetzt?«

»Geh ran!«, blaffte Charlotte.

»Ich kann ihn doch nicht belügen. Oh, es ist sogar ein Videoanruf.« Finn rang die Hände. »Wir sind geliefert.«

Charlotte riss ihrem Bruder das Handy weg und nahm den Anruf an. »Hallo, Dad, hi, Mum!«

Charles und Amanda begrüßten sie überschwänglich und wollten wissen, wie es ihren Kindern in der Obhut des Butlers erging. Natürlich fiel ihnen sofort auf, dass sich ihr Nachwuchs an Bord der MarySue befand. Doch Charlotte hatte sich eine Erklärung zurechtgelegt: Weil es ihnen zu Hause irgendwann langweilig geworden war, hatte Archy kurzerhand einen Ausflug vorgeschlagen.

»Über die Lochs. Keine lange Tour, nichts Gefährliches. Seht mal, Bruce winkt euch zu.« Charlotte schwenkte das Handy zu ihrem Bruder, sorgsam darauf bedacht, keines der vielen Gepäckstücke oder gar die Landschaft vor den Flugzeugfenstern einzufangen.

»Ich wusste gar nicht, dass du es noch mit der Fliegerei hast, Archibald«, freute sich Charles und nickte dem Butler augenzwinkernd zu.

Archy grüßte zurück, die Hand lässig über seine lädierte Nase gewölbt.

Irgendwo in Tibet

»Abenteurer, pfft. Schatzsucher, pah! Merlins Erben, so 'n Quatsch.« Obwohl Charlotte ihre Eltern hatte beruhigen können, fühlte sie sich immer noch unzufrieden und meckerte vor sich hin. Hätte sie sich nur alleine auf die Suche begeben. Finn, dieser Schisser, vermasselte mit seiner Ehrlichkeit noch alles, Bruce war mehr eine Last als eine Hilfe, aus H_2 wurde sie nicht schlau und Archy würde wegen ihrer Kindereien am Ende leider für alles büßen müssen. Charlotte schnaubte. Solch eine Reise war kein Zuckerschlecken.

Verstohlen schielte sie zu Finn. Auch ihr Bruder machte ein Gesicht wie drei Tage Regenwetter. Die Enge im Flugzeugbauch, der ständige Motorenlärm, kauzige Flusshändler, ein Beinahecrash, unheimliche Begegnungen im Moor und schießwütige Banditen (und jemand brauchte schon wieder eine neue Windel), all das fraß an ihren Nerven.

Währenddessen trieb Archy die MarySue stoisch weiterhin gen Osten. Mit den vorbeiziehenden Stunden kühlten sich die Gemüter ab. Spätestens als H_2 begann, mit Bruce Türmchen zu bauen, die der kleine McGuffin allesamt lachend wieder umwarf, steckte die Unbekümmertheit der beiden kleinen Abenteurer auch Charlotte und Finn an. Und endlich kam der Moment, auf den sie seit Tagen hinfieberten.

Da, zeigte Archy.

»Das Dach der Welt. Phänomenal«, staunte Finn, als die ersten schneebedeckten Gipfel auftauchten. Alle Reisenden quetschten sich in die Enge der Flugzeugkanzel. »Das ist eine Menge Eis.«

»Eis!«, gluckste Bruce und hüpfte in seinem Bett.

Endlich am Ziel, dachte Charlotte. *Wir ziehen das gemeinsam durch.* Sie warf Finn einen entschuldigenden Blick zu. Ihr Bruder reagierte mit einem Lächeln.

»*Himalaya*«, begann H_2 ungefragt zu referieren. »Gebirgszug von Pakistan, über dem Karakorum in Kaschmir, das nördliche Indien und das tibetische Hochland im Süden Chinas verlaufend, über Nepal und Bhutan bis nach Myanmar. Die Bezeichnung entstammt dem Sanskrit und bedeutet *Ort des Schnees.*«

Charlotte grinste. Dass H_2 zum Reiseführer mutieren würde, hatte sie vor ein paar Tagen auch noch nicht gedacht.

»Dann mal rein in die warmen Klamotten«, rief Finn.

Doch noch musste Charlotte ihrem Bruder nicht in die Schneejacke helfen. Als sie um die Mittagszeit das saftig grüne Hügelland überquerten, stand allen der Schweiß auf der Stirn. Aus den Tälern erhoben sich Nebelbänke, die das Grün der Reisterrassen vom Stahlblau der Felsmassive schieden.

Unermüdlich sprudelten die Informationen aus H_2 hervor: Der Himalaya sei ein geologisch noch junges Gebirge, es wachse sogar um mehr als einen Zentimeter pro Jahr, was in einer Million Jahre zehn Kilometer ergebe.

Charlotte hörte nur mit einem Ohr zu. Die wächterngleichen Berge, die mit jeder Flugmeile immer dichter zusammenrückten, ließen sie in Ehrfurcht erstarren. Sie spürte es bis in die letzte Pore: Wenn es einen Ort gab, an dem der große Zauberer seine letzte Ruhe gefunden hatte, dann in diesem majestätischen Gebirge.

Sie waren bereits einige Zeit über Nepal geflogen, als Archy endlich ihr genaues Ziel offenbarte: Shangri-La. Charlotte hatte von diesem Ort bisher nur aus einem Videospiel gehört, aber H_2 betrieb erneut Aufklärung.

»*Shangri-La:* fiktiver Ort in Tibet. Erstmalig von dem britischen Schriftsteller James Hilton in seinem utopischen Roman *Lost Horizon* erwähnt und seitdem paradiesischer Ort, an dem Mönche das Wissen der Menschheit hüten, sollte diese eines Tages untergehen.«

»Fiktiver Ort?« Finn hob die Augenbrauen. »Wir fliegen zu einem Ort, den sich irgendein Autor ausgedacht hat? Großartig, da können wir lange suchen.«

Archy schrieb lächelnd: *Genauso hat dein Vater damals reagiert. Aber in jeder Legende steckt ein Funken Wahrheit.*

Gespannte Erwartung, so dicht, dass man sie fast greifen konnte, machte sich in der Flugzeugkapsel breit. Mittlerweile stieg das Flugzeug wieder. Das Atmen fiel den McGuffins zunehmend schwerer und jede kleine Bewegung kostete nun Kraft. Dennoch wagte sich keiner aus dem Cockpit. Niemand wollte ihre lang ersehnte Ankunft verpassen.

Erst am Abend drückte Archy die Nase der MarySue zwischen zerklüfteten Bergflanken nach unten. Ein lang gestreckter See, vor Jahrtausenden aus Schmelzwasser gebildet, kam in Sicht. Und endlich wasserte die MarySue auf milchig grünen Wellen.

Charlotte riss die Luke auf. Ein fremdartiger Duft sprang ihr entgegen. Es roch zugleich nach Kaminrauch und süßen Früchten. Auch ein beißender Geruch wie von einem Viehstall schwappte über den Gletschersee.

»So riecht das Abenteuer!«, rief Charlotte. Sie packte das Kendō-Schwert und sprang auf den Schwimmer des Flugzeugs.

Auf einem Plateau, im Schatten der Berge, erhob sich ein gutes Dutzend schiefergedeckter Steinhäuser. Finn erkannte das nepalesische Dorf sofort wieder. Sie hatten es bereits auf dem Video ihrer Eltern gesehen. Zahlreiche bunte Tücher, aufgespannt an langen Seilen, bescherten dem Dorf eine festliche Stimmung. Schwarze, zottelige Rinder mit langen Hörnern grasten auf kargen Weiden (das waren Yaks, wie H_2 sie sogleich belehrte). In unmittelbarer Nähe schichteten spielende Kinder Steintürmchen auf.

Kaum waren die McGuffins über einen Steg ans Ufer gelangt, wurden sie von einer Schar Kinder umringt. Neugierig befühlten sie ihre Kleider und schnatterten aufgeregt. Besonders H_2 hatte es ihnen angetan. Charlotte und Finn mussten alle verbliebenen Süßigkeiten aufbieten, um das Empfangskomitee darüber hinwegzutrösten, dass der Roboter nicht zu verschenken war.

Eine Frau mit einem ledrigen, faltigen Gesicht, die hinter einem Webrahmen saß, begann zu lachen, als sie Archibald erblickte. Ihr fast zahnloser Mund schloss sich erst, als Archy ihr einen Handkuss gab. Noch auf der Straße bot die Einheimische ihnen allen Tee an.

Schon der Geruch des öligen Buttertees erinnerte Charlotte an Kuh und sie hatte alle Mühe, sich den Widerwillen über den ranzigen Geschmack nicht anmerken zu lassen. Finn probierte unhöflicherweise erst gar nicht, nachdem er gehört hatte, dass die salzige Butter des Tees aus Yakmilch gewonnen wurde. Bruce jedoch stürzte den Tee herunter, als handelte es sich um Zitronenlimonade.

Archy schien sowohl den Tee als auch die Frau von früher zu kennen.

Immer wieder pikste die Alte mit ihrem Zeigefinger lachend in Richtung von Archys Mund, während sich die beiden Erwachsenen mit vielerlei Gesten verständigten.

Kaleb. Schon vor zwei Tagen, wandte sich Archy mittels eines Notizzettels an Charlotte und Finn. *Und er war nicht allein.* Er zeigte auf eine offen stehende Stallung, aus der ihnen mehrere leere Viehboxen entgegengähnten.

»Nicht allein? Was heißt das?« Charlotte spähte in den verwaisten Stall.

»Dass er mit Unterstützung hier angerückt ist«, erklärte Finn. »Dachtest du, Kaleb und Lester wandern alleine bis zum Kloster?«

Söldner, kritzelte Archy. *Angeheuerte Schläger und gierige Typen mit Gewehren. Das Dorf ist froh, dass sie wieder fort sind.*

Die Kinder tauschten bange Blicke. Ihr Onkel schien alles aufzubringen, um dem Grab seine Geheimnisse zu entreißen.

Wir übernachten hier, schrieb Archy und deutete auf das Haus, vor dem die Alte hockte. *Oben sind Gästezimmer.*

»In dieser Hütte sollen wir schlafen?« Skeptisch musterte Finn die unscheinbare Bleibe. »Bekommt jeder ein eigenes Zimmer? Und was machen die da?« Er deutete mit dem Kinn auf ein paar Affen, die die Neuankömmlinge neugierig beäugten.

»Was hast du erwartet?«, antwortete Charlotte. »Goldene Wasserhähne? Pralinen auf dem Kopfkissen? Hey, Bruce, sofort runter da!«

»Muh macht.« Der Kleine war unbemerkt auf ein Yak-Kalb geklettert. Dass er dabei freudestrahlend an den zotteligen Fellhaaren zerrte, um das Jungtier anzutreiben, gefiel dem Paarhufer sichtbar wenig.

Ich besorge Packtiere, schrieb Archy auf einen weiteren Zettel, als sich die ersten Ausrüstungspakete am Ufer stapelten. *Ihr bleibt auf dem*

Zimmer. Er deutete auf ein Gebäude in der Dorfmitte. *Und das da ist tabu!*

Charlotte musterte das einstöckige windschiefe Haus. Es erweckte den Eindruck, als hätte sich mal ein Riese an ihm angelehnt. Eine Gruppe älterer Männer, der Kleidung und den wettergegerbten Gesichtern nach zu urteilen, Hirten, unterhielten sich davor mit großen Gesten.

Das da ist tabu! Archy wedelte nochmals mit dem Zettel vor Charlottes Augen.

Die Zimmer im Obergeschoss waren noch kleiner als befürchtet. Strenggenommen war es nur ein Zimmer, denn das zweite besaß keinen Boden mehr, sodass man an den Balken vorbei in die zugige Küche der alten Frau blicken konnte. Eine Kanne Buttertee köchelte auf dem Herd. Die Betten in dem anderen Raum bestanden aus zwei kaum fingerdicken Matratzen, die aussahen, als hätten schon Charlottes Eltern vor vielen Jahren auf ihnen geschlafen, oder es zumindest versucht. Auch goldene Wasserhähne gab es nicht, dafür stand eine Schale mit gebackenen Bällchen bereit.

Bruce griff sofort zu und vertilgte gleich drei der tischtennisballgroßen Süßigkeiten, sodass Charlotte nur noch eine der süßen Kugeln bekam. Sie schmeckte nach Butter und Mandeln und machte Lust auf mehr.

Charlotte versuchte es bei ihrer Gastwirtin in allen Sprachen, die sie bei Mr Grimsby mehr oder weniger gelernt hatte. Die alte Frau verstand kein Wort. Auch als Finn auf die leere Gebäckschale zeigte und sich den Bauch rieb, lachte die Alte nur zahnlos und widmete sich wieder ihrem Tee. Charlotte unterdrückte ein Seufzen. Ein wenig vermisste sie ihr Zuhause.

Archy ließ sich auch nach zwei Stunden nicht blicken. Als der Abend über das Dorf fiel, konnte Charlotte Finn zu einem Spaziergang überreden. Sie schnallte den schlafenden Bruce auf ihren Rücken. H_2 blieb vorsorglich im Haus und begnügte sich mit den Resten eines Wörterbuchs.

Das Dorf lag still da. Nur die bunten Tücher flatterten im Wind. Die meisten der rechteckigen, mit einer fremdartigen Schrift bedruckten Stoffe waren an den Rändern ausgefranst und von Sonne und Regen gebleicht. Finn wusste, dass es sich um buddhistische Gebetsfahnen handelte.

»Die Farben Blau, Weiß, Rot, Grün und Gelb verkörpern die fünf Elemente«, erklärte Finn.

Schon wieder die Elemente. Charlotte sah sich eine der weißen Fahnen genauer an. Das aufgedruckte Pferd flatterte im Wind, als galoppierte es direkt in den Himmel. Sie strich mit den Fingern darüber und sah hoch zu den Sternen, die zum Greifen nah wirkten. *Wohin führt unser Weg?*

Das verbotene Haus im Dorfkern entpuppte sich als eine Art Kneipe. Schon von Weitem schlugen den Geschwistern Lärm und Wärme der Trinkenden entgegen. Das halbe Dorf schien hier versammelt zu sein.

»Du willst da nicht wirklich rein, oder?«, wollte Finn wissen, als Charlotte zielstrebig auf den Eingang zustrebte.

»Wieso nicht? Unsere Eltern sind durch dieses Dorf gereist. Bestimmt gibt es noch Leute, die sich an sie erinnern. Ich will mehr darüber erfahren, was damals passiert ist.«

»Da scheint es Alkohol zu geben«, warnte Finn. »Ich glaube nicht, dass Kinder dort … oh!«

Zwei Jungen, höchstens sechs Jahre alt, stürmten aus dem Haus. Die Glöckchen an ihren Schuhen klingelten lustig. Als sie die Fremden entdeckten, blieben sie stehen. Dann zogen sie Charlotte und Finn kurzerhand hinter sich her, zurück in den Schankraum.

Kaum waren die drei Geschwister in den rauchigen Raum gestolpert, erstarben mit einem Schlag alle Laute. Mehr als zwei Dutzend schmale Augenpaare richteten sich auf die Neuankömmlinge. Charlotte spürte, wie ihr die Röte ins Gesicht stieg. Ohne sich umzusehen, wusste sie, dass Finn sich hinter ihr langsam zurückzog. Das waren eindeutig zu viele Menschen für ihn, und zu viele Fremde obendrein.

Doch die peinliche Stille währte nicht lange. Ein Mann rief etwas und sogleich antworteten viele Kehlen. Knittrige Geldscheine wechselten den Besitzer. Erst jetzt durchschaute Charlotte, dass es sich nicht nur um eine Schankstube handelte. In der Mitte des Raumes, umringt von der lärmenden Menge, stand ein grob gezimmerter Tisch. Zwei Männer saßen sich daran gegenüber, jeder eine leere Flasche vor sich.

»Lass uns gehen«, raunte Finn. »Archy sollte uns nicht erwischen, wie wir Trinkspielen zusehen.«

»Das ist kein Trinkspiel«, gab Charlotte leise zurück. »In den Flaschen ist nichts; zumindest nichts Flüssiges.« Sie stieg auf einen Schemel, um besser sehen zu können.

Als der erste Mann am Tisch – seine dunkelgrüne Mütze war ihm tief in die Stirn gerutscht – zur Flasche griff, erstarb der Lärm urplötzlich. Alle Blicke hingen an der Flasche, die der Mann wie in extremer Zeitlupe vom Tisch hob.

Das ist doch … Charlotte erkannte jetzt, was sich im Inneren der Flasche befand. Neben einer Weintraube hockte ein Skorpion. Mitsamt dem bogenförmig aufgerichteten Stachel war er kaum größer als das Stück Obst.

»Ist der tot?«, flüsterte sie zu sich selbst.

Die Antwort kam prompt. Als der erste Spieler die Flasche Millimeter für Millimeter in Richtung Mund kippte, zuckten Beinchen und Scheren. Eine atemlose Stille lag über dem Raum, nur das Knistern der Kerzen war zu hören.

Finn rüttelte an Charlottes Hosenbein, weil er nicht sehen konnte, was vor sich ging.

Immer weiter senkte der Mann den Flaschenhals in Richtung seiner rissigen Lippen. Er öffnete den Mund zu einem O. Die Traube neigte sich. Charlotte merkte, wie sie ihre eigenen Lippen unweigerlich aufeinanderpresste.

Der Mann schob die Zungenspitze durch seine Zähne. Das Spinnentier verlor den Halt. Die Frucht glitt in Richtung Flaschenhals. Die Umherstehenden keuchten auf. Auch Charlotte. Tier und Traube rutschten auf den geöffneten Mund zu. Mal war der Skorpion vorne, mal die Frucht.

In diesem Moment riss eine starke Hand Charlotte von ihrem Aussichtsposten. Archibalds Augen funkelten. Finn stand hinter ihm und zuckte kleinlaut mit den Schultern.

Noch während sie von Archy unsanft zum Ausgang bugsiert wurden, erscholl der Schmerzensschrei des Verlierers durch die Schankstube. Einige Zuschauer antworteten mit Jubel, andere jammerten auf.

Ich wusste damals noch nicht, wann man aufhören sollte, erklärte Archy, nachdem er die Geschwister zurück auf das Zimmer geschleift hatte und dort mit Zetteln zu erzählen begann. Vor langer Zeit hatte auch er sich auf das Spiel mit dem giftigen Skorpion eingelassen. Nachdem er zweimal Glück gehabt und die Traube seinen Mund zuerst erreicht hatte, steigerten sich die Einsätze der Dörfler derart, dass sich Archy zu einer dritten

Runde überreden ließ. Das Gift des Kehlenschneider-Skorpions lähmte nicht nur Archys Lippen und Zunge, sondern floss bis zu den Stimmbändern. Das Gegengift, das ein Dorfbewohner gegen eine schmerzhaft hohe Summe herausrückte, befreite unglücklicherweise lediglich die oberen Organe von der Lähmung. Von diesem Tag an hatte Archibald keine Stimme mehr.

Einer sagte, mir könne nur noch Magie helfen, schloss Archy seine Geschichte.

»Für den Rest der Reise bleiben wir zusammen und machen das, was du uns sagst«, entschied Finn erschüttert.

Charlotte setzte ein Lächeln auf. Finn war noch nie ein guter Lügner gewesen. Aber dieses Versprechen kaufte sie ihm fast ab. Sie waren eindeutig nicht mehr in Schottland.

Lancelots Fall

Am nächsten Morgen – es war kurz vor Sonnenaufgang – wurden sie von heiseren Schreien geweckt: Archy hatte ein paar Mulis aufgetrieben.

Charlotte kannte sich mit Mauleseln nicht aus, aber diesen Lasttieren sah man deutlich an, warum sie von Kalebs Crew verschmäht worden waren. Zwischen den blökenden Tieren wuselte ein Junge herum, zwei oder drei Jahre älter als Charlotte. Er entpuppte sich als Besitzer der Mulis. Und er war ihr Bergführer.

»Lancelot? So wie der Ritter aus König Artus' Tafelrunde?«, fragte Finn mit leichtem Hohn in der Stimme, als der Junge sich in ihrer Sprache vorgestellt hatte.

Von König Artus hatte der Tibeter noch nie gehört. Auch dass er den Namen jenes Ritters trug, der für viel Ärger am Königshof gesorgt hatte, ließ den Jungen kalt. Charlotte runzelte misstrauisch die Stirn, doch sie hatten keine Wahl. Lancelot war der einzig verbliebene Führer aus der Dorfgemeinschaft, der für viel Geld bereit war, den Aufstieg zum Kloster auf den Berg der Seelen zu wagen.

Spätestens beim Beladen der Lasttiere wurde allen klar, dass sie mit dem kaugummikauenden Jungen einen besonderen Fang gemacht hatten.

»Und dann hat er zu mir gesagt, Lance, ich springe immer auf dieser

Seite in den Burhi Gandak, da ist der Fluss nicht so tief und außerdem gibt es weniger von den spitzen Steinen … also ich mag das Baden im Gandak, besonders zu dieser Jahreszeit, manchmal fangen wir auch Fische und braten sie … einen Fisch zu töten, gefällt mir zwar nicht, aber … übrigens gibt's auf den Hängen des Manaslu auch Schneeleoparden, vielleicht treffen wir einen, allerdings ist die Chance nicht besonders groß, es sei denn …«

Lancelot redete, als sie das Dorf im Morgenrot verließen und ihnen die Bewohner mit ernsten Gesichtern nachsahen, er quasselte, als sie bei Einbruch der Dämmerung das Lager aufschlugen, und sogar während des von Archy zubereiteten Abendessens plapperte er ohne Unterlass. Im Gegensatz zu Finn und Archy amüsierte Charlotte das anfangs. Doch als das kaugummikauende Mundwerk selbst dann nicht stillstand, als alle längst in ihren Schlafsäcken lagen, hätte Charlotte ihm am liebsten einen ordentlichen Klapps mit ihrem Bambusschwert verpasst.

Mit jedem Schritt wurde der Weg karger und kälter. Noch stiegen die McGuffins und Archy mit ihren Mauleseln über graues Geröll, doch erste weiße Flocken in der Luft kündeten von einer baldigen Veränderung der Landschaft. Schnell wurde Charlotte bewusst, dass diese Tour mit keiner Wanderung zu vergleichen war, die sie mit ihren Eltern unternommen hatte. Doch obgleich ihre Fersen von den viel zu starren Wanderschuhen schmerzten, ließ sie sich nichts anmerken und setzte tapfer einen Fuß vor den anderen.

Der Rest ihrer Familie war weniger still: Finn beklagte seit zwei Stunden seinen wunden Hintern, den die kratzige Decke auf dem Maultier verursacht hatte, Bruce jammerte pausenlos und hatte die Windel bereits zum dritten Mal an diesem Tag voll und Archy war einfach nicht mehr der Jüngste. Auch H_2 ließ fortwährend ein blubberndes Wimmern hören. Finn hatte es nicht gewagt, sein sprechendes Wunderwerk im Dorf oder im Flugzeug zurückzulassen. Die Augen der Einheimischen waren ihm einfach zu gierig erschienen.

Der Einzige, der nicht den leisesten Anflug von Anstrengung erkennen ließ, war Lancelot. Lang und breit und unter etlichen platzenden Kaugummiblasen schwafelte er soeben von seiner heroischen Begegnung mit einem Berglöwen, als hinter einer Biegung eine Zeltstadt auftauchte. Seile mit Gebetsfahnen zogen sich kreuz und quer durch das Basislager. Zahlreiche Länderflaggen, die über den Zelten flatterten, verrieten, dass an diesem Ort viele Nationen zusammenkamen, um sich für den Aufstieg auf einen der Achttausender vorzubereiten.

Hier mussten sich Lancelot, die McGuffins und Archy von ihren Packtieren verabschieden und das Gepäck stattdessen auf die eigenen Schultern und einen Ziehschlitten laden. Archy erklärte sich bereit, diesen zu ziehen. Ihm blieb auch nichts anderes übrig, da Charlotte wie gewohnt Bruce auf dem Rücken trug und Finn den Roboter schulterte. Der gab sich seit ihrem Abmarsch aus dem Dorf ungewohnt spracharm. Doch Finn wusste warum.

»Er ist im Frostschlaf. Bei Minusgraden bilden Wasser und Metall einfach keine gute Kombination.«

Lancelot führte sie zu einem unscheinbaren Pfad jenseits der Hauptroute. Erst hier begann das wahre Bergabenteuer. Die Luft wurde mit jedem Schritt dünner und bald hörten sich Charlotte und Finn an wie verstopfte Lokomotiven. Dann nahm die Temperatur derart rapide ab, dass nicht nur die Atemluft vor ihren Mündern zu gefrieren schien, sondern auch der Schweiß auf der Haut. Finn begann wirres Zeug von der Konstruktion einer Gletscherbahn zu murmeln, während Bruce auf Charlottes Rücken hin und her wippte und dabei wie ein Welpe knurrte. Die Anstrengungen, die sich in Archys Gesicht kerbten, sprachen Bände.

In Charlotte wucherten die Schuldgefühle wie lästiges Unkraut. War sie eigentlich verrückt, dass sie ihre Geschwister auf die gefährliche Reise in diese raue Bergwelt geschleppt hatte? Was, wenn sie scheiterten? Wenn sie verunglückten? *Wenn das Grab nur ein Hirngespinst ist?*

Nach drei Stunden, in denen sie über scharfkantiges Geröll immer weiter nach oben gestolpert waren, offenbarte sich hinter einer Kuppe eine neue Welt. Verschwitzt, mit wunden Füßen und schweren Muskeln sanken die Wanderer zu einer längeren Pause nieder. Das majestätische Panorama aus Stein und Eis und Luft und Schnee raubte ihnen den Atem. Für einen Moment überlagerte das berauschende Gefühl von Freiheit in Charlotte die Schmerzen des Aufstiegs. Solch ein erhabenes Gefühl vermochte kein Buch zu bieten.

Dann ging es wieder abwärts. Jeder Schritt durch das kniehohe Weiß fraß mehr Kraft als ein Klimmzug. Charlotte hatte so wenig Puste, als säße der halbe Berg auf ihrer Lunge. Immerhin arbeiteten die polnischen *Kaschumm*-Kaugummis dem Druck auf den Ohren entgegen. Auch wenn der Anblick der erstarrten Bergwelt für die Schinderei entschädigte, eine Wahrheit blieb: *Wir haben hier oben nichts verloren.*

Schnell fand der frostige Wind den Weg unter Kapuzen, in Stiefel und Handschuhe, wo er in warmes Leben biss. Charlottes müde Muskeln murrten, irgendwann schrien sie und dann waren sie mit einem Mal still, als hätten sie sich in Luft aufgelöst. *Wie bei den Betäubungsspritzen beim Zahnarzt,* verglich Charlotte das Gefühl, das all ihre Finger und Zehen sowie das gesamte Gesicht betraf.

Obwohl ihr die Schneeschuhe wie Eisklumpen an den Füßen hingen und das Gewicht von Bruce, dick in einen Inuit-Kokon gewickelt, an ihren Schultern zog, hielt Charlotte mit dem labernden Lancelot Schritt. Auch Finn schlug sich tapfer, obwohl der gefrorene Jackenkragen nun auch noch seine Lippen wund gescheuert hatte. Zudem kämpfte er mit seiner Schneebrille, die ständig verrutschte, sodass er mehr blind als sehend durch das Weiß tappte.

Mum und Dad sind bestimmt stolz, redete sich Charlotte ein. Irgendwann würden sie erfahren, was sie für Lester auf sich genommen hatten. Für den eigensüchtigen Lester, bei dem sich alles immer nur um ihn selbst drehte. Sie rückte Bruce auf ihrem Rücken zurecht und rieb sich mit dem steif gefrorenen Handschuh über die Stirn. Ihr Kopf war ein einziger Eiszapfen.

Sie sah nach hinten. Archy mühte sich schnaufend, aber klaglos mit dem schweren Schlitten über die Schneewehen und fiel immer weiter zurück. Würden ihre Eltern den treuen Butler tatsächlich entlassen, weil er ihr gefährliches Unterfangen nicht verhindert hatte? Wütend stieß Charlotte in den Schnee. Die Luft hier oben, die Sonne, der Wind, das verdammte Eis – all das brachte ihre Gedanken gewaltig durcheinander. Erneut zwang sie sich, ruhiger zu atmen. Lester, das war ihr Ziel. Erst dann kam das Grab des Zauberers. Doch wo war ihr Cousin? Hatten er und sein Vater das Kloster überhaupt erreicht?

»Und deshalb gehe ich nicht weiter!«

Lancelots Worte rissen Charlotte aus ihren Gedanken. »Was?« Ihre Stimme klang brüchig.

»Ich gehe nicht weiter.« Lancelot zeigte auf das Schneefeld vor ihnen, das zu beiden Seiten von steilen Berghängen eingefasst wurde. Hügelige

Verwehungen und viele Spalten im Eis deuteten an, dass ein Weiterkommen gefährlich werden würde.

»Geister, sie wohnen unter dem Schnee. Geister, sie rufen die Seelen der Unvorsichtigen. Geister, hier herrscht schlechtes Karma. Ich gehe nicht weiter!«

»Aber wir brauchen dich, Lance«, entgegnete Charlotte bestürzt und sah sich Hilfe suchend nach den anderen Familienmitgliedern um. Sie waren noch zu weit weg.

»Was ihr braucht, ist Kühnheit. Lance kann euch nicht mehr dienen.«

»Jetzt hör mal: Du kannst uns nicht einfach so im Stich lassen, du trägst den Namen eines Ritters.«

Lancelot sah Charlotte verständnislos an.

»Außerdem hast du viel Geld bekommen, uns bis nach Shangri-La zu führen«, tat sie einen weiteren Versuch.

Lancelot hob die Hände und trat ein paar Schritt zurück. »*Bring uns auf den Berg der Seelen*, das hat der stumme Mann geschrieben. Von irgendeinem Shangri-La stand da nichts. Was habt ihr Europäer nur immer mit diesem Ort?«

Charlotte stöhnte auf. »Aber du kennst das Kloster – das mit dem Mann im Eissarg. Oder?«

»Ach das, ja, natürlich kenne ich es. Jeder in meinem Dorf kennt es. Aber ob es Shangri-La ist, das weiß ich nicht.«

Charlotte war verwirrt. »Das Kloster heißt gar nicht so?«

Lancelot grinste. »Wenn du es willst, dann ist es Shangri-La. Wenn nicht, dann nicht. Es ist deine Entscheidung.« Er blies den Kaugummi in seinem Mund zu einer gewaltigen Blase, die laut vor Charlottes Nase platzte.

»Also gut, Lance«, versuchte sie es im ruhigen Tonfall, »das Kloster mit dem Toten in einem Sarg, einem Eissarg, was weißt du darüber?« Sie stemmte die Fäuste in die Hüfte, wie sie es immer tat, wenn sie Finn einschüchtern wollte.

Lancelot versuchte noch eine Kaugummiblase, ließ sie aber auf Charlottes funkelnden Blick hin wieder zusammenfallen. »Es war schon da, als hier in den Tälern noch keine Menschen lebten. So sagt man. Manchmal kommen Mönche von dort in unser Dorf, um Waren zu tauschen. Aber nicht jeder wagt es, mit den Männern zu sprechen. Einmal habe ich mich in ihre Nähe getraut: Die Mönche tragen eisblaue Roben, sind auf dem kahlen Kopf tätowiert und haben seltsame Augen. Mir gefiel das nicht. Die Dorfältesten sprechen von unheiligen Riten, die hinter den Klostermauern durchgeführt werden. Uraltes Wissen soll sich in den Katakomben verbergen. Ich gehe dort nie wieder hin.«

Charlotte horchte auf. »Du warst schon einmal dort?«

Lancelot nickte. »Als ich noch ein Schneegeier war, habe ich das Kloster oft überflogen. Aber in dieser zerbrechlichen Gestalt«, er deutete an sich herab, »werde ich mich den Mauern nicht weiter als bis zu diesem Schneefeld nähern.«

Charlotte starrte den Jungen entgeistert an. *Ein Geier?* Kam er ihr jetzt auch noch mit Wiedergeburt?

»Okay, du Aasvogel, verrätst du uns denn wenigstens, wie weit es noch ist?« Sie zog die Packung mit den *Kaschumm*-Kaugummis aus dem Rucksack und wedelte damit vor Lancelots Gesicht.

Der Junge grinste. »Ihr Europäer glaubt, ihr könnt euch alles kaufen.« Er schnappte sich die Kaugummis. »Falls ihr es schafft, das *Feld der Geister* zu überwinden, haltet euch linker Hand zu der *Nadel Gottes*. Das ist eine spitze Felsformation, nicht zu übersehen. Dann folgt dem schmalen Grat bis ans Ende und ihr erreicht gegen Abend die Brücke zum Kloster.« Er schluckte sein Kaugummi hinunter und schob sich gleich zwei neue in den Mund. »Lebt wohl. Wenn ihr in das Kloster geht, werden wir uns nicht wiedersehen.«

Lancelot faltete die Handflächen vor seiner Brust, murmelte »Namasté« und drehte sich auf dem Absatz um. Vor sich hin plappernd stiefelte der treulose Ritter an Archy sowie dem irritiert glotzenden Finn vorbei, geradewegs den Berg hinab.

Geister unter dem Schnee

»Gletscherspalten, vom Schnee überdeckt, äußerst heimtückisch«, sagte Finn mit Blick auf das Schneefeld, an dem sie seit einer halben Stunde lagerten. Dichte Flocken fielen aus dem Himmel und erschwerten die Sicht. Lancelot war schon nicht mehr zu sehen. »Und er hat wirklich etwas von Geistern erzählt?«

Charlotte nickte. »Von Geistern unter dem Schnee. Und von Karma. Und seinem früheren Leben. Egal, wir kommen auch ohne diesen Geier zurecht. Allerdings werden wir viel Glück brauchen, um hier rüberzukommen. Oder, Archy?« Sie wandte sich an den Butler.

Archibald starrte auf die weiße Fläche. Erst nachdem Charlotte ihn angestupst hatte, schien er sie zu bemerken. Mit traurigen Augen nickte er.

Charlotte überkam eine böse Ahnung. »Ist Tante Ophelia etwa genau hier verunglückt?«

Erneut dauerte es etwas, bis Archy reagierte. Er zuckte bloß mit den Schultern. Charlotte glaubte nicht, dass er die Wahrheit sprach.

»Wir können nicht einfach quer rüber«, sprach Finn aus, was auch Charlotte befürchtete. »Das wäre Selbstmord. Vielleicht versuchen wir es am Rand auf dem Steilhang.«

Sie diskutierten noch eine ganze Weile. Dann entdeckte Finn etwas, das sie zum einen beruhigte, aber auch zur Eile mahnte. Ein rechteckiger Gegenstand, kaum größer als ein Taschenbuch, hob sich ein paar Meter vor ihnen am Rand des *Feldes der Geister* ab: eine kleine Holzkiste, genauer eine Zigarrenkiste. Hatte der Onkel sie unbedacht verloren? *Oder bewusst weggeworfen?*

Sie entschieden, einen Teil ihres Gepäcks zurückzulassen: den Schlitten mit den Zelten und Schlafsäcken, die meisten Seile und ein Großteil des Proviants. Lancelot hatte davon gesprochen, dass sie das Kloster gegen Abend erreichen konnten. Ohne den Schutz ihrer Zelte blieb ihnen nun nichts anderes übrig, als sich zu sputen.

Sie wählten einen Weg am Rand des Schneefeldes, wo an manchen Stellen graues Gestein durch den Schnee lugte. Archy bestand darauf, voranzugehen. Finn folgte mit H_2 und als Letztes Charlotte mit Bruce, allesamt an einem Seil miteinander verbunden. Sorgsam achteten sie darauf, in die Fußspuren des Vordermanns zu treten. Schneefall begleitete die jungen Wanderer.

Von ihrem Kendō-Schwert hatte Charlotte sich auch dieses Mal nicht trennen können. Obwohl es umständlich zu transportieren war und ständig in ihren Rücken drückte, gab es ihr Sicherheit. Huckepack auf Charlotte nagte Bruce an dem ledernen Schwertheft direkt vor seiner Nase und röhrte dabei ein Liedchen.

Wieder war es Finn, der als Erster die zugewehten Spuren jenseits ihrer Route entdeckte. »Nur zwei Fußabdrücke«, analysierte er. »Die Spitzen vorne sind zu lang für Eisschuhe. Außerdem ist die Schrittweite enorm. Glaubt ihr auch, was ich denke?«

Charlotte nickte und erneut lief ihr ein Schauder über den Rücken. *Kein Mensch kann so große Schritte machen.*

Angespannt wanderten sie weiter. Der Schnee knackte unter ihren Schuhen. Jedes Mal, wenn das Knacken lange nachhallte, verharrte die Gruppe. Verrieten die Geräusche bodenlose Abgründe unter ihren Füßen? Charlotte fiel auf, dass Finn ruhelos nach links und rechts spähte. Konnte man überhaupt erkennen, was unter dem Schnee lauerte?

Als sich die schneereichen Wolken endlich erschöpft hatten und die Sonne wieder durchbrach, lag bereits die Hälfte des trügerischen Schneefeldes hinter ihnen. Charlotte schöpfte neue Zuversicht. Am Ende ihres Abenteuers würden sie viel Aufregendes erzählen können.

Archy war, soweit es das Seil erlaubte, vorangeschritten. Er drehte sich zu den Kindern um und hob den linken Arm, das verabredete Zeichen für eine Pause. In diesem Augenblick frischte der Wind auf und ein Heulen hallte von den Berghängen wider. Charlotte fühlte, wie ihr eiskalter Schweiß den Nacken herabrann. In das Heulen mischte sich ein meckerndes Lachen. Unweigerlich zog sie den Kopf ein und kauerte sich in den Schnee. Bruce begann zu schluchzen.

»Was zum Teufel ist das?«, raunte Finn. »Nein, Archy. Nein!«

Charlotte sah noch, wie der Butler, den Kopf weit in den Nacken gelegt, rückwärts stolperte. Dann zerbrach ein lautes Knacken die Ruhe der Bergwelt.

Archy verschwand.

Augenblicklich riss das sich straffende Seil Finn von den Füßen. Charlotte stemmte sich gegen den Ruck. Ohne Chance. Auf allen vieren und voller Panik schreiend rutschten die Geschwister auf die Spalte im Schnee zu, in der Archy ohne einen Laut verschwunden war.

Charlotte hackte alle zehn Finger in den Boden, fand aber keinen Halt. Finn versuchte noch im Rutschen, den Rucksack mit H_2 abzustreifen.

Einen Arm bekam er frei, dann verschluckte die Gletscherspalte auch ihn.

Charlotte schrie auf. Unerbittlich zog der hungrige Abgrund sie heran. Da bekam sie mit einer Hand einen Felsvorsprung zu fassen. Ein Geschenk des Himmels. *Nicht loslassen!*

Bruce weinte und klammerte sich an das Bambusschwert.

»Krabbel raus!«, rief Charlotte, obwohl sie wusste, dass es ihr Bruder ohne Hilfe nicht aus dem Tragetuch schaffen würde. Das Gewicht von Finn und Archy zog erbarmungslos an ihr und erlaubte keine weiteren Bewegungen. *Ich muss an mein Schwert kommen.*

Tränen der Schmerzen traten ihr in die Augen. Sie hatte das Gefühl, als würde das Seil sie zerschneiden. Ein Finger löste sich von dem Felsen. *Nicht aufgeben!* Plötzlich war da ein Gesicht. Direkt vor ihr. Das Gesicht einer Frau mit funkelnden Augen. Die Frau lachte. Wieder dieses meckernde Lachen.

Die übrigen Finger verloren den Halt. Charlotte schoss geradewegs durch die Erscheinung hindurch und über den Rand der Gletscherspalte. Noch im Fallen bemerkte sie blaues Licht, Eiseskälte biss in ihren erstickten Schrei, dann schlug sie mit dem Kopf zuerst auf und alles wurde schwarz.

Als Charlotte wieder erwachte, sah sie Bruce, der sich mit einem Lächeln über sie beugte.

Stöhnend rappelte sie sich auf. Ihr Nacken schmerzte. Das Kinn fühlte sich an, als hätte sie der Schwinger eines Boxers umgemäht. Sie sah, dass Finn seine linke Schulter massierte, und hörte, wie Archy seinen Rücken knackend durchdrückte.

Sie konnten von Glück reden, dass sie nicht tief gefallen und weich auf Schnee gelandet waren. *Es hätte uns viel schlimmer erwischen können.* Dennoch war das Licht, das sich durch blank geschliffenes, blaues Eis brach, zu weit über ihren Köpfen. An ein Entkommen aus der schlundartigen Gletscherspalte auf diesem Weg war nicht zu denken.

Wie immer wortlos reichte Archy Finn eine Leuchtfackel. Fauchend enthüllte das rote Licht einen röhrenförmigen Gang, der sich aus der Spalte schlängelte.

Ein dunkler, enger Gang. Charlotte merkte, wie sich ihr Puls beschleunigte. *Warum müssen es immer dunkle, enge Gänge sein?*

»Dieser Durchlass im Eis ist vermutlich durch Schmelzwasser entstanden«, erklärte Finn mit einer Ruhe, als befände er sich im Unterricht von Mr Grimsby. »Die Wände sind spiegelglatt, aber es ist unsere einzige Chance hinaus.«

»Hoffentlich«, murmelte Charlotte und griff nach dem Holzschwert. Wieder musste sie an Lancelot denken und was er über Karma und die Geister unter dem Schnee gesagt hatte.

Langsam, jeden Schritt prüfend, schlitterten sie voran. Die Eisröhre war zwar schmal, aber hoch genug, dass selbst Archy aufrecht gehen konnte. Charlotte klammerte sich an Finns Schultern. Das Gesicht des Roboters auf seinem Rücken war von friedlichem Schlaf gezeichnet. *Der hat es gut*, dachte sie. *Einfach diesen Albtraum verpennen.*

Immer wieder gelangten sie an Abzweigungen. Oft ging es aufwärts, häufiger abwärts. Die Befürchtung, in eine Sackgasse zu geraten, hing wie eine dunkle Wolke über ihnen.

»Wir müssen schleunigst einen Ausweg finden«, murmelte Charlotte. *Wir erfrieren sonst hier unten.*

Als sie eine kurze Rast einlegten, fiel Finn auf, dass Wasser die Tunnelwände herabrann und sich unter ihnen kleine Pfützen bildeten. Auch Archy bestätigte, dass es immer wärmer wurde. Schweiß kroch Charlotte zwischen die Schulterblätter. Lag das an Bruce auf ihrem Rücken? Der Kleine glühte förmlich.

»Wenn das Feuer in ihm noch größer wird, bekommen wir hier unten ein echtes Problem«, erwiderte Finn auf Charlottes Hinweis, woher die Wärme kam. »Bruce, kannst du das irgendwie *kontrollieren*?«

»Kontlett«, antwortete Bruce und sog die Luft ein.

Charlotte und Finn seufzten gleichzeitig. Ihr kleiner Bruder veränderte sich. Viel schneller, viel stärker als sie beide.

Mit bleiernen Beinen schlitterten sie durch das tauende Labyrinth. *Die Seelen der Unvorsichtigen*, auch das waren Lancelots Worte gewesen. *Das sind dann wohl wir.* Sollte dieses Abenteuer genau dort enden, wo auch ihre Eltern gescheitert waren? War es dieser Familie einfach nicht vergönnt, das Kloster zu erreichen? Charlotte hätte sich am liebsten hingesetzt, die Augen geschlossen und sich zurück nach Hause geträumt. Und doch hielt sie etwas auf den Beinen. Etwas tief in ihrem Inneren.

Die McGuffins und Archy taumelten weiter. Jeder Schritt wog schwerer als der vorherige.

»Kontlett«, rief Bruce erneut. Sein Magen knurrte laut.

Kotelett? Vor Charlottes Augen erschienen Bilder einer Grillparty im Kreise der Familie. Mum und Dad waren da, sogar ihre längst verstorbenen Großeltern. Es wurde gelacht und getanzt. *Verliere ich jetzt den Verstand?* Sie war bereit, ihren Brüdern und Archy zu beichten, dass sie nicht mehr weitergehen konnte.

Da öffnete sich der Eistunnel unerwartet in eine geräumige Höhle. Der Geruch von Feuer, über dem Fleisch briet, hing als schöner Traum in der Luft.

Finn und Archy, die vorgegangen waren, prallten zurück.

Charlotte lugte an ihnen vorbei. Als sich ihre Augen an das diffuse Spiel aus Feuerschein und Eisreflexionen gewöhnt hatten, stöhnte sie auf.

Lancelot, dieser gefallene Ritter, hatte kein dummes Zeug erzählt. Die Höhle war bewohnt. Von den Geistern unter dem Schnee.

All you can eat

Auf einem Eisblock saß ein Wesen, halb Mensch, halb Bär. Das vergilbte zottelige Fell und die beiden gedrehten Hörner erinnerten Charlotte sofort an die Zeichnung des Monsters in der Dragon's Cave. Über den glimmenden Resten eines Feuers hing ohne Zweifel gebratenes Fleisch.

»Ein Yeti«, ächzte Charlotte, als sie ihre Fassung wiederfand. Sie zog das Kendō-Schwert.

Der Schneemensch erhob sich ruckartig, breitete die mächtigen Pranken aus und stieß ein markerschütterndes Brüllen aus.

Finn stolperte zurück in den Eistunnel, H_2 heulte auf, Archy warf seinen Rucksack ab und wühlte hektisch darin. Bruce wiederholte unpassenderweise nochmals das Wort »Kotelett«, während Charlotte mit dem Schwert in der Hand bewegungslos dastand, unschlüssig, was sie tun sollte.

Dann stürmte der Yeti auf Charlotte zu, die klauenbewehrte Pranke zum Schlag erhoben. Ein Geruch wie aus einem alten Kühlschrank schlug ihr entgegen. *So also riechen böse Geister*, dachte sie noch.

Da fegte ihr der Schneemensch mit einem Hieb die Bambuswaffe aus der Hand. Charlotte schrie auf. Sie hatte das Gefühl, ihr Handgelenk würde abgerissen. Mit einem weiteren Prankenhieb wischte die Kreatur Archy beiseite, als wäre dieser ein Putzlappen. Mit einem grässlichen

Krachen schlug der Butler auf dem Eis auf. Ein merkwürdiges Zittern durchlief den massigen Yeti-Körper. Mit weit aufgerissenen, schwarzen Augen und schwer atmend verharrte der Schneemensch über dem zusammengekrümmten Mann. Archy bewegte sich nicht, die rechte Hand steckte noch immer im Rucksack. Der Yeti blähte die Nüstern.

Charlotte wusste nicht, was sie tun sollte. *Der Berggeist wird Archy fressen.* Hilfe suchend warf sie Finn einen Blick zu. Dessen Brille war beschlagen und er stand wie festgefroren im Tunnelausgang. Bruce dagegen zappelte auf Charlottes Rücken und drückte ihr seine Füßchen ins Kreuz. Ohne richtig nachzudenken, ließ sie ihren quengelnden Bruder herab.

»Aschi, aua.« Mit einem Schluchzen stakste Bruce auf den Butler zu.

Charlotte blieb der Schrei in der Kehle stecken.

Auch Finn hielt die Luft an.

Der Yeti bemerkte den winzigen Menschen, der geradewegs auf ihn zuwackelte. Er legte den zotteligen Kopf schief und hockte sich abwartend hin.

Unbeeindruckt von der Furcht einflößenden Kreatur krabbelte Bruce auf allen vieren und mit dem Kopf voran in Archibalds Rucksack. Als der kleine McGuffin wieder auftauchte, hielt er den blassblauen Bergkristall umklammert.

»Da!«, sagte Bruce und reichte dem Yeti den Stein.

Der Schneemensch schien von dem Edelstein gleichermaßen angezogen und eingeschüchtert. Obwohl Bruce noch mehrmals »Da!« sagte, wollte er den Stein nicht berühren. Stattdessen wandte er sich mit einem zufriedenen Schnaufen um und stampfte zum gegenüberliegenden Ende der Höhle. Dort führten aus dem Eis gehauene Stufen nach oben. Ohne sich noch einmal umzudrehen, verschwand der Schneeriese.

Es dauerte ein paar Herzschläge, bis Charlotte und Finn wieder zu atmen wagten. Charlotte stürzte sofort zu Archy. Er lebte noch, schien sich aber den Arm und mindestens eine Rippe gebrochen zu haben. Nachdem er stöhnend wieder zu sich gekommen war, klagte er zudem gestikulierend über Schmerzen beim Luftholen.

Irgendwie gelang es Charlotte und Finn, den Verletzten zurück auf die Beine zu hieven. Eilig stolperten sie über die Treppe aus der Höhle.

Was sich ihnen am Ende der Stufen bot, kam ihnen wie ein Trugbild vor. In einer Senke, von den Berghängen komplett umschlossen, schälten sich Dutzende Gebäude aus dem gleißenden Weiß. Die kuppelförmigen oder tonnenartigen Bauten aus Eis und Schnee waren von beeindruckender Größe und Gestalt. Knochen großer Tiere bildeten übermannshohe Eingänge und spitzbogige Fensterrahmen. Gefärbte Felle, bretthart gefroren, hingen vor den Eingängen und verbargen das Innere der Gebäude.

Erst beim Näherkommen entdeckte Charlotte, dass in die eisigen Mauern unzählige Zeichnungen eingeritzt waren: Tiere, Himmelskörper und komplexe Pflanzenmuster. »Mega«, hauchte sie in die Schneeluft. Auf den zweiten Blick erkannte sie aber, dass einiges im Argen lag: In vielen Dächern klafften Löcher, Mauern standen schief und so manche Türöffnung war eingestürzt. Es war ein trauriger Anblick.

Im Zentrum der Siedlung wartete der Yeti. Er legte den Kopf in den Nacken und ließ einen schaurigen Ruf hören. Weitere Schneemenschen tauchten zögerlich hinter den Häuserruinen auf. Charlotte entdeckte Yeti-Frauen und Kinder, wobei selbst Letztere noch zwei Köpfe größer als Archy waren. Ihr weißes Fell wirkte verfilzt, manchen fehlte ein Horn und viele trugen vernarbte Stellen am Körper.

»Sie wirken krank«, wisperte Finn. Unauffällig deutete er auf ein Yeti-Junges, durch dessen Fell an vielen Stellen die schwarze Haut durchschimmerte.

»Das muss die Yeti-Siedlung sein, die Mum und Dad entdeckt haben«, sagte Charlotte. Staunen und Traurigkeit wechselten sich in ihr ab.

»Und ihre Bewohner, die sich retten konnten«, fügte Finn nicht minder verwirrt hinzu. »Ich hoffe, wir bekommen keinen Ärger für das, was unsere Eltern verbockt haben.«

Mit Lauten, als würde eine Kuh gähnen – jedenfalls glaubte Charlotte, dass Kühe dabei genauso klangen – wandte sich der Yeti an die Bewohner der Siedlung. Mehrmals zeigte seine Pranke in Bruces Richtung. Der hielt den Bergkristall noch immer umklammert, als wäre er sein Lieblingsball.

Als die anderen Yetis den Edelstein bemerkten, erhob sich ein schwaches, aber vielstimmiges Fauchen. Triumphierend reckten die Schneemenschen ihre Arme in die Höhe.

Eine Yeti-Frau trat hervor. Das blassgelbe Fell hing ihr bis zu den Knien. Die Knochen, die sie über Brust und Kopf zusammengeknotet hatte, rasselten leise, als sie die Hand hob. Sofort verstummten die anderen Schneemenschen.

Charlotte versteifte sich. Sie kannte solche knochenverzierten Typen aus Filmen. Meist waren es unheimliche Medizinmänner oder Schamaninnen. *Oder Köche.*

»Was nun?«, wisperte sie und sah Archy fragend an.

Der erfahrene Weltenbummler legte ihr mit schmerzerfülltem Gesicht die Hand auf die Schulter. Sein stoßweiser Atem verriet, dass auch er nervös war.

Die Yeti-Frau deutete mit zitternder Pranke auf Bruce.

Alle Augen hefteten sich auf den kleinen McGuffin.

»Nein«, brach es aus Charlotte hervor. Ihr Herz wollte ihr aus der Brust hüpfen. Finn stellte sich schützend vor seinen kleinen Bruder.

Doch Bruce schien keine Furcht zu kennen. Freudestrahlend wackelte er auf die Yeti-Frau zu und ergriff ihre Pranke.

Charlotte wollte ihrem Bruder hinterher, aber Archy hielt sie zurück. Die Yetis stimmten einen Singsang an und machten ehrfurchtsvoll Platz, als ihre Schamanin den winzigen Menschen zu einem schroffen Felsen in der Mitte des Platzes geleitete.

Der Altar, von dem Archy erzählt hat. Aus Angst um ihren Bruder stockte Charlotte der Atem.

Ohne Bedenken krabbelte Bruce auf den steinernen Tisch. Sichtlich stolz über seine Aufgabe legte er den Bergkristall in eine hölzerne Schale und sortierte noch weitere kleinere Kristalle, die verstreut auf dem Tisch lagen, dazu. »Sauba!«

Kaum hatte sich der geraubte Kristall zu den anderen Edelsteinen gesellt, glommen diese allesamt bläulich auf. Der rhythmische Gesang der Yetis schwoll an. Ein aufkommender Wind trieb die seltsamen Laute hinaus in die Berge.

So also entstehen die Geschichten über die sagenumwobenen Berggeister, dachte Charlotte. Als sie ihren jüngsten Bruder endlich dankbar in die Arme schloss, rieselte die Anspannung von ihr ab wie frischer Schnee.

»Kristall: Check!«, murmelte Finn hinter ihr. »Jetzt kommt für gewöhnlich der Part, an dem gegessen wird, oder?«

»Fragt sich nur was«, erwiderte Charlotte. *Oder wen.*

»Siehst du, das Abenteurer-Glück ist wieder auf unserer Seite.« Charlotte biss in das gegrillte Fleisch und spürte der Geschmacksexplosion auf ihrer Zunge nach.

Finn antwortete nicht. Er kaute mit geschlossenen Augen. Sie beide hatten keine Vorstellung gehabt, wie fabelhaft Yak-Steak schmeckte. Von Yetis zubereitet. Auf einem Tausende Meter hohen Berg. Irgendwo in den Weiten des Himalayas.

Draußen, vor dem kunstvoll gestalteten Haus aus Eis und Schnee, fuhr der Wind gegen die teils eingestürzten Mauern. Die McGuffins und Archy waren von den Schneemenschen freundlich aufgenommen worden und genossen jetzt deren Gastfreundschaft. Die Rückkehr des Kristalls schien den bärenhaften Wesen neuen Lebensmut eingehaucht zu haben. Weitere Feuer wurden entfacht, der Geruch von Gebratenem floss durch die Siedlung und einige Yetis machten sich daran, die Schäden an den Gebäuden auszubessern.

Die Schamanin höchstpersönlich kümmerte sich um Archys Verletzungen. Charlotte, Finn und Bruce durften ihn jedoch vorerst nicht sehen und all das Grunzen und Gesinge aus dem Nachbarhaus machte Charlotte nervös. Welche uralte Medizin wandte die Yeti-Frau bei ihrem menschlichen Patienten an? Irgendwann hielt sie es nicht mehr aus und schlich sich heimlich ins Nachbarhaus.

Archy schlummerte selig in einem Meer aus schwarzen Fellen, über denen sich blauer Rauch sammelte. Es roch nach Baumharz und Karamell. Charlotte entspannte sich. Archys Verletzungen würden heilen, ein Weiterwandern aber schied vorerst aus.

»Wir sollten sie fragen«, schlug Charlotte am Abend vor, nachdem sie alle ausgiebig gegessen und geruht hatten. »Bestimmt verstehen uns diese Riesen.« Ein wenig wunderte sie sich über ihren Mut. Bei ihrer ersten Begegnung war ihr das Herz aus dem Leib gehüpft, jetzt fühlte sie sich in der Gesellschaft der Schneemenschen fast schon heimisch. Doch das gemächliche und monotone Leben auf dem eisigen Berg ging ihr mittlerweile auf den Keks.

»Du bist verrückt, Schwesterchen.« Finn streckte die müden Glieder und hielt sich das gefüllte Bäuchlein. Das Feuer aus getrocknetem Yak-Dungfladen verströmte eine strenge, aber wohlige Wärme. Bruce hatte sich zu seinen Füßen zusammengerollt und wirkte ausnahmsweise ebenfalls gesättigt. »Wir können froh sein, dass der Bergkristall die Yetis besänftigt hat. Wir sollten unser Glück nicht herausfordern.« Er gähnte und kuschelte sich in seine Felldecke. »Außerdem wird Archy kaum einen Schritt tun können. Wir müssen warten, bis er fit ist.«

Warten. Charlotte hasste es, still dazusitzen. Mit Warten erlebte man keine Abenteuer, mit Warten rettete man keine Verwandten, mit Warten verpasste man den Schatz. *Uns sitzt die Zeit im Nacken. Und Mum und Dad.*

»Diese Kreaturen hausen seit Jahrhunderten auf dem Berg«, versuchte sie es erneut. »Bestimmt kennen sie Shangri-La. Ich frage ihren Häuptling einfach.«

Der Häuptling, jener Yeti, dem sie im Eistunnel begegnet waren und der ihnen das schmackhafte Yak-Fleisch stündlich persönlich servierte, hörte aufmerksam zu, als Charlotte ihn auf das Kloster ansprach.

Wieder kramte sie ihr Sprachwissen hervor, gestikulierte, schrieb und malte in den Schnee. Der Häuptling grunzte nur und reichte ihr ein Stück gebratenes Yak-Fleisch. Erst als Charlotte ihm ein Foto des Amuletts unter die Nase hielt, änderten sich die Laute schlagartig. Der Yeti entblößte seine Reißzähne, fauchte und zog Charlotte kurzerhand nach draußen. Unter Knurrlauten deutete der Häuptling auf die untergehende Sonne und zeichnete mit der Pranke einen Bogen über den nahen Berggrat. Dabei schüttelte er den Kopf, als gefiele ihm nicht, was hinter dem Berg lag.

Noch bevor Charlotte etwas erwidern konnte, drang auf einmal ein fernes, rhythmisches Dröhnen durch die abendliche Bergwelt. Der Yeti schnupperte und fletschte die Zähne.

Das klingt nach Motoren, dachte Charlotte und ahnte, was das war. *Onkel Kaleb, er ist ganz nah.*

»Der Häuptling kennt Shangri-La«, sagte Charlotte fröstelnd, als sie zurück in das Schneehaus krabbelte. »Sie machte eine Kunstpause. »Und er wird uns bei Sonnenaufgang tatsächlich hinführen.« Dass der Yeti irgendeinen Groll gegen das Kloster hegte, verschwieg sie Finn, um ihn nicht unnötig zu beunruhigen. Dass sie Geräusche von Onkel Kalebs Expedition gehört hatten, erzählte sie ihm allerdings.

»Dann sollten wir uns beeilen. Aber Zeit für ein Nachtmahl ist noch.« Finn griff nach dem frisch Gebratenen und reichte Bruce eine Rippe, die sein kleiner Bruder sofort eifrig abnagte.

»Ich kann keinen Yak mehr sehen«, erwiderte Charlotte mit einem Lachen und setzte sich zu ihren Brüdern. Ihr Hunger nach Abenteuer aber war wieder erwacht.

Spiel's noch einmal, Finn

Am nächsten Morgen folgten die McGuffins dem Yeti über verschlungene, teils unterirdische Pfade durch eine erstarrte Welt. Auch H_2 war huckepack wieder dabei. Obwohl der Roboter die meiste Zeit vor sich hindöste, hatte es »der Konstrukteur« nicht übers Herz gebracht, ihn bei Archy und den Yetis zurückzulassen. Im Tragetuch auf Charlottes Rücken giggelte der kleinste McGuffin. Eingewickelt in viele Lagen wärmenden Stoff, das Gesicht rotwangig, leckte Bruce die Schneeflocken von der Kapuze seiner Schwester und drückte kurz nach dem Aufbruch die nächste Ladung verdautes Yak in die frische Windel.

Charlotte versuchte, mit ihrem wilden Führer Schritt zu halten. Dabei wirbelten in ihrem Kopf vielerlei Gedanken und Gefühle durcheinander. Die Entscheidung, ob sie Bruce sofort wieder aus dem Tragetuch schälen oder die müffelnde Rinderherde noch eine Meile ertragen sollte, war noch das geringste Übel. Zum ersten Mal, seit sie Schottland verlassen hatten, reisten sie ohne Archy. Der hatte ihrer Solomission zunächst vehement widersprochen, sich der mutigen Entscheidung am Ende jedoch gefügt. Charlotte glaubte, einen Hauch von Stolz in Archys Blick gesehen zu haben. Auf einem Berg im Nirgendwo, ohne Hilfe oder Zuspruch von Erwachsenen, fühlte Charlotte sich wichtig, irgendwie auserwählt und war zudem glücklich, dass sie es bis hierhin geschafft hatten. Gleichzeitig aber lastete etwas auf ihren Schultern. Und das war nicht nur Bruces Gewicht.

Wann immer der Yeti hinter Felsvorsprüngen oder Schneeverwehungen außer Sichtweite geriet, stockte Charlottes Herz für einen Moment. Das beunruhigende Gefühl, plötzlich auf sich alleine gestellt zu sein, drückte ihren Brustkorb wie mit mächtiger Faust zusammen.

Jetzt bloß keine Schwäche zeigen. Charlotte zwang sich zu einem tapferen Lächeln, kämpfte sich weiter durch den Tiefschnee und trieb den murrenden Finn zur Eile an. Mit jedem Schritt dämmerte ihr, was sie bedrückte: die Last der Verantwortung. Nun war sie es, auf die sich ihre Brüder verließen. Nun war sie die »Erwachsene«.

Während sie sich durch die Schneewehen mühten und trotzig gegen den eisigen Wind stemmten, versuchte Charlotte, nicht an das Donnerwetter zu denken, das über sie hereinbrechen würde, wenn ihre Eltern von dieser waghalsigen Reise erfuhren. *Falls wir diese Tour überleben.*

Die erste Stunde ihrer Wanderung achtete Charlotte noch auf den Weg. In Stunde zwei sah sie nur noch auf ihre Füße, die bei jedem Schritt schwerer wurden. Das immer gleich klingende Knirschen des Schnees zerrte an ihren Nerven. Doch sie musste die monotonen Geräusche eine weitere Stunde ertragen, bis sich endlich geheimnisumwitterte Mauern aus dem Berg schälten. Eine warme Woge von Triumph und Stolz überrollte Charlotte. Sie hatten das Kloster erreicht. Damit hatten sie nicht nur Kaleb und Lester eingeholt, sie waren auch weiter gekommen, als es ihren Eltern damals auf ihrer Grabsuche möglich gewesen war.

Am Fuße eines der monumentalen Pfeiler, die die Brücke zum Kloster stemmten, verneigte sich der Yeti-Häuptling vor den McGuffins. Besonders tief beugte er sein zotteliges Haupt vor Bruce. Dann deutete er mit einem Knurren auf die Klostermauern und schüttelte immer wieder den Kopf.

»Was hat er?«, frage Finn. »Er klingt, als will er uns davon abbringen, dort hineinzugehen.«

»Keine Ahnung, was so einem Schneemenschen durch den Kopf geht«, gab Charlotte zurück. Aber sie fragte sich ebenfalls, wovor solch ein Riese sich fürchtete.

Als keiner der McGuffins den Anschein erweckte, das Abenteuer jetzt noch wegen irgendwelcher Knurrlaute aufzugeben, trollte sich der Häuptling.

»Du hast nicht nur ein One-Way-Ticket gebucht, oder?« Finn warf ihrem sich entfernenden Führer misstrauische Blicke nach.

»Darum kümmern wir uns später«, gab Charlotte zurück. »Erst müssen wir da irgendwie reinkommen.« Sie legte den Kopf in den Nacken.

Das erneut einsetzende Schneetreiben verwischte die Konturen der Klostermauern. Hunderte Handwerker mussten sie einst todesmutig aus der steilen Felswand gehauen haben. Stege und Brücken verbanden die unzähligen Türmchen, Erker und Dachterrassen miteinander und überspannten teils tiefe Schluchten in der zerklüfteten Bergflanke. Hinter den schießschartenförmigen Fenstern herrschte Dunkelheit. Die Girlanden mit den Gebetsfahnen waren im eisigen Wind erstarrt.

Auch wenn das Kloster aus dieser Entfernung verlassen wirkte, ahnte Charlotte, dass dies ein Trugschluss war. *Kaleb ist nicht alleine hier.* Weit draußen vor der Brücke waren sie auf sechs eingeschneite Motorschlitten und ein großes Raupenkettenfahrzeug gestoßen.

»Kaleb ist nicht alleine«, sagte Finn, als könnte er die Gedanken seiner Schwester hören. »Wir müssen leise sein.«

Charlotte schmunzelte. Seit sie unterwegs waren, verstand sie sich mit ihrem Bruder so gut wie nie zuvor. *Als verbänden uns die Kräfte des Amuletts.* Sie lauschte auf den gleichmäßigen Atem ihres anderen Bruders. Obwohl sie Bruce den gesamten Marsch durch das Eis getragen hatte, war der Kleine vor Erschöpfung eingeschlafen. Und auch H_2 befand sich erneut im Frostschlaf. Charlotte war ein bisschen eifersüchtig. Ihre Beine schrien nach einer Pause. *Jetzt ein heißer Kakao mit Sahne.*

»Wir dürfen keine Zeit mehr verlieren«, unterbrach sie ihre Gedanken und zog den Knoten ihres Lieblingskopftuchs fest. »Dann lass mal hören, was du draufhast, O' Finnegan.«

Finn rollte die Augen. Er kramte in seinem Rucksack und beförderte ein Schneckenhaus hervor, so groß, dass er es mit beiden Händen halten musste. Vor ihrem Aufbruch hatte ihnen die Yeti-Schamanin mit ernster Miene das kalkweiße Gehäuse der Meeresschnecke überlassen. Gestenreich hatte sie Finn erklärt, was man damit anfangen konnte und wo genau er es benutzen sollte. Ob das funktionierte, stand auf einem anderen Blatt. Die Schamanin hatte augenrollend verboten, dass Finn das Schneckenhaus noch in der Siedlung ausprobierte.

Finn drehte die Kalkschale in seinen vor Kälte starren Händen, bis er die mundgroße Öffnung gefunden hatte. »Ich hoffe, diese Zottel-Schamanin hat es vorher gereinigt.« Er stemmte das Schneckengehäuse gegen den vereisten Brückenpfeiler. Dann schloss er die Augen, holte Luft und setzte die Lippen auf die weiße Schale.

Fffffruuuuuuu.

Die Berge warfen den Ton wütend zurück.

Charlotte fuhr zusammen. *Das war's mit leise.* Sie sah sich um. Das Kloster, die Berge – alles war wie zuvor.

Finn runzelte die Stirn, atmete so kräftig ein, als wolle er bis in einen Tiefseegraben tauchen, und versuchte es erneut.

Bräääääääääääöööööööö.

Bruce regte sich in seinem Tragetuch. H_2s intaktes Auge glomm kurz auf. Das Knacken eines Schneebretts von einem der Berghänge verhieß nichts Gutes.

Noch mal, deutete Charlotte ihrem Bruder und verkniff sich ein Grinsen, weil Finns Gesicht nun einer Tomate glich.

Finnegan McGuffin war viel, aber kein Musiker. Er war ein Erfinder, ein Tüftler, vielleicht auch ein Genie. Also versuchte er es auf seine Weise. Mit der Zunge tastete er über das scharfrandige Mundstück dieser ungewöhnlichen Trompete, fühlte sich in die Kalk-Anatomie des Gehäuses ein und spürte dem Weichtier nach, das hier einst gelebt hatte. Dann nickte er wissend, passte die Stellung seiner Lippen an die Struktur der Schale an, holte nur wenig Luft und legte los:

Oooooooooooooooooooommmmmmmmmmmmmmmm.

Der Ton klang, als dringe er aus den Tiefen der Ozeane bis in das Gestein der Berge. Er war nicht laut, aber von solch einer Schönheit und Klarheit, dass Charlotte und Finn Tränen in die Augen schossen.

»Auch!«, forderte Bruce.

Als der Ton nach einer Ewigkeit abebbte, schmolz das Eis am Brückenpfeiler und offenbarte einen Eingang.

Die Abenteurer gönnten sich nur einen Moment des Staunens, dann schlüpften sie durch die geheime Tür.

Shangri-La hat ein Problem

Die Wendeltreppe im Inneren des Pfeilers führte steil nach oben. Fackeln an den Wänden warfen flackernde Schimmer auf den vereisten Stein. Charlotte schluckte. Nicht weil dies das Erste war, das auf Leben im Kloster hindeutete, sondern weil sich der Eingang hinter ihnen sofort wieder zu Eis und Stein verschloss.

Finn zählte leise jede der ausgetretenen Stufen. In vielen hatte sich Eis angesammelt, sodass sie vorsichtig auftreten mussten. Bei 200 hörte Charlotte auf mitzuzählen. Sie konnte ihre Beine kaum noch anheben und vom ständigen Laufen im Kreis wurde ihr schwindelig.

Nach einer Ewigkeit schleppte sie sich auf die letzte Stufe. Dahinter führte ein Gang schnurgerade in die Ferne. Seine Wände glitzerten im Schein einer Feuerschale.

»Dieser Gang verläuft direkt durch den Bogen der Brücke«, keuchte Finn. »Ob auch Kaleb und Lester diesen Weg genommen haben?«

Während sie durch den Gang schlitterten, erkannte Charlotte, was ihr die ganze Zeit nicht gefiel: Es war still. Zu still. *Wie auf einem Friedhof. Hier stimmt etwas nicht.*

Der Gang mündete in eine Kammer, deren Boden eisfrei war. Auch hier erhellten Feuerschalen die bunt getünchten Wände.

»Wer hat diese Feuer entfacht?«, flüsterte Charlotte.

Aus der Kammer führten ein paar Stufen in die nächste.

Und die nächste.

Und die nächste.

Meist verfügten die kalten Zimmer über zwei Zugänge, manchmal gab es karge Möbelstücke, aber bis auf gemächlich rauchende Öllampen keinen Hinweis auf den Verbleib der Klosterbewohner.

In dem Wirrwarr aus Gängen, Kammern und Treppen verlor Charlotte bald den Überblick und selbst Finn hatte große Mühe, in der Anlage der Räume irgendein System zu erkennen. Sie versuchten, sich den Weg zu merken, indem Finn mit Kreide kleine Striche auf Türpfosten, Treppenabsätze und Gangecken malte. Nur wenige Kammern erlaubten zudem den Blick aus Fenstern. Aber das Panorama der Bergwelt schien sich mit jedem Zimmer zu verändern.

Bruce war mittlerweile wach, verlangte lautstark nach Eis und wollte nicht mehr getragen werden. Charlotte konnte nur Keksreste anbieten, war aber erleichtert, ihren Bruder kurzzeitig nicht mehr schleppen zu müssen. Weil Bruce sich nun wieder freier bewegen konnte, brachte sich aber seine volle Windel zurück in Erinnerung.

Charlotte verdrehte die Augen. *Wickeltische gibt's hier nicht.* Also erledigt sie die Aufgabe der großen Schwester auf dem gefliesten Boden des jahrhundertealten Klosters.

Doch auch nach dieser tapferen Aktion kamen sie nur langsam voran. An nahezu jeder Ecke blieb Bruce stehen, patschte auf den Wänden herum oder grub seine Zähnchen in Treppengeländer und Türzargen. Zudem schüttelten ihn erneute Hustenattacken, sodass er auf dem Weg durch das Kloster manchen Kekskrümel verlor.

H_2 taute unerwartet wieder auf. Unaufgefordert las er die tibetischen

Schriftzeichen vor, die über die Holztüren einiger Zimmer gepinselt waren. Oft standen die Wörter *Om mani padme hum* auf dem blanken Stein und der Roboter erklärte, dass es sich hierbei um ein uraltes buddhistisches Mantra handelte – heilige Wörter, in denen viel Kraft lag.

Charlotte bemerkte, wie Finn die Worte wiederholte, während sie an weiteren Kammern vorbeiliefen. »Warte!«

Finn tappte ein paar Schritte rückwärts.

»Wie konnten wir *die* übersehen?« Charlotte betrachtete die eisenbeschlagene Tür mit den Vogelmotiven, an der sie soeben fast achtlos vorbeigelaufen waren. Die geschnitzten Tiere sahen aus, als könnten sie sich augenblicklich in die Lüfte erheben.

»Ich bin mir sicher, die Tür war gerade noch nicht da«, flüsterte Finn. Er schob den Riegel, die Schwinge eines Falken, zurück. Mit einem Krächzen schwang die Tür auf.

Im Gegensatz zu den kargen Mönchszellen quoll diese Kammer über. Zwei Regale bogen sich unter der Last zahlreicher Folianten und Schriftrollen. Zwischen die Bücher waren Fläschchen, Tiegelchen, kleine Tierschädel und Glasgefäße mit undefinierbarem Inhalt gestopft. Von der Decke baumelten getrocknete Pflanzensträuße und eigenartig verformte Wurzelstücke. Ein paar metallene Gerätschaften und optische Instrumente, die Charlotte noch nie gesehen hatte und deren Funktion auch Finn sich nicht erklären konnte, lagen verstreut auf einem fleckigen Tisch vor einer Fensternische. Zwischen den beiden Bücherregalen hing ein Gobelin, teils verdeckt von einem mit keltischen Ornamenten verzierten Schreibpult und einem einfachen Bett.

Mit offenen Mündern traten die McGuffins ein. Charlotte hatte das Gefühl, als seien sie soeben Tausende Kilometer zurück nach Europa gereist.

Der deckenhohe Wandteppich zeigte einen Wald mit Eichenbäumen und Farnwedeln. Wildschweine, Dachse und Vögel lugten zwischen den Gewächsen hervor. Über den Wipfeln waren nicht nur Sonne und Mond, sondern auch andere Gestirne dargestellt. Der einzige Gegenstand, der nicht in diese Gelehrtenstube passen wollte, war ein Holzrahmen mit einem daran aufgehängten Gong – ein Gong so groß wie Charlotte.

Kaum war ihr der Gedanke gekommen, geschah es: Mit beiden Fäustchen trommelte Bruce gegen die Metallscheibe. Der blecherne Ton hallte weit durch das Kloster.

Charlotte unterbrach das Schwingen. »Bruce, nein!«

Aus der Nähe erkannte sie, dass in das angelaufene Metall die Silhouette eines Baumes eingraviert war, eines Baumes, an dem Äpfel hingen. Charlotte wollte Finn gerade darauf aufmerksam machen, als dieser auf einen weiteren, aber weitaus kleineren Wandteppich hinter dem Gong deutete.

Die Farben auf diesem Knüpfwerk waren verblasst, aber man konnte den Mann mit seinem langen weißen Bart noch erkennen. Er trug eine knöchellange, grob gewebte Robe und stand an genau jenem Schreibpult der Kammer. Neben einem goldroten Apfel hockte ein Vogel auf dem Pult und blickte den Mann aufmerksam an. Der Alte deutete derweil mit einem Zeigestock auf einen Globus. Die Menschen zu seinen Füßen, vermutlich Schüler, sahen interessiert zu ihrem Lehrmeister auf. Ihre Augen hatten dieselbe Form wie die der Dorfbewohner.

»Merlin«, wisperte Charlotte und ein wohliges Kribbeln wanderte von den Unterarmen bis zu ihren Schultern.

Finn nickte. »Wir sind am richtigen Ort.« Er setzte den Rucksack mit H_2 ab und wandte sich dem Tisch vor der Fensternische zu.

Charlotte sprang sofort zum Bücherregal. Sie zögerte kurz angesichts der Ehrfurcht gebietenden alten Wälzer. Dann zog sie das größte Buch heraus und blies den Staub fort. *Die Kunst des Kampfes* – Charlotte wunderte sich, dass sie den Titel überhaupt entziffern konnte. Neugierig blätterte sie durch die brüchigen Seiten. Bildreich war der waffenlose Kampf des altgriechischen Pankration dargestellt, die mitteleuropäische Fechtkampfschule eines gewissen Johann Liechtenauers und Abbildungen der zwölf Disziplinen des philippinischen Arnis. Mit brennenden Augen blieb Charlotte im Kapitel über die Samurai hängen, die sich im japanischen Kenjutsu übten. So wollte sie mit ihrem Kendō-Schwert auch mal tanzen können.

Je länger sie hinsah, desto mehr war es, als lösten sich die Bewegungen der Kämpfer aus den Seiten und bildeten sich in der Luft über dem Buch ab. Gierig sog Charlotte die durchscheinenden Luftbilder ein und speicherte sie in ihrem Kopf. Ein seltsames Gefühl durchströmte sie und sie spürte, dass das wieder die Kraft des Luftelements war. Das leicht schmerzende Pulsieren hinter ihren Augen nahm sie kaum noch als störend wahr. Charlotte atmete tief und dankbar ein. Endlich hatte sie die Gabe des Amuletts durchschaut.

Finn hatte unterdessen ein Problem durstiger Natur. Während er von den Gerätschaften auf dem Tisch abgelenkt gewesen war, hatte sich H_2 an einem Regal bedient. Drei Bücher, um einige Seiten entleibt, lagen bereits auf dem Boden der Kammer. Finn konnte den Roboter gerade noch davon abhalten, auch die letzten Blätter aus einem Werk mit dem Titel *Fons iuventae* in seinen Wasserkopf zu stopfen.

»Er hat *Quelle der Jugend* fast vollständig ausgetrunken«, sagte Finn entschuldigend und hielt den nahezu leeren Ledereinband des Buches mit spitzen Fingern hoch.

Charlotte lachte und wollte etwas erwidern, als ein Geräusch sie zusammenfahren ließ. Schwere Schritte näherten sich. Diese Kammer bot keinen zweiten Ausgang.

Eilig suchten sich die Geschwister ein Versteck. Bruce spielte freudig glucksend mit, aber H_2 klammerte sich an dem Regal fest, als beinhaltete es seine allerletzte Mahlzeit.

Ein Mann trat in den Raum. Trotz seiner verspiegelten Schneebrille und der Atemmaske konnte Charlotte erkennen, dass er kein Tibeter war. Tarnklamotten verrieten, welchen Job er hatte.

Charlotte presste Bruce die Hand vor den Mund. Entsetzt sah sie Finn an. *Ein Söldner,* formte sie stumm mit den Lippen und deutete in Richtung des Mannes. Er trug eine Maschinenpistole.

»Verfluchtes Kloster«, klang es vermummt und mit dem schweren Akzent eines Amerikaners. »Werd noch irre bei all den Kammern. Die andren könn' sich die Show ansehn und ich muss hier rumrennen.« Unwirsch zerrte er seine Atemmaske herunter. »Wieder 'n leerer Raum. Hi, wer bis 'n du?«

Der Söldner stiefelte auf den Roboter zu, der sich noch immer bewegungslos an das Bücherregal klammerte. Dabei trat der Mann in eines der auf dem Boden liegenden Bücher. Der Stiefel glitt durch das Buch, als wäre es gar nicht da.

Finn unterdrückte einen Aufschrei.

»Ist wohl 'n Mönch unter die Bastler gegangen.« Der Söldner hob den Roboter am Bein hoch. »Bist 'n schwerer Bursche. Ich bring dich meiner Süßen mit.« Er wollte die Kammer verlassen, als ihm noch etwas einzufallen schien. Der Söldner ging auf den Gong zu.

Die Geschwister pressten sich aneinander. Der Söldner blickte direkt in ihre Richtung und klopfte mit der Mündung seiner Waffe durch den Gong hindurch gegen den Gobelin an der Wand; nur einen Fingerbreit von Bruces Kopf entfernt. Unfähig sich zu bewegen, sahen die McGuffins in der verspiegelten Schneebrille ihre eigenen erschrockenen Gesichter.

»Rattenkacke. Hätt' mich auch gewundert, wenn sich hier irgendwo noch 'n Mönch verkrochen hat.« Der Söldner schien zufrieden. Mit H_2 unter dem Arm verschwand er aus der Kammer.

»Er konnte uns nicht sehen«, keuchte Charlotte. »Er konnte den Gong, die Bücher, die Wandteppiche, er konnte gar nichts in dieser Kammer sehen! Wow, Merlins Magie hat nicht nur diesen Raum beschützt.«

»Wir hatten Glück«, merkte Finn an. »Hätte Bruce sich auch nur einmal geräuspert, dann wäre es mit uns vorbei gewesen.« Er war immer noch bleich vor Schreck. »Er hat H_2. Los, hinterher!«

Im sicheren Abstand schlichen sie dem Söldner nach. Sie beteten, dass H_2 sich nicht durch eine Bewegung oder sein neunmalkluges Mundwerk verriet, doch der Roboter schien begriffen zu haben, was auf dem Spiel stand, und stellte sich funktionslos. Allerdings hielt auch Bruce die heimliche Verfolgung für ein Spiel. Er brabbelte fröhlich vor sich hin, sodass Charlotte ihren Bruder oftmals zur Stille mahnen musste.

Der Söldner kam ihnen nicht auf die Schliche. Nur ein Mal wurde es brenzlig, weil der Mann sich auf seinem Rückweg scheinbar verirrt hatte und ihnen unerwartet, aber glücklicherweise lauthals fluchend entgegenkam. In einer aufgegebenen Küche duckten sich die Eindringlinge hinter einen Schrank mit Geschirr. In den Töpfen und Reisschälchen ruhte fingerdick der Staub.

Zumindest der Koch ist lange tot, dachte Charlotte und überhörte das Rumoren ihres Magens.

Mit jedem weiteren Flur, jeder Kammer und jeder Tür hörten sie es deutlicher: das Gemurmel vieler Stimmen. Dann stießen die McGuffins auf eine lange, geländerlose Treppe, die hinab in einen Innenhof führte.

Schneebedeckte Berge, ein vereister Innenhof, menschenleer, umgeben von Säulengängen, so hatte es im Tagebuch ihrer Mutter gestanden. Charlotte sah zu ihrem Bruder. Auch er schien die Szenerie wiederzuerkennen.

Doch dieser Hof war nicht menschenleer.

Eilig duckten sich die drei Kinder hinter die Balustrade des Balkons, der den gesamten Innenhof umlief, und spähten herab.

Da standen die Söldner ihres Onkels. Inklusive H_2s Dieb zählte Finn zehn Kämpfer, acht Männer und zwei Frauen, die ihre Gesichter hinter Schneebrillen und Atemmasken verbargen. Mit Pistolen und Maschinengewehren hielten sie die Bewohner des Klosters in Schach. Knapp zwei Dutzend Mönche – barfuß, in eisblaue Roben gehüllt und mit sternenförmigen Tätowierungen auf den kahl geschorenen Köpfen – drängten sich am Fuß der Treppe. Trotz ihrer doppelten Überzahl wirkten sie gegen die bewaffneten Söldner chancenlos. Die Körperhaltung der Mönche jedoch strahlte etwas aus, das Charlotte imponierte: Gelassenheit und ein unbezwingbarer Wille. Von Lester und Kaleb war nichts zu sehen.

Die Menge der Mönche versperrte den Blick über den hinteren Teil des Innenhofes. Charlotte deutete auf einen der beiden fensterreichen Türme, die den Hof an dessen Ecken flankierten. »Von dort oben haben wir bestimmt einen besseren Überblick.«

Finn nickte. »Hoffen wir, dass in den Türmen keine Wachen postiert sind. Welchen nehmen wir?«

Sie entschieden sich für den rechten Turm und glücklicherweise begegnete ihnen niemand. Unter einer Wendeltreppe, die nach oben führte, waren kleine klapprige Truhen aufgestapelt, die nur der Frost noch zusammenhielt.

Charlotte genügte ein kurzer Blick auf die morschen Holzkisten. Was immer die Mönche damit transportiert hatten, es war nicht mehr da. Hätte Charlotte soeben nicht mit eigenen Augen die Schar der Mönche im Innenhof entdeckt, sie hätte geglaubt, dass es in dem Kloster schon seit langer Zeit kein Leben mehr gab. Noch immer ließ sie das Gefühl nicht los, dass hier etwas ganz und gar nicht stimmte.

In der obersten Turmetage gab es ein Fenster. Zwar war die Öffnung durch ein Holzgitter versperrt, doch durch die Lücken in den Ornamenten konnten Charlotte und Finn nun den gesamten Hof überblicken: Mehrere Holzstege, kaum eine Hand breit, mit steif gefrorenen Gebetsfahnen und Eiszapfen darunter, spannten sich bogenförmig von den Türmen bis zu einem niedrigen Podest an der Stirnseite des Hofes. Hier mündeten die vereisten Stege in vier Säulen, die einen filigranen Holzhimmel trugen. Unter diesem geschnitzten Baldachin stand ein Sarg.

Aus purem Eis.

Aus der oberen Eisschicht hatte man das Abbild eines Mannes in einer faltenreichen Robe gearbeitet. Die knochigen Hände hielten einen langen Stab über der Brust. Charlotte erfasste eine Gänsehaut. *Merlins Grab.*

Doch sie waren zu spät.

Direkt vor dem Sarg, die Arme in einer dramatischen Geste erhoben, stand Kaleb McGuffin mit dem goldenen Amulett. Sein Sohn war nicht zu sehen. »Licht meines Lebens!«, rief Kaleb mit sich überschlagender Stimme. »Ich hole mir, was mir genommen wurde.«

Damit presste er den Schlüssel auf den Sarg aus Eis.

Die Nacht des langen Messers

Charlotte und Finn drückten ihre Gesichter in das Holzgitter des Turmfensters. Die Mönche blickten regungslos auf die Söldner und deren Waffen. Eine Windbö heulte über den Innenhof. Ansonsten geschah nichts.

Nochmals, aber mit mehr Wucht, schlug Kaleb das Amulett auf das Eis. Er rieb es, ließ es auf dem Kopfende kreiseln, versuchte, eine Kerbe in den Sarg zu kratzen: nichts. Fluchend probierte er es an anderer Stelle. Dann trat er mit den Füßen gegen den Sarg. Erst jetzt murrten einige Mönche.

Charlotte sah ihren Bruder fragend an. »Er öffnet sich nicht. Warum öffnet sich Merlins Sarg nicht?«

Finn hob die Augenbrauen, die Finger fanden die Bügel seiner Brille. »Das Amulett ist der Schlüssel zu Merlins Grab. Vielleicht gibt es eine Art Schlüsselloch, eine Einbuchtung für das Amulett, versteckt zwischen den Falten der Statue.«

»Du Narr!« Kalebs Stimme klang seltsam rau, als sie über den Innenhof hallte. »Hast du wahrhaft geglaubt, ein wenig Bannmagie wird mich aufhalten?«

»Mit wem redet er?« Charlotte hatte das Gefühl, als säße plötzlich jemand hinter ihr und griffe ihr mit eisigen Fingern ins Genick. »Wir müssen näher ran. Hey, wo ist Bruce?« Sie sah sich erschrocken um. Der Kleine hatte sich aus dem Staub gemacht.

»Baun. Turm baun!«

Charlotte atmete auf. Die Stimme ihres Bruders war aus der Etage unter ihnen gedrungen. Morsches Holz kollerte über eisigen Stein. Bruce lachte.

»Wegen ihm fliegen wir noch auf«, flüsterte Finn.

Charlotte sprang zur Treppe. Da schnitt ein lauter Befehl ihres Onkels durch die Luft.

»Bancroft, schaff mir den Abt her!«

»Bruce, spiel bitte leise!«, wisperte Charlotte. Dann drängte sie sich neben Finn auf ihren Logenplatz am Fenster zurück.

Ein aufgepumpter Ochse von einem Mann, drei Köpfe größer als die anderen Söldner, löste sich aus der Gruppe und baute sich vor den Mönchen auf. »Abt, komm raus, der Chef will dich sehen!«

Niemand aus den Reihen der Mönche regte sich. Die Blicke blieben kalt.

»Sie sind in der Mehrheit«, murmelte Finn. »Nur die Waffen halten sie zurück. Oder warten sie auf etwas?«

Wieder hörten sie, wie Bruce seine Kistentürmchen umwarf. Zum Glück heulte der Wind erneut auf und im Innenhof richtete sich die Aufmerksamkeit aller auf den Hünen namens Bancroft.

Der pflügte durch das Meer der Mönche. Ab und zu zerrte er einen der eisblau gewandeten Kuttenmänner zu sich. Doch keiner schien der Abt, der Vorsteher des Klosters, zu sein. Der Söldner verlor die Geduld und lud sein Gewehr durch.

»Ich zähl bis drei.« Er richtete die Waffe auf den Eissarg.

Die Blicke der Mönche blieben stoisch. Doch ihr Gemurmel wurde lauter.

»Eins!«

Niemand rührte sich.

»Zwei!«

Bancroft drehte sich zu Kaleb um, als müsse er sich vergewissern, dass seine nächste Tat in Ordnung ging.

»Drei!«

Eine Salve von fünf Kugeln knatterte über den Innenhof. Entrüstet bellten die Berghänge zurück. Eis splitterte. Bancroft bekam einen Splitter ab. Er fluchte und wischte sich über das Gesicht. Charlotte konnte das verschmierte Blut auf dem weißen Handschuh gut erkennen.

»Es hat auch einen Mönch getroffen«, rief Finn aufgeregt.

»*Das* werden sie sich nun nicht mehr bieten lassen«, fügte Charlotte hinzu. »Jetzt gibt es Stress.«

Doch nichts dergleichen geschah. Stattdessen ordneten sich die Reihen der Mönche wieder, als wäre nichts passiert.

»Gruselig«, sagte Charlotte. »Sie wirken fast wie tot.«

Finn nickte. »Ich habe es genau gesehen. Der Mönch wurde von einem Splitter direkt an der Stirn getroffen.« Er senkte seine Stimme. »Er hat nicht mal gezuckt.«

»Die Kugeln haben den Sarg nur angekratzt«, fügte Charlotte erleichtert an. »Oh, und wer ist das?«

Ein Mann, vom Alter gebeugt, doch mit einem leisen Lächeln um die Lippen, hinkte aus dem Kreis seiner Ordensbrüder. Er stützte sich auf einen kurzen Gehstock, der hell wie Eis schimmerte. »Das genügt!« Seine Stimme klang so rein wie Winterluft. »Wenn Ihr schon diesen heiligen

Ort entweiht, so lasst wenigstens ab von der Zerstörung jener Kunstschätze, die älter sind als Eure Kathedralen.«

»Ich grüße dich, alter Mann.« Kaleb ging langsam auf den Abt zu, den Kopf in einem unbequemen Winkel vorgereckt, das Gesicht von der verspiegelten Schneebrille bedeckt.

Wie eine Schlange, dachte Charlotte und rieb ihre Zähne aufeinander. »Wollen wir eigentlich die ganze Zeit nur zusehen?«, wandte sie sich beunruhigt an Finn.

Finn reagierte nicht. Aber seine Lippen bewegten sich stumm, als würde er angestrengt nachdenken.

Charlotte stöhnte. *Bisher ist es für uns nicht so gut gelaufen.* Archy verletzt – H_2 geraubt – Kaleb als Erster am Grab – Bruce konnte jederzeit auffliegen. *Und wir haben keinen Plan.* Wie sollten sie Lester finden, herausholen und gleichzeitig verhindern, dass ihr Onkel sich die Schätze aus Merlins Grab krallte? »Finn!« Charlotte rüttelte ihren Bruder an der Schulter. »Wir müssen etwas tun.«

»Hab Geduld, Schwester.« Finn klang so abwesend, als schraubte er gerade in seinem Keller an einem Roboter herum. »Vertrau mir. Kaleb und seine Schläger werden bald unaufmerksam. Das Ballern auf den Sarg war schon eine dumme Idee. Sicherlich schreiten die Mönche bald ein. Ich kann mir nicht vorstellen, dass sie Shangri-La kampflos aufgeben werden, geschweige denn das Grab. Wenn hier Chaos ausbricht, schnappen wir uns das Amulett. Und Lester treiben wir auch noch auf.«

Charlotte schob eine Haarsträhne zurück unter ihr Kopftuch. Im Gegensatz zu ihr schien Finn immer einen Plan zu haben. Aber würde alles auch genauso ablaufen?

»Du willst mir weismachen, Mönchlein, dass du keinen Schimmer hast, wie man diese Hülle aufschließt?« Kalebs abgehacktes Lachen lenkte die Aufmerksamkeit der Geschwister wieder auf das Schauspiel im Innenhof. »Muss ich dir erst verdeutlichen, gegen wen du dich auflehnst?« Er krallte die Finger, als zerquetschte er einen unsichtbaren Ball.

Der Abt trat einen Schritt zurück. Es war ein kaum sichtbares Zurückweichen, aber es genügte, um Unruhe in den Reihen seiner Glaubensbrüder aufkommen zu lassen.

Kaleb warf den Kopf in den Nacken und schickte ein krähendes Lachen in den Nachthimmel.

Charlotte schnaubte. Ihr Onkel war schon immer komisch gewesen. Derart verrückt hatte sie ihn aber noch nie erlebt.

»Er raucht nicht«, gab Finn gedankenverloren von sich.

Erst jetzt fiel es Charlotte auch auf. Untypischerweise klemmte keine der stinkenden Zigarren in Onkel Kalebs Mundwinkel. Eine ferne Ahnung beschlich sie.

»Und dies hier?« Kaleb sprang zum Sarg zurück, grapschte nach dem Amulett und drückte es dem Abt fast gegen die Stirn. »Das kommt dir doch bekannt vor.«

Weil der alte Mönch dem Turm der Geschwister den Rücken zukehrte, konnten sie nicht erkennen, wie dieser auf das Amulett reagierte. Doch jeder im Hof konnte hören, was der Abt mit fester Stimme antwortete: »Ihr trachtet nach Dingen, die zu groß für Euch sind. Niemals werdet Ihr das Grab öffnen, niemals seine wahre Bedeutung begreifen. Ihr seid unwürdiges Blut.«

Kaleb beeindruckte das wenig. Er trat zurück, sog die Luft ein und schien ein paar Zentimeter zu wachsen. »Unwürdiges Blut? Nun, ich ahnte, dass es mir selbst nicht vergönnt sei, das Grab zu öffnen, und dass dieses Schmuckstück nutzlos ist.« Verächtlich schnippte er das Amulett zurück auf das Podest, wo es über das vereiste Holz schlitterte und unter dem Sarg liegen blieb. Dann ließ er den Abt stehen und stolzierte zu seinen Söldnern. Leichter Schneefall setzte ein.

»Er läuft eigenartig«, merkte Finn an. »So steif. Als wären ihm die Beine eingefroren.«

Charlotte hörte nur mit einem Ohr zu. Stattdessen spannte sie ihre Beinmuskeln und maß den Weg mit den Augen ab. Raus aus dem Turm – ein Sprint über den halben Innenhof – vorbei an Söldnern, Mönchen, Kaleb – ein Sprung auf das Podest – zwei weitere zum Sarg und Merlins goldenem Amulett: War das die Chance, von der Finn gesprochen hatte? *Wo in aller Welt steckt Lester?*

»Bancroft!« Kaleb zischte die Worte zwischen zusammengebissenen Zähnen hervor, als bereiteten sie ihm Schmerzen. »Plan B: Schaff mir meinen Sohn aus diesem Turm!«

Sofort machte sich der Ochse mit zwei weiteren Söldnern in Richtung Treppe auf.

»Oh«, entfuhr es Charlotte, »wir müssen hier weg.«

»Zwei Türme, 50 zu 50«, erwiderte Finn trocken. »Wenn Lester hier wäre, hätten wir ihn längst bemerkt. Wenn wir jetzt blindlings rausstürmen, entdecken sie uns auf jeden Fall.«

»Und was ist mit Bruce?«, flüsterte Charlotte noch, aber da waren die Söldner bereits auf der Treppe des Innenhofs.

Die Geschwister hielten die Luft an.

Am Ende der Stufen bogen die Söldner ab – nach links, zu dem anderen Turm. Rufe und Geschrei erschollen. Im nächsten Moment erschien Lesters hellblonder Schopf über den Zinnen. Gehetzt sah sich ihr Cousin nach einem Fluchtweg um. Da tauchte ein Söldner hinter ihm auf und riss ihn zurück in den Turm. Wieder Rufe. Gepolter. Irgendetwas ging zu Bruch. Keine halbe Minute später zerrte Bancroft den zappelnden Lester aus dem Turm.

Charlotte und Finn rangen nach Atem. Ihr Cousin sah angeschlagen aus. Doch Lester wehrte sich. Es gelang ihm sogar, Bancroft eine Ladung Schnee ins Gesicht zu pfeffern. Doch der Söldner schraubte ihm den Arm unerbittlich auf den Rücken und stieß ihn harsch die Treppe in den Hof herunter.

Lesters Haut war bleich, sein Blick starr. Charlotte verspürte Mitleid. Von dem einst so eitlen Jungen war nicht mehr viel übrig.

»Lass mich in Ruhe!«, schleuderte Lester seinem Vater entgegen, als Bancroft ihn in den Schnee stieß. »Wie oft soll ich es dir noch sagen: Ich weiß nicht, wie diese verfluchte Kiste aufgeht.«

Kaleb winkte mit der Hand. Bancroft zog Lester bis vor den Eissarg. »Darf ich bitten.« Kalebs Worte klangen mehr nach einem kalten Befehl als einer höflichen Frage.

Widerwillig streckte Lester seine rechte Hand aus und legte sie auf das Fußende des Sarges. Charlotte atmete ein und kniff die Lippen aufeinander.

Nichts geschah.

»Siehst du, ich kann das nicht. Dieses ganze Gerede von irgendwelchen Kräften – ich bin kein Superheld.«

Trotz der angespannten Situation musste Charlotte schmunzeln. *Dass Lester so etwas mal sagen würde.*

»Du *willst* es nicht, Knabe.« Wieder klang Kalebs Stimme so rau, als hätte er stundenlang gebrüllt.

Lester zuckte vor seinem Vater zurück und legte rasch die Fingerspitzen beider Hände auf das Eis. Er versuchte es wieder und wieder, ächzte durch zusammengebissene Zähne – Merlins Sarg rührte sich keinen Millimeter.

»So lässt du mir keine Wahl.« Kaleb winkte Bancroft herbei. »Es ist so weit.«

Lester kreischte auf. »Nein. Dad, du bist wahnsinnig! Bei so einem Schei…«

»Schweig, du kannst dich deinem Schicksal nicht entziehen. Ich sagte dir doch: Du tust es für deine Mutter.« Kalebs Gesichtszüge waren hinter der großen Schneebrille nicht zu erkennen. Doch die Worte schnitten scharf wie Eis. Er warf seinen Lakaien einen Strick zu.

Lester gebärdete sich wie ein Wilder. Es brauchte drei Söldner, um den Jungen auf den Eissarg zu fesseln. Erst Kalebs schallende Ohrfeige raubte seinem Sohn den Widerstand.

Finn stöhnte gequält auf, Charlotte entwich ein heiserer Schrei. Auch aus der Schar der Mönche kamen erboste Rufe. Trotzig stellten sich einige direkt vor die Waffenläufe ihrer Bewacher. Mittlerweile trieb der Wind den Schnee quer durch die Klosteranlage.

»Was ist nun mit deinem Plan?«, forderte Charlotte laut. »Wir müssen etwas tun. Sofort!«

Kaleb sah voller Verachtung auf seinen wimmernden Sohn herab. Bancroft hielt Lesters ungefesselte Beine fest. Der Söldner schien sich an der Angst des Jungen zu weiden.

»Ich denke, ich denke.« Finn riss sich die Brille vom Kopf und trommelte mit den Fingern gegen seine Schläfen.

»Er hat ein Messer«, rief Charlotte entsetzt, als sie sah, was Kaleb auf einmal in der Hand hielt. »Ein Jagdmesser. Verdammt, was läuft hier für ein Film?!«

»ICH DENKE.« Finn wippte mit dem Kopf vor und zurück, noch immer seine Schläfen bearbeitend. »Wir schaffen das nicht allein. Lancelot könnte – oder Leute aus dem Dorf – nein, zu weit weg – vielleicht ist der Yeti noch draußen – oder wir holen Archibald.«

»Was? Der ist Meilen entfernt. Wir sind auf uns allein gestellt. *Steht zusammen*, Dad hat recht. Ich geh jetzt da runter. Notfalls springe ich.«

»Halt!« Finn setzte die Brille auf und warf einen abschätzenden Blick aus dem Fenster. »So wird es funktionieren.« Mit wenigen Worten offenbarte er, was das feine Räderwerk in seinem Kopf in kurzer Zeit ersponnen hatte. Charlotte war sich nicht hundertprozentig sicher, ob das funktionieren würde. Aber Finns Titel für ihre Rettungsoperation gab ihr Zuversicht: *Mission Family Rescue.*

»Würdiges Blut – die Kraft in diesem Kind wird den Sarg öffnen«, rief Kaleb mit hohler Stimme. »Hierin schlummert die Macht, den Tod zu überwinden. Und diese Macht gehört mir.« Das lange Messer blitzte grün in der Nacht.

»Die Macht über den Tod?« Charlotte, schon in der Fensteröffnung stehend, bereit für *Mission Family Rescue*, sah ihren Bruder aus großen Augen an. »Was meint er damit?«

»Merlins Vermächtnis.« Finn klang so gelassen, als habe er soeben das fehlende Zahnrad für eine seiner Erfindungen entdeckt. »Das ist es, was der Zauberer mit ins Grab genommen hat. Und warum Kaleb den Sarg finden wollte.«

»Die Macht über den Tod.« Charlottes Stimme war kaum mehr als ein Hauchen. »Oh mein Gott. Onkel Kaleb jagt gar nicht dem Ruhm hinterher. Es geht ihm um … um *sie.*« Ein nicht enden wollender Schauder durchfloss ihren Körper.

Finn wich vom Turmfenster zurück. »Ophelia. Er will sie von den Toten zurückholen. Das ist Nekromantie. In dem Sarg muss was sein, das Kaleb bei dieser unheiligen Praktik helfen wird.«

Unten im Hof, vom Schneetreiben umkreist, rief Kaleb irgendetwas Unverständliches. Dann fuhr das lange Messer nieder.

Tod im Eis

»Nein!« Charlotte trat das Fenstergitter ein. Holzsplitter und Eiszapfen regneten in den Innenhof hinab.

Alle Köpfe fuhren herum, alle Waffenläufe richteten sich auf sie.

»Du?« Kaleb ließ das Messer sinken, kam unter dem Baldachin hervor und rammte die Waffe in eine der Holzsäulen. Zitternd blieb die Klinge stecken.

»Lass Lester frei!«, schrie Charlotte über das Schneetreiben und das Gemurmel von Mönchen und Söldnern hinweg. Jetzt, wo sie hoch oben in der Fensteröffnung des Turmes stand, wurden ihre Knie weich. *Ist das tief.* Zwar lief das mit dem Messer und dem Moment der Überraschung genau nach Plan, es war aber nicht vorgesehen, dass die Söldner mit den Waffen auf sie zielten. *Immerhin habe ich das Schlimmste verhindert. Vorerst.*

»Charlotte, was machst du hier? Wie kommst du … ist sonst noch jemand bei dir?« Kalebs Stimme klang erneut, als hätte er Dornen verschluckt.

»Ich bin allein, Onkel. Und jetzt mach ihn los!«

»Du wagst es, mir Befehle zu erteilen?« Kalebs Stimme schwang sich wieder zu schrillen Höhen auf. »Was im Inneren des Sarkophags liegt, was hier seit vielen Jahrhunderten begraben liegt, ist mein. Und ich werde jeden, der sich mir in die Quere stellt, zermalmen.« Er lachte hysterisch.

Die Söldner wichen einige Schritte vor ihm zurück. Einzig in den Gesichtern der Mönche lag Gelassenheit.

Er ist übergeschnappt, dachte Charlotte. *Die Trauer um Ophelia hat ihn wahnsinnig gemacht.*

Auf einmal krampfte Kaleb sich zusammen, gab einen gurgelnden Laut von sich und als er sich mit einem Ruck wieder aufrichtete, schrie er: »Morgana wird nicht weichen!«

Morgana. Charlotte spürte, wie Schwindel in ihr aufstieg. Sie stemmte sich in die Fensternische. Auch in den Reihen der Mönche wuchs die Unruhe.

»Ähm, Boss?« Bancroft deutete zur Treppe. »Da ist noch 'n Kind.«

Charlotte beugte sich vor. Am oberen Treppenabsatz stand Finn.

Kaleb ächzte auf. »Dann ist die Familienbrut fast vollzählig. Fehlt nur noch dieses verfressene Balg.«

Der ganze Hof sah zu Finn, als dieser mit weit vorgestreckter Hand, die Finger gekrallt, das Gesicht hoch konzentriert, Stufe für Stufe die Treppe herunterschritt.

Charlotte schmunzelte. Finn nahm immer die Treppe. *Mission Family Rescue läuft nach Plan.*

»Was tut er da?« Kaleb lugte über den Rand seiner Schneebrille und sah unschlüssig zu, wie Finn mit ausgestreckten Fingern aus der sich teilenden Menge der Mönche trat und langsam den Innenhof durchschritt.

Erst als Finn sich bis auf zehn Schritt Bancroft genähert hatte, bemerkte der Söldner, dass die Waffe in seinen Händen ein seltsames Eigenleben entwickelte. Das Maschinengewehr begann zu vibrieren und dann immer stärker zu zittern. *Die Kraft der Erde.* Charlotte jubelte innerlich auf. Finn kann nicht nur Erde, sondern auch Metall beherrschen.

»Boss, ich glaube, der Junge … er zieht …«

Bevor Bancroft den Satz beenden konnte, flutschte ihm die Waffe aus den Händen und flog weit über den Innenhof. Finn streckte ihr beide Hände entgegen, aber die Waffe knallte ihm mitten ins Gesicht. Rücklings kippte Finnegan McGuffin in den Schnee und blieb regungslos liegen.

Charlotte fluchte. Jetzt hing alles an ihr. »Ahhhhhhh!«

Eigentlich hatte sie sich einen heldenhaften Spruch bereitgelegt. Doch als sie, genau nach Plan, aus dem Turmfenster sprang, blieb nur Luft für einen kurzen Schrei. Sie landete auf einem der schmalen Bögen, die den Hof überspannten. Das Holz knackte unter dem ungewohnten Gewicht, dann ging es für Charlotte abwärts. Auf ihren Schuhsohlen rutschte sie den überfrorenen Steg herunter, geradewegs auf Merlins Sarg zu.

»Ich stifte unter den Söldnern Verwirrung, du schnappst dir das Amulett.« Finn hatte seinen Plan hektisch vorgestellt. Es war keine Zeit für Diskussionen geblieben. »Mach es auf deine Weise. Bekommst du das hin, Charlotte?«

»Da geht's ganz schön tief runter und es ist nicht das Treppengeländer im Manor.«

»Du schaffst das. Wichtig ist, dass sie nicht wissen, um wen sie sich zuerst kümmern sollen. Im Chaos können wir Lester sicherlich losbinden. Wenn wir Glück haben, kommt Leben in die Mönche und sie helfen uns. Dann verziehen wir uns, so schnell es geht.«

»Und wenn die Söldner auf dich schießen?«

»Da draußen herrschen Minusgrade. Hoffen wir, dass die Waffen Ladehemmung haben. Außerdem ist das da unten noch immer unser Onkel. Kaleb wird nicht wagen, uns wirklich etwas zuleide zu tun.«

Darauf hatte Charlotte nicht geantwortet. Dass Onkel Kaleb soeben noch das Blut seines eigenen Sohnes hatte vergießen wollen, um den Sarg zu öffnen, schien Finn bereits verdrängt zu haben.

Schneeflocken stachen Charlotte wie Nadeln ins Gesicht, als sie hoch über dem Hof den vereisten Steg herunterschoss. Konzentriert rief sie sich das Video ins Gedächtnis, in dem der Skater das ewig lange Geländer hinabsurfte. Charlottes Füße, ihre Beine und Arme, alles bewegte sich wie von selbst. Als hätte sie diese Rutschpartie schon Hunderte Male gewagt. Das Treppengeländer im Herrenhaus kam ihr nun vor wie eine Kinderrutsche. Charlotte jauchzte auf.

Im selben Augenblick verpuffte das Bild des Skaters vor ihren Augen. Charlotte verlor die Konzentration, dann das Gleichgewicht. Sie stürzte von dem Holzbogen und klatschte direkt neben ihrem benommenen Bruder in den Schnee. Der Sturz presste ihr den Atem aus der Lunge und in ihrem Kopf explodierte der Schmerz wie eine Silvesterrakete.

»Welch albernes Spektakel.« Onkel Kalebs Gesicht, halb verdeckt von der verspiegelten Schneebrille, tauchte über Charlottes auf. »Aber am Ende bedeutungslos.« Seine Mundwinkel waren zu einem irren Grinsen verzerrt, aus der Nähe bleckten die Zähne noch gelber als sonst.

»Wir wissen alles.« Charlotte erhob sich trotzig und versuchte, sich nicht anmerken zu lassen, wie sehr der Kopfschmerz ihre Sinne betäubte. »Alles über Ophelias Tod, die abgebrochene Grabsuche und die Geschichte mit der Yeti-Siedlung.«

»So ist es.« Finn kam ächzend wieder zu sich. »Du bist ein Dieb und ein Mörder. Und damit nicht genug. Jetzt willst du dich auch noch der Schwarzen Magie zuwenden.« Er hielt sich den Hinterkopf. »Du bist eine Schande für die Familie, *Onkel.*«

Charlotte warf ihrem Bruder einen anerkennenden Blick zu. Aus dem Kellerkind war ein mutiger Kämpfer geworden.

Erneut stieß Kaleb ein irres, meckerndes Lachen aus. »Ihr Kinder seid bloß Spielfiguren in einem seit Jahrhunderten schwelenden Zwist. Bancroft, binde sie zu dem anderen Kind! Auch diese Bälger wurden vom Amulett erwählt. Sie sollen zusehen. Und wenn es mit dem Sohn nicht gelingt, soll ihr Blut den Sarg Myrddins öffnen.«

»Hi, Les«, begrüßte Charlotte ihren totenbleichen Cousin, als sie unsanft neben den Sarg gestoßen wurde. »Ganz schön frisch hier, oder?« Sie versuchte, cool zu wirken, auch als Bancroft ihr das Bambusschwert entriss und achtlos wegwarf. Als der Söldner ihre Fesseln straff anzog, schrie sie dennoch auf.

Danach kümmerte sich Bancroft um Finn. Dem Söldner schien jedoch nicht wohl dabei, den seltsamen Jungen anzufassen. Hastig zog er die Knoten des Seiles an Finns Handgelenken zusammen und drückte ihn neben seiner Schwester auf die Knie.

»Charlotte, Finn, was tut ihr hier?« Lesters Haut war blassblau. Gefrorene Tränen glitzerten in seinen Augenwinkeln. Er wirkte peinlich berührt, dass seine Cousine und sein Cousin ihn so hilflos sahen.

Wie kalt es sein muss auf dem Eissarg, dachte Charlotte und war ihrerseits froh, dass die Wärme ihres Bruders neben ihr auch auf sie abstrahlte.

»Weißt du noch, Les?«, meldete sich Finn. »Kenobi? Da sind wir: deine letzte Hoffnung.«

Ein winziges Lächeln stahl sich auf Lesters blutleere Lippen. »Sind Onkel Charles und Tante Amanda auch da?«

»Nein, aber H_2.« *Mehr oder weniger.* Charlotte versuchte, zuversichtlich zu klingen. Falls Lester mit seinem neuen Talent nicht umgehend eine Armee von kriegerischen Schneemännern erschuf, waren sie geliefert. Aber so wie ihr Cousin dreinschaute, hatte er noch keinen Schimmer, wie er die Elementarkraft in seinem Inneren hervorkitzeln konnte. Zerknirscht musste Charlotte zugeben: Sie hatten *Mission Family Rescue* gründlich verpatzt. Sie sah zu ihrem wahnsinnig gewordenen Onkel, der mit steifen Bewegungen zurück vor den Sarg trat.

»Mein Licht, mein Leben, sie sind hier.« Kalebs Stammeln klang kaum noch menschlich. Er beugte sich zu Lester herab und sog die Luft ein, als würde er an ihm riechen. »Würdiges Blut. Die Kraft Myrddins schlummert in ihm. Wo muss ich ihn schneiden, damit sie frei wird?«

Charlotte warf Finn verstohlene Blicke zu. *Wir müssen ihn irgendwie zur Vernunft bringen. Er ist nicht er selbst.* Reden schien nichts zu bringen und die Erwähnung ihrer Tante würde den Onkel vermutlich nur noch mehr in den Irrsinn treiben. Charlotte hoffte inständig, dass noch ein Rest Gutes in Kaleb McGuffin geblieben war.

»Seit wann benimmt dein Dad sich so seltsam?«, rief sie Lester zu.

Zögernd hob der seinen Kopf. »Ich … ich weiß nicht … schon am Morgen, als wir ins Krankenhaus sind und dann auf dem Flug … seine Augen.«

»Seine Augen? Les, was ist mit ihnen?« Finn sträubte sich gegen die Fesseln.

»Klappe!« Bancroft trat zwischen den Sarg und die Geschwister. »Boss, du solltest dich beeilen. Die Mönche regen sich immer mehr auf.«

Erneut beugte sich Kaleb tief herab zu seinem Sohn, sodass sich ihre Gesichter fast berührten.

»Die Augen, Les!«, rief Finn im scharfen Befehlston.

Lester verstand sofort. Mit einer pfeilschnellen Bewegung bäumte er sich auf, seine weißen Zähne blitzten, bissen zu und rissen Kaleb die Schneebrille vom Gesicht.

Lester, Charlotte und Finn blickten in grün glühende Augen.

»Ich wusste es.« Finn fing sich als Erster. »Der seltsame Gang, die irre Sprache, noch nicht mal eine Zigarre: Das ist nicht unser Onkel, zumindest nicht mehr hundertprozentig.«

Morgana. Charlotte stemmte sich gegen ihre Fesseln. Obgleich auch sie erwartet hatte, im Antlitz ihres Onkels Spuren der Hexe zu finden, überraschte sie das Ausmaß des boshaften Blicks. Von Kalebs wasserblauen Augen war nichts mehr übrig.

»Dad … bist du … da drin?«, stammelte Lester. Das grüne Lodern in den Augen seines Vaters schien ihn zu hypnotisieren.

Aus dem Mund des vermeintlichen Kalebs drang ein meckerndes Lachen. »Meine Maske ist gefallen, Knabe. Doch das ändert gar nichts.«

Seine Hand schnellte vor, schraubte sich klauenhaft um Lesters Kehle und presste den Jungen zurück auf den Eissarg. »Würdiges Blut. Die Wächterdrachen haben es gesagt: Nur würdiges Blut ist der Schlüssel zu Myrddins Vermächtnis.«

»Weichet, Hexe!« Auf einmal stand der Abt neben dem Sarg. »Ich war mir nicht gewiss, ob Ihr es seid, aber nun sehe ich klar. Erneut stört Ihr diesen Ort mit Eurem giftigen Sein, erneut entweiht Ihr dieses Refugium. Weichet, Morgana!«

»Refugium?« Charlotte versuchte unermüdlich, ihre Hände aus den Fesseln zu ziehen. »Finn, was bedeutet das?«

»Dass das Kloster etwas äußerst Wichtiges beschützt«, raunte er, von Kalebs falschen Augen gleichsam gebannt.

»Schon bei Eurem ersten Besuch konntet Ihr die Totenlade unseres weisen Lehrmeisters nicht öffnen«, fuhr der Abt ungerührt fort. »Ohne das Amulett ließen wir Euch unbehelligt ziehen.« Er trat einen Schritt näher. »Doch nicht heute, Hexe!«

Kaleb drückte den zappelnden Lester noch immer auf den Sarg. Sein glühender Blick war unverwandt auf den Abt gerichtet. »Ich bin Morgan le Fay, Stiefschwester von König Artus und einstige Schülerin Myrddins. Was in diesem Sarkophag liegt, ist mein.«

Charlotte war wieder in den Bann von Morganas grünem Blick geraten. Nun mussten sie nicht mehr nur sich selbst und Lester retten. Jetzt galt es, auch den ungeliebten Onkel von der Hexe zu befreien und gemeinsam dem Kloster mit seinen eiskalten Bewohnern zu entfliehen. Sie spürte, wie sich der Knoten ihrer Fesseln langsam lockerte.

»Ihr irrt Euch, Morgana.« Der Abt hob seinen Gehstock und deutete auf Kaleb. »Die Bruderschaft der Eiswahrer stellt sich gegen Euch.« Der Stock wuchs, sog die Schneeflocken aus der Luft und wandelte sich zu einem langen Stab.

Die Hexe in Kaleb lachte heiser. »Die Kraft des Eises war schon immer ein schwaches Element und nichts gegen die Macht DES GEISTES.« Mit diesen letzten beiden Worten sprühten Kalebs grünen Augen auf und er tippte sich mit dem Finger auf die Brust.

Wie ferngesteuert hob der Abt seinen Stab mit beiden Händen hoch über seinen Kopf.

Und rammte ihn sich in die Brust.

Mit einem Knacken, als wichen Eisschollen auseinander, brach der Mönch tot im Schnee zusammen – den Stab in der Brust wie einen eisigen Finger in den Nachthimmel gerichtet.

Ein Teil von großer Kraft

Der Hof schrie auf. Die Mönche schüttelten die Fäuste, Charlotte schmiegte sich an Finn. Lester bäumte sich nochmals in seinen Fesseln auf und sank dann starr vor Entsetzen zurück auf den Sarg.

»Verflucht, was geht denn hier ab?«

»Oh, das ist … das ist … krass.«

»Dad, du musst gegen sie ankämpfen!«

Mit teuflischer Miene wandte Kaleb sich wieder Lester zu. »Was habt ihr erwartet? Ein Kinderspiel? Dass ihr Abenteurer seid wie eure Eltern?«

Kaleb wankte zu der Holzsäule, in der noch immer das lange Messer steckte. »Die Horde von Schneeaffen und die verfluchten Mönche liegen seit Jahrhunderten im Zwist um die Geheimnisse dieser Berge. Dass ihr euch mit den Yetis verbündet, konnte ich nicht vorhersehen. Nun aber seid ihr genau dort, wo ich euch haben wollte.« Er riss das Messer heraus und stieß es in Lesters Richtung.

Zitternd blieb die Klinge wenige Millimeter über der Handfläche des Jungen in der Luft stehen.

Charlotte schrie auf und starrte ihren Bruder an.

Mit ausgestreckten Fingern hielt Finn das Metall des Messers unter Kontrolle. Die lasch geschnürten Fesseln baumelten zwecklos um seine Handgelenke.

Morganas Wutschrei entlud sich aus Kalebs Kehle. Mit aller Kraft stemmte er sich gegen das Heft der Klinge, um es in die Hand seines Sohnes zu treiben, dorthin, wo die Eis-Kraft des Amuletts sich mit Lesters Nerven verbunden hatte.

Doch Finn hielt stand. Seine zu Schlitzen verengten Augen wichen zu keiner Sekunde von der grünen Klinge ab. Charlotte musste sich nicht umdrehen, um zu sehen, dass einige Söldner mit ausgerichteten Waffen näher kamen, während andere weiterhin die aufgewühlten Mönche zurückhielten. Sie brauchten dringend einen neuen Plan.

Aus Finns Schläfen quollen Adern hervor und er biss sich auf die Zähne, dass sie knirschten.

»Les, hilf Finn!«, rief Charlotte und riss wütend an ihren Fesseln. »Er hält das nicht mehr lange durch.«

Lester rührte sich nicht. Sein leerer Blick war auf den toten Abt geheftet.

Les, das war nicht dein Vater. Charlotte grub ihre Zähne in die Unterlippe. Sie hätte nie gedacht, dass sie Lesters Arroganz und Selbstsicherheit irgendwann herbeisehnen würde. Schwerfällig wuchtete sie sich auf die Füße. Darauf, dass ihr Cousin wieder der Alte würde, konnte sie nicht warten. Schon entflammten zwischen Mönchen und Söldnern die ersten Tumulte. Erst wurde gedroht, dann gestoßen.

Hier wird's ungemütlich, dachte Charlotte. Sie musste etwas tun. Egal was. Ihr Kendō-Schwert lag noch immer im Schnee. *Wenn ich es doch nur irgendwie erreichen könnte.* In den Selbstverteidigungs-Tutorials hatte sie gesehen, wie man gegen ein Messer vorging, mit nichts als einem Stock in Händen. Aber erinnerte sie sich noch an die Bewegungen? *Und wie werde ich die Fesseln los?*

Finn schrie auf. Das Messer ruckte in der Luft hin und her. Kaleb fletschte die gelben Zähne.

Er wird stärker, erkannte Charlotte panisch. Außerdem sah sie, dass sich Bancroft im Rücken ihres Bruders anschlich, den Kolben der Waffe zum Schlag erhoben. *Mum, Dad, ich hab's vermurkst, es tut mir leid*, wollte sie rufen.

Doch sie wurde unterbrochen.

Wie aus dem Nichts erschütterte ein lautes Bellen das Kloster, ein Bellen nicht von dieser Welt.

Der Mann, der einmal Kaleb gewesen war, ließ das Messer los – es blieb dank Finns Elementarkraft in der Luft stehen – und fuhr herum. »Bei den neun Schwestern, was ist nun wieder?«

Das Bellen erscholl erneut.

Die Geschwister warfen sich einen wissenden Blick zu. Sie kannten dieses Geräusch, das sich wie ein gewaltiger Husten anhörte. Und doch konnten sie kaum glauben, was in diesem Moment aus dem zerstörten Turmfenster in den Klosterhof kam.

Was fliegend herauskam.

Der bellende Drache war kaum größer als ein Kinderfahrrad. Überhaupt sah alles an ihm aus wie bei einem Kind. Der überproportional große Kopf mit dem einzelnen Horn auf der rotbeschuppten Stirn, die stummeligen Flügelchen, die klauenbewehrten und doch plump wirkenden Gliedmaßen – auch in Gestalt des kleinen Drachen war Bruce zu erkennen.

Mönche und Söldner zogen die Köpfe ein oder warfen sich in den Schnee, während die Kreatur über sie hinwegtrudelte und dabei melonengroße Feuerbälle aushustete.

»Shit, was habt ihr mit Bruci-Baby gemacht?« Lester war aus seiner Schockstarre erwacht und sträubte sich gegen die Fesseln. »Ist in dieser Sippe überhaupt noch jemand normal?«

Charlotte hüpfte zu Finn hinuber. »Schnell, mach mich los!«

»Das gibt Ärger.« Finn mühte sich an den Fesseln seiner Schwester. »Das gibt so was von Ärger.«

Der kleine Drache kam näher. Brutzelnd und dampfend schlugen seine Feuerbälle in Schnee und Eis ein.

Mein Bruder – ein Drache, dachte Charlotte. *Es gibt seltsamere Familien.*

»Beeil dich!«, herrschte sie Finn an und streckte ihm ihre gefesselten Handgelenke hin. Bruce steuerte geradewegs auf sie zu. Er wirkte nicht, als könne er kontrollieren, wem er einen Feuerball vor die Füße hustete. »Mach schon, Finn!«

Finn hatte es nicht so mit Knoten. Erst recht nicht unter Druck. Aber er hatte noch die Gewalt über das Messer.

»Worauf wartet ihr? Pustet ihn vom Himmel!«, befahl Kaleb seinen Schergen. »Es ist nur ein verwandeltes Kind.«

Die Söldner hatten anderes im Sinn. Wie lichtscheue Asseln stoben sie auseinander und brachten sich vor den explodierenden Feuerbällen in Sicherheit.

Mit dem Messer in der Faust durchtrennte Finn Charlottes Fesseln. Sofort stürzten beide zu Lester, befreiten ihn auf die gleiche Weise und zogen ihn von Merlins Sarg herunter.

Der Drache holte tief Luft.

Was dann geschah, spielte sich vor Charlottes Augen ab, als froren alle Bewegungen langsam ein.

»Kooooooopffffff ruuuuuuunteeeeeeerrrrrrr, Daaaaaaad!«, schrie Lester mit tiefer Stimme, stieß Charlotte und Finn von sich und rammte wie in Zeitlupe seine beiden Fäuste in das Podest. »Aaaaaaarrrrrrrg!«

Zapfen schossen aus dem Holz, erhoben sich klirrend in die Höhe und formten einen eisigen Schutzwall, der Lester, seinen besessenen Vater und den vorderen Teil von Merlins Sarg umschloss.

Eine halbe Ewigkeit, in Wahrheit kaum mehr als einen Wimpernschlag später, prallte Bruces Feuerball gegen das Eis.

Das Podest explodierte.

Als der Hagel aus Eisbrocken, Holzsplittern, Wasserfontänen und Feuerzungen verebbt war, senkte sich gespenstische Stille über den Innenhof von Shangri-La.

Charlotte schlug die Augen auf und tastete über ihr Gesicht. Es fühlte sich unversehrt an und doch pulsierte es in ihrem Kopf, als stampften alle Yetis dieser Berge hindurch. Auf allen vieren kroch sie ziellos ein paar Meter durch den zerfurchten Schnee. »Finn? Bruce?« Der Hof sah aus, als hätte ein Kind in seinem Zimmer randaliert und voller Wut alles Spielzeug zerlegt. Kurz musste Charlotte grinsen, doch die kalte Realität holte sie schnell wieder ein. »Les? Wo seid ihr?«

Finn saß unweit von ihr im Schnee, seine Brille hing schief auf der Nase, aber er schien durch die gewaltige Druckwelle nicht weiter in Mitleidenschaft gezogen worden zu sein. Bruce, noch immer in Drachengestalt, war auf das Dach des Turmes geflogen und lutschte dort an Eiszapfen herum. Charlotte wollte ihn rufen, ihm sagen, dass sie nicht böse auf ihn sei, er habe doch nur helfen wollen. Weil aber nun auch Söldner und Mönche aus der Deckung kamen und Bruce auf dem Turm vorerst sicher war, beließ sie es bei einem Lächeln in Richtung ihres Bruders.

Wo das Podest mit dem Holzbaldachin gestanden hatte, verhüllten Wasserdampfwolken das Epizentrum der elementaren Entladung. Eine eisige Faust schloss sich um Charlottes Herz, als ihr bewusst wurde, dass von dem Holzpodest und dem Baldachin nicht mehr viel geblieben war. *Bei allen Heiligen. Les!* Sie wankte in den Dunst.

»Holy Mary, was für ein Rums«, klang es ihr entgegen.

Charlotte entspannte sich, als sie Lesters Stimme erkannte. »Les, oh mein Gott, wie hast du das … geht es dir gut? Was ist mit deinem Dad?«

»Ich … *wir* sind noch hier. Aber ihr müsst euch dringend was anschauen.«

Charlotte und Finn sowie einige neugierige Söldner und Mönche stolperten durch das Trümmerfeld von schwelendem Holz und tauenden Eisbrocken. Sie stießen auf Lester, der nur wenige Schritte entfernt vor den Resten des Holzpodestes stand. Was sie sahen, veränderte alles.

»Oh, das kommt unerwartet«, sagte Finn tonlos und stützte sich gegen eine der verkohlten Holzsäulen.

»Ist er …?« Charlotte wagte nicht, es auszusprechen.

»Verpufft? Verdampft? Wohl kaum«, erwiderte Lester. »Da wäre zumindest ein Häuflein übrig geblieben.«

Charlotte spürte, wie ihre Knie nachgaben. Sie blinzelte mehrmals, doch es war kein Trugbild, das sich ihr bot.

Die widerstrebenden Kräfte von Feuer und Eis hatten Merlins Sarg entzweigespalten. Alle konnten nun ins Innere des Sarkophags sehen. Er war leer: keine Grabbeigaben – keine Schätze – kein Merlin.

»Dann war alles umsonst?« Wut und Ernüchterung stiegen in Charlotte

auf. Sie sah sich nach den Mönchen um. *Sie wussten es. Sie wussten, dass Merlin nicht in dem Sarg liegt.* Tränen der Enttäuschung bahnten sich ihren Weg. »Wir waren dumm, so dumm. Es ist der falsche Sarg.«

»Oh nein, Kindchen.« Kaleb tauchte hinter dem zerrissenen Totenschrein auf, die Augen noch immer grün lodernd. »Es ist der richtige Sarg. Ich bin am richtigen Ort.« Mit einem herablassenden Wink deutete er seinen Söldnern, die neugierigen Mönche zurückzudrängen. »Ich danke dir, *Sohn*. Nicht das Feuer war es, das den Sarg geöffnet hat. Es war die Kraft des Eises, deine zerstörerische Kraft. Ich wusste, dass du das schwächste Glied in der Kette bist, der unvollkommene Stein im Kreis des Amuletts. Myrddin wollte es nicht wahrhaben: Am Eisstein ward das Amulett fehlerhaft.«

Lester schaute, als habe man ihn in den Bauch geboxt.

Charlotte tat ihr Cousin leid. *Was will die Hexe mit einem leeren Sarg?*

Kaleb schob einige Eisbrocken mit den Füßen auseinander. Charlotte rang nach Atem. Zwischen Eis und Asche lag ein einzelner daumenlanger, trapezförmiger Stein. Ein goldener Stein mit einer blassen Einritzung. Dem Zeichen für Luft.

Noch bevor sie ihre frustrierende Entdeckung Finn mitteilen konnte, hatte der es selbst bemerkt. »Nein, nicht auch noch das Amulett!« Er kniete sich hin und klaubte einen weiteren Amulett-Stein vom Boden auf und hielt ihn seiner Schwester hin. »Da hat unsere Familie mal wieder ganze Arbeit geleistet.« Die Feuerrune war gespalten.

»Kein Schloss, kein Schlüssel«, sagte Charlotte niedergeschlagen. Sie fühlte sich, als habe sie einen Schlag in die Magengrube bekommen. »Vielleicht ist es der Fluch der McGuffins, nur Tod und Zerstörung nach sich zu ziehen.« Sie sah Lester müde an. »Wir sind nicht Merlins Erben.«

Auch Kaleb schien fündig geworden zu sein. Er bückte sich ruckartig und hob einen faustgroßen, vom Drachenfeuer rund geschmolzenen Eisbrocken auf. »Nach all den Jahrhunderten, nach all der Suche, endlich habe ich sie gefunden.«

Er drosch den Klumpen gegen die Reste des ramponierten Sarges. Ein zylindrisches Gefäß, mehr Reagenzglas als Flasche, kam zum Vorschein. Unter der blauschwarzen Oberfläche schimmerte es grünlich. Kaleb starrte das Gefäß gierig an.

»Was ist das?«, wandte sich Charlotte an ihren Bruder.

»Eine Art Phiole«, entgegnete dieser bestürzt, denn seine Aufmerksamkeit galt nicht dem eigenartigen Fläschchen in Kalebs Hand, sondern einen Punkt hinter seiner Schwester.

Charlotte sah das kalte Grausen in Finns Augen und drehte sich sofort um. »Beim Barte Merlins!«

Keine fünf Schritte hinter ihr hatte sich der tote Abt wieder erhoben, den Stab noch immer in der Brust. Bevor Charlotte realisierte, was sie da sah, zog der quicklebendige Mönch den Eisstab heraus, als wäre er nur ein lästiger kleiner Holzsplitter.

»Ihr könnt uns nicht töten, Morgana.« Die Stimme des Abtes hallte weit über den Klosterhof, während sich der Riss in seiner schneeweißen Haut narbenlos schloss. »Wir sind die unsterblichen Wahrer der Eiskraft. Und auch wenn unser weiser Lehrmeister hier nicht seine letzte Ruhestätte fand, so wachen wir weiterhin über diesen Ort.« Er stieß den Stab auf den Boden. »Hört meine Worte, dunkle Dame: Die anderen werdet Ihr niemals finden!«

Kalebs Mund entwich ein Fauchen. »Wächterdrachen, monströse Krabbeltiere, Eiswahrer … was hast du dir noch ausgedacht, alter Zausel?«

Unbeeindruckt, wie jemand, der alles unter Kontrolle hat, wandte sich der Abt zu seinen Klosterbrüdern um. »Das Harren ist vorbei, der Totenschrein meines Vorgängers Yeshi wurde entweiht, es ist nun nicht mehr vonnöten, unsere wahren Talente zu verbergen. Auf, Brüder, entfesselt die Kraft des Eises und beschützt das Gefäß, wie wir es dem großen Myrddin einst gelobten. Holt euch Morganas Augenlicht!«

Mit diesen Worten brach der Sturm los. Die Ziegel der Klosterdächer vibrierten, Eiszapfen regneten herab und auf dem Innenhof begannen die Bruchstücke von Yeshis Sarg zu tanzen. Das Eis zerfiel zu Kristallen, die sich zu langen Bahnen bündelten, auf die ausgestreckten Hände der Mönche zurauschten und sich dort zu Kampfstäben formten.

Für einen Moment sahen die Kinder gebannt auf das magische Schauspiel. Dann stürmten Mönche und Söldner aufeinander zu.

Merlins Vermächtnis

Was sich in dieser Nacht in dem verborgenen Kloster irgendwo in den Weiten des Himalayas zutrug, war kein Kampf, in den sich Charlotte, Finn und Lester einmischen wollten. Doch Charlotte war eine McGuffin. Und wie ihre Mutter und deren Mutter vor ihr war sie einfach viel zu neugierig, als dass sie sich bloß in dem Säulengang versteckt halten konnte, in den sie soeben mit den Jungs geflüchtet war.

Stäbe aus Eis blitzten auf, Schüsse aus Blei und Feuer gellten zurück. Die Söldner brüllten sich Anweisungen zu, die Mönche kämpften wortlos. Schnell wurde Charlotte klar, dass es in der Schlacht um die Phiole nur einen Sieger geben konnte. Am Ende ihrer Reise würde Blut fließen.

Doch es gab kein Blut.

Zwar streckten die Kugeln der Söldner viele Mönche zu Boden, doch diese erhoben sich wieder und ihre Wunden schlossen sich, ohne einen Kratzer zurückzubehalten.

Zombies. Charlotte ballte die Fäuste. *Ein Kloster der lebenden Toten.* Ihr wurde nun vieles klar.

Sie sah zu Finn und Lester. Ihr Bruder folgte dem Ringen konzentriert, als beobachte er ein Schachspiel. Der sonst so coole Lester jedoch schien gestresst. Er schwitzte und aus seinen Augen sprach Unruhe. *Diese Reise hat uns alle verändert,* dachte Charlotte. Auch ihr Cousin würde nie mehr derselbe sein. Der Einzige, der sich nicht an dem Tumult im Innenhof störte, war Drachen-Bruce. Er hatte damit zu tun, an den Eiszapfen des Turmdaches zu kauen.

Hatten sich die Eiswahrer bisher darauf konzentriert, die Attacken der Söldnerschar abzuwehren, gingen sie nun ihrerseits zum Angriff über. Unerbittlich schlugen die Eisstäbe auf die Söldner ein. Aber auch jetzt färbte sich der Schnee keineswegs rot. Nach jedem geglückten Hieb lief stattdessen ein blaues Schimmern über den getroffenen Söldner. Mit einem Knacken vereiste die Haut und eine Sterntätowierung zeichnete sich auf dem nun haarlosen Kopf ab. So wandelten sich Kalebs Söldner einer nach dem anderen zu Eismönchen.

Niemand nahm Notiz von Charlotte, Lester und Finn. Im Schatten der Säulen wäre es ihnen ein Leichtes gewesen, über die breite Treppe zu entkommen. Doch noch hielt sie etwas zurück.

»Wir gehen nicht ohne unsere Familie!«, sagte Charlotte.

Trotz ihrer Bitten, Finns Gestikulieren und Lesters Pfeifen machte Bruce jedoch keine Anstalten, seinen sicheren Aussichtsposten zu verlassen. Und irgendwo am Fuß der Treppe, halb verborgen hinter einem großen Stück Holz, das die Explosion bis dorthin geschleudert hatte, lag H_2 im Schnee. Sein Dieb war einer der letzten Söldner, der in die Gemeinschaft der Mönche einverleibt wurde. Aber noch ein Familienmitglied fehlte.

»Sieh ihn dir an«, gab Finn zu bedenken. »Kaleb ist Morganas Marionette. Sie wird ihn kaum freigeben, bis sie nicht hat, was sie will.«

»Und was will sie?«, fragte Lester.

»Merlins Vermächtnis«, gab Finn zurück. »Was auch immer in dieser Phiole steckt. Es muss irgendwas sein, mit dem man die Macht über den Tod erhält.«

Lester riss Finn und Charlotte zu Boden. Ein Eisspeer blieb zitternd in der Säule, hinter der sie hockten, stecken. »Du meinst, dieses kleine Glasdings enthält den Zauberspruch für die Zombie-Apokalypse?«

Charlotte schmunzelte. Langsam kehrte der alte Lester zurück.

Auch Finn lächelte. »Eher einen Spruch, der Unsterblichkeit verleiht. Oder zumindest einen ordentlichen Schluck aus dem Jungbrunnen. Merlin war auch diesem Mythos auf der Spur.«

»Wofür braucht Morgana so etwas?«, schob Charlotte ein. »Sie ist doch schon unsterblich, oder?« Sie wagte einen erneuten Blick aus der Deckung. »Oje, er hat es fast geschafft.«

Während Mönche und Söldner sich immer noch gegenseitig an die Gurgel gingen, zwang Morgana ihren Wirt, die Phiole weiterhin von Eis zu befreien. Das handlange Gefäß glich in seiner Form dem versteinerten Drachenzahn, den Charlotte und Finn in der Dragon's Cave gefunden hatten. Oben saß ein silberner Verschluss. Als Kaleb das Gefäß nahe vor sein Gesicht hielt, nahm das grüne Glimmen im Inneren die Form zweier Kugeln an.

»Er kann sie nicht öffnen«, schloss Finn, als Kaleb mehrmals unter unmenschlichen Schreien versuchte, den Verschluss zu entfernen. »Vielleicht ist das ein weiterer Schutzzauber.«

Fast im selben Moment drang einer der Mönche bis zu dem Besessenen vor. Der Kampfstab sirrte durch die Luft. Kaleb wich zurück. Zu wenig. Der Stab erwischte ihn zwischen den grün leuchtenden Augen, ein scharfes Zischen war zu hören.

»Meine Augen«, jaulte Kaleb auf. Er ließ die Phiole fallen und griff sich schreiend ins Gesicht.

Die Phiole rollte über den festgestampften Schnee.

Sofort sprang der Mönch hinterher, wurde aber augenblicklich von einer Söldnerin umgemäht. Beide Kämpfenden wälzten sich über den Boden. Die Phiole schlitterte über den Innenhof und rutschte dabei bis vor das Versteck der McGuffin-Kinder.

Blitzschnell schnappte Lester zu.

Die Söldnerin griff sich derweil mit einem Schmerzenslaut in den Nacken und starrte ungläubig auf ihre vereisten Haare. Auch bei ihr brachen sie büschelweise ab und machten dem Zeichen der Bruderschaft der Eiswahrer Platz. Neun Söldner hatten sich mittlerweile zu Eismönchen gewandelt. Nur Bancroft war übrig. Doch auch der Hüne sah sich schnell von Mönchen umzingelt.

»Zeit, sich zu verziehen«, mahnte Finn.

Charlotte und Lester sahen sich unschlüssig an.

Soll unser Abenteuer so enden?, fragte Charlotte sich. *Kein Grab, das Amulett zerstört und Onkel Kaleb für immer in Gewalt einer Hexe?*

Finn sprang aus der Deckung. »Kommt!«, rief er laut. »Wir haben hier nichts mehr zu suchen.«

Kaleb hörte es. »Helft mir!« Es klang täuschend echt nach Onkel Kaleb. »Bitte, Champ, ihr müsst mir helfen!« Mit vereisten Augen taumelte er näher.

Charlotte zog Finn zu sich, Lester verbarg die Phiole hinter seinem Rücken. Bancroft ging fluchend unter dem Klirren der Eiswaffen zu Boden.

»Ich kann nichts mehr sehen.« Kalebs Stimme kämpfte sich über die der Hexe.

»Dad?« Lester umklammerte die Phiole so fest, dass Charlotte befürchtete, er würde sie zerdrücken.

Grüne Risse zogen sich durch Kalebs Gesicht. »Die Hexe, sie kann meine Augen nicht mehr nutzen. Sie tobt in mir. Gib ihr die Phiole, und alles wird gut enden.«

Hilfe suchend sah Lester zu Finn und Charlotte.

Charlotte schüttelte den Kopf. »Les, höre nicht auf ihn!«

»Es ist Morgana, die aus ihm spricht«, ergänzte Finn.

Lester nagte an seiner Unterlippe.

»Kind, sei nicht töricht. Denke an deine Mutter, denke an meine Ophelia.« Kalebs Stimme klang flehend. »Die Macht in der Phiole kann sie von den Toten zurückholen.«

»Von *den Toten?* Mum wird wieder leben?« Lester schüttelte den Kopf. »Nein, ich glaube dir nicht.«

Die Risse in Kalebs Gesicht wurden größer. Ein qualvolles Wimmern drang aus seiner Kehle.

»Du willst deinen Vater zurück, Knabe?«, grollte Morgana, als käme ihre Stimme aus der Hölle. »Öffne mir die Phiole oder ich zerreiße seine sterbliche Hülle.«

»Tu's nicht!«, beschwor Charlotte ihren Cousin. *Hoffentlich blufft sie.* »Die Macht über den Tod«, sie wies auf das Gemetzel im Hof, »du siehst, wohin das führt.«

»Wir müssen hier weg«, drängte Finn erneut. »Der letzte Söldner ist gefallen.«

Charlotte fröstelte, als sie sah, was die Eiswahrer Bancroft angetan hatten. Regungslos kniete er inmitten des Hofes, sein Körper von glitzerndem Eis überzogen, sein Mund zu einem stummen Schrei erstarrt. Er war nun eine Statue, eine Warnung für alle Expeditionen, die künftig in das Kloster eindringen würden.

»Ich hätte einfach zu Hause bleiben sollen, statt bei euch abzuhängen«, sagte Lester mit seltsamer Ruhe in der Stimme. »Dann wäre der ganze Kram nicht passiert.«

»ÖFFNE SIE!« Kalebs Schrei ging ihnen durch Mark und Bein.

Lesters Blick wurde kalt. Er entkorkte die Phiole. »Niemand soll diese Macht besitzen.« Damit goss er seinem Vater die grüne Soße vor die Füße.

»Nein!« Der Schrei des Abtes mischte sich in den von Charlotte und Finn.

Aus der grünen Lache formten sich zwei tischtennisballgroße Kugeln. Sie schossen empor und blieben in der Luft vor Kalebs erblindetem Gesicht stehen.

»Was zur Hölle?« Lester wich zurück.

Charlotte keuchte auf, als sie sah, welche Details sich in die Kugeln kerbten. »Sind das …?«

»Augen«, brach es aus Finn heraus. »Das sind Augen!«

Die Mönche stürmten mit erhobenen Eiswaffen auf sie zu.

Kaleb begann wieder zu schreien. Wie an einem unsichtbaren Angelhaken erhob er sich in die Luft, während ihm grüner Rauch aus dem Mund strömte und sich langsam zu einem Gesicht um das schwebende Augapfelpaar zusammenfügte.

»So endet es mit Triumph«, rief Morgana mit kraftvoller Stimme außerhalb von Kalebs Körper. »Endlich habe ich mein Augenlicht wieder und bin nicht mehr an Sterbliche gebunden.« Neben ihrem Gesicht aus grünem Rauch gewann auch ihr Leib schnell an Gestalt.

Charlotte war starr vor Entsetzen. *Was haben wir getan?*

»Ihr geht nimmermehr!«, brüllte der Abt und schleuderte seinen Eisstab. Noch in der Luft formte er sich zu einem todbringenden Speer.

Die Hexe sah den Wurfspeer kommen. Ein Zwinkern ihres grünen Auges und er zerstob zu Tausenden winziger Eiskristalle. Ein herrisches Aufleuchten beider Augen und die heranstürmenden Mönche wurden im vollen Lauf gestoppt und verschmolzen sofort mit dem Boden. Kaleb fiel in den Schnee.

Morgana aber erhob sich lachend hoch über den Klosterinnenhof, dem einstigen Gefängnis ihres Augenlichts, und entfloh in den mohnroten Morgen.

Das letzte Lagerfeuer

Verloren. Charlotte starrte auf die Eiswand, auf der sich die Flammen des Lagerfeuers spiegelten. Sie hatte keine Ahnung, wie lange sie hier bereits hockte. Dem tauben Gefühl in ihren Beinen und der Leere in ihrem Kopf nach, mussten es schon Tage sein.

Zerstört. Sie wagte nicht, die zerbrochenen Steine von Feuer und Luft in ihrem Schoß anzusehen – die einzigen, die sie geborgen hatten –, sondern strich nur gedankenverloren über die Reste von Merlins Amulett.

Verwandelt. Mit einem tiefen Seufzer betrachtete sie ihren Bruder. Bruce lag, in Yak-Felle gehüllt, zu ihren Füßen am Feuer und schlummerte zufrieden. Restlos hatte er die Schale mit den zerstoßenen Äpfeln ausgeschleckt. Dabei war die Drachengestalt nach und nach von ihm abgefallen. Dass ein Brei aus Äpfeln die tierische Verwandlung beendet hatte, konnte Charlotte noch immer nicht fassen. Doch die Sorge, die rostroten Schuppen könnten zurückkehren, quälte sie weiterhin. Künftig würde sie besser auf ihren kleinen Bruder aufpassen.

Verwandelt, zerstört, verloren. Was hatte sie sich nur bei all dem gedacht? Hatte sie wirklich geglaubt, es wäre einfach, das Grab eines Mannes zu finden, der zu den mystischsten Gestalten aller Zeiten gehörte? Dass sie und Finn schaffen würden, woran ihre Eltern trotz besserer Planung, Ausrüstung und mehr Erfahrung gescheitert waren?

Charlotte riss sich das Kopftuch herunter. Sie hatten ihr Abenteuer verbockt, ohne Frage. Aber das schien vor allem sie zu stören. Denn wenn sie sich ihre Familie ansah, stand sie mit ihrer Enttäuschung nahezu allein da.

Allen voran Lester erfreute sich bester Laune. Auch heute war er den Yetis beim Wiederaufbau ihrer Siedlung eifrig zur Hand gegangen. Dank der Kraft, die vom Amulett auf ihn übergegangen war, hatte er Mauern aus Eis aufgerichtet, Dächer abgedichtet und rissige Wände ausgebessert.

Lester, ausgerechnet Lester. Solang Charlotte zurückdenken konnte, hatte ihr Cousin noch nie etwas ohne Hintergedanken für andere getan. Da passte es zumindest, dass er sich bisher nicht dafür bedankt hatte, dass Finn und sie ihn – sie lächelte müde – *losgeeist* hatten.

Auch Finn wirkte zufrieden mit dem Ausgang ihrer Reise. Dass sie Merlins Grab nicht gefunden hatten, schien ihn weniger zu stören. Die Zerstörung des Amuletts wurmte ihn schon eher. Aber um darüber hinwegzukommen, tat Finn das, was er immer tat, wenn ihm die Welt zu kompliziert wurde: Er bastelte.

Bei H_2 war mehr als nur der Stolz angeknackst. Während des Kampfes waren viele Füße über den Roboter gestolpert, nahezu alle Bleche waren zerkratzt und sogar einen Streifschuss hatte er einstecken müssen. Der ärgerlichste Schaden aber war, dass H_2s Wasserkopf aufgrund einer gebrochenen Arretierung nicht mehr festsaß. Zwar waren Ersatzschrauben auf dem Berg äußerst rar, Finns neue Kraft erlaubte ihm jedoch eine Reparatur. Er glättete die Schrammen und formte aus dem Augenlid des Roboters einen Bolzen, mit der der Kopf wieder ordnungsgemäß hielt. Bald begann H_2 einmal mehr, sein angetrunkenes Wissen zu verbreiten.

Archy hatte sie bei ihrer Rückkehr in die Yeti-Siedlung unter Freudentränen in die Arme geschlossen. Dem Butler ging es wieder blendend. Die Energie des zurückgegebenen Bergkristalls hatte die Heilung seines gebrochenen Armes und der beiden Rippen beschleunigt; nur Archys Stimme war immer noch nicht zurückgekehrt.

Missmutig kickte Charlotte einen Fladen aus Yak-Dung ins Feuer. Archy, H_2, Finn, Lester und Bruce – einfach jeder war glücklicher als sie, einfach jeder opferte sich nach ihrer geglückten Flucht aus dem Kloster für andere auf. Dabei hatte auch sie sich nach ihrer Ankunft in der Yeti-Siedlung nützlich machen wollen. Doch weder bei H_2s Reparatur durfte sie helfen, noch besaß sie das Talent, Eis oder Schnee nach ihrem Willen zu formen. Ihre Fähigkeit, das wusste sie mittlerweile genau, bestand darin, sich für kurze Zeit komplizierte Bewegungen zu merken und sie dann nachzuahmen. Das Füttern eines Kleinkinds war zwar schwierig, aber Charlotte kam es wenig heldenhaft vor, Bruce mit Apfelbrei zu versorgen; auch wenn er magisch war. Seit zwei Tagen tat sie nichts anderes, zwei Tage waren seit ihrer Flucht aus dem Kloster vergangen.

Nachdem Morgana ihr Augenlicht dank Lester zurückgewonnen hatte und als grüner Rauch Shangri-La entwichen war, hatten die McGuffins nicht mehr gezaudert. Kaleb war nicht nur schwach auf den Beinen, sondern noch immer halb blind und musste sich auf Lester stützen. Finn trug den zerschrammten H_2, und Charlotte hatte ihren Drachenbruder endlich zur Flucht bewegen können. Die Worte, die der Abt ihnen hinterhergeschleudert hatte, hallten noch immer in Charlottes Gedanken nach.

»Ihr arglosen Kinder, ihr gabt der Hexe, was Myrddin und wir jahrhundertelang vor ihr versteckt gehalten haben. Seht euch vor! Das

Amulett mag zersprungen sein, Morganas Verlangen nach Macht indes ist ungebrochen.«

Dank Finns gutem Gedächtnis, den Kreidemarkierungen sowie den Kekskrümeln, die Bruce unbedarft verloren hatte, fanden sie aus den unheiligen Mauern heraus. Der Yeti-Häuptling wartete unter den Brückenpfeilern auf sie. Als er Kaleb erkannte, wurde es nochmals brenzlig. Der Schneemensch hatte nicht vergessen, wer für den Diebstahl der Bergkristalle und alles Böse, was danach über sein Volk gekommen war, verantwortlich gewesen war. Mit vielen beschwichtigenden Worten versuchten Charlotte und Finn, den Yeti zu besänftigen. Doch erst als Lester eine Brücke aus Eis über eine nahe Gletscherspalte erschuf und gelobte, seine Elementarkraft zum Wohl der Yeti-Siedlung einzusetzen, beruhigte sich der Häuptling. Er schulterte Onkel Kaleb und geleitete alle McGuffins sicheren Fußes zurück in den Schutz der Eishäuser. Hier war der halb blinde und entkräftete Onkel in die Obhut der Schamanin überlassen worden. Deren Kochkunst hatten die McGuffins zudem zu verdanken, dass das jüngste Familienmitglied endlich von seinen Schuppen befreit worden war.

Charlotte warf einen Blick auf die leere Apfelmus-Schale. Ein wenig nützlich war sie also doch noch gewesen.

»Und ihre Speisekammer ist ein riesiger Eisschrank«, berichtete Lester am Abend, als die Kinder und Archy wieder um das Feuer im Schneehaus der Schamanin hockten. »Ich habe die Kammer entdeckt, als ich ihr Dach repariert habe. Bis unter die Decke stapeln sich Kisten und Säcke. Fleisch, Fisch, Obst, ich habe sogar Brokkoli gesehen. Und alles steckt tief im Eis, es muss da seit Jahrzehnten liegen.«

»Da hat einer zu viel Schneeluft eingeatmet«, murmelte Charlotte vor sich hin. Sie stützte den Kopf auf die Hände und stierte weiterhin mürrisch ins Feuer.

»Es stammt von den Expeditionen«, schloss Finn. »Einige Trecks, die sich an den Edelsteinen bereichern wollten, wurden wohl von den Yetis aufgemischt. Vielleicht haben sie auch mal Mönche überfallen, die sich aus dem Kloster hinauswagten, um mit den Dörflern Handel zu treiben. Davon hat Lancelot doch erzählt.«

Lance, der Verräter. Charlotte schnaubte. Er hatte ihnen ganz schön was eingebrockt. Und doch musste sie sich zerknirscht eingestehen, dass sie selbst den Hauptteil der Verantwortung trugen. Kalebs Wahn, das leere Grab, die Zerstörung des Amuletts und das Aufleben einer Hexe – sie selbst waren es, die unbedacht gehandelt und leichtfertig mit Kräften gespielt hatten, die sie nicht einschätzen konnten. *Irgendwann kommt der Moment im Leben, da ist der Spaß vorbei*, das hat Mum immer gesagt. Charlotte seufzte. Es wurde Zeit für die Rückreise.

Zurück nach Schottland

Es war Nacht, als die MarySue das Dach der Welt verließ. Mit zwei Passagieren mehr an Bord hatte es die alte Lady schwerer, doch Archibald und Charlotte hielt das nicht davon ab, ihr treues Flugboot in schnurgerader Linie Richtung Heimat zu steuern.

Im schimmernden Schein des Irrlichts – Charlotte hatte es zwischen den zurückgelassenen Gepäckstücken wiederentdeckt und nun allen zu deren größten Erstaunen offenbart – gelobte Onkel Kaleb, über ihr Abenteuer Stillschweigen zu bewahren. *Um des Familienfriedens willen.* Er trug noch immer eine Binde vor den Augen, die ihn vor allzu grellem Licht schützte. Am liebsten aber hätte er sich vor Scham und schlechtem Gewissen gänzlich versteckt.

Es brauchte mehrere Stunden, bis Charlotte, Finn und Lester ihm haarklein erzählt hatten, was alles vorgefallen war. Denn das Letzte, woran sich Kaleb erinnern konnte, war der Morgen, nachdem er seinen Sohn mit blaugefrorenen Händen im Bett vorgefunden hatte. Der Vorhang vor seinen Gedanken hatte sich erst wieder gehoben, als Kaleb gegen die Stimme in seinem Kopf aufbegehrt und panisch festgestellt hatte, dass er sich irgendwo in einer verschneiten Bergwelt befand.

»Ich war schwach, ich war nicht Herr meiner Sinne«, gestand der Onkel ungewohnt reumütig, als die MarySue die Ödnis des Aralsees in

Usbekistan überflog. »Die Worte der Hexe – ich will ihren Namen nie mehr hören – waren wie Gift, das meine Gedanken verdrehte. Zwischenzeitlich glaubte ich gar, meine geliebte Ophelia steht vor mir.«

An den Ufern des Kaspischen Meeres – sie waren zum Tanken gelandet – geschah das, was Charlotte seit ihrem Abflug befürchtet hatte: Bruce bekam Hunger. Weil seine Geschwister nicht schnell genug für Nachschub sorgten, brach die schuppige Drachenhaut wieder durch. Bruce wuchs, die Kleidung zerriss unter den sich entfaltenden Flügelchen und Flammen züngelten aus den Nüstern – kein gutes Timing, wenn man gerade Flugzeugsprit nachfüllt.

Charlotte und Lester hatten alle Hände voll zu tun, den aufflatternden Kleinen zu beruhigen, damit der Tankwart nichts mitbekam. Kaleb und Archy halfen, indem sie sich vor dem Mann aufbauten und ihn in ein Gespräch verwickelten. Finn versuchte derweil, den verängstigten H_2 zu beruhigen.

Kaum hatten sie den Tankwart verabschiedet, klingelte zu allem Überfluss Finns Handy. Wieder war es der Klingelton seines Vaters.

»Oh Wunder, endlich kommen wir mal wieder bei euch durch«, meldete sich dieses Mal Amanda per Videoanruf. »Ich sehe, ihr seid schon wieder an Bord?«

»Guten Morgen, Mum«, flötete Finn, setzte ein Grinsen auf und versuchte, H_2 außer Reichweite des Handys zu halten.

»*Mum?* Alles okay, Finnegan?« Amanda runzelte lachend die Stirn.

Charlotte kniff die Lippen aufeinander. Dass Finn von seiner Gewohnheit abwich, die Eltern beim Vornamen zu nennen, hatte ihre Mutter misstrauisch gestimmt.

»Alles bestens, Amanda, alles bestens.« Finn schnappte sich die

Augenbinde, die Kaleb mittlerweile abgelegt hatte. »Wir … wir putzen gerade die Maschine. Die MarySue soll doch tipptopp aussehen, wenn ihr zurückkommt.« Er wedelte mit dem Stück Stoff vor seinem Smartphone herum. »Wie war der Bienenkongress?«

»Der lief gut. Wir haben viele Fachleute getroffen. Und ein paar Verrückte.« Amanda zwinkerte. »Was denn, Charles? Dieser Professor für angewandte Neurobiologie, komm schon, der war wirklich ein Zombie. Jedenfalls hat euer Dad sogar eine Auszeichnung für unser Bienenvolk eingeheimst.«

Charles kam ins Bild. »Finnegan, sind deine Geschwister auch da?«

»Natürlich«, antwortete Finn, etwas zu eilig. »Alle da.«

»Wollen sie nicht Hallo sagen?« Charles zog die Stirn kraus. »Ihr habt doch was angestellt. Wo ist Archibald?«

Eltern riechen Lügen, dachte Charlotte und drückte ihrem geschuppten Bruder das Maul zu, damit er sich nicht durch ein Knurren verriet. Sie war überrascht, mit welcher Kraft Bruce in ihren Armen flatterte.

Noch während Finn etwas von Außenarbeiten stammelte, die der Butler überwachte, und dabei sein Telefon so ruckartig hin und her bewegte, dass die Bildqualität verpixelte, begann Lester, in den Gepäckstücken zu kramen. Hier, formten seinen Lippen wortlos. Er reichte Charlotte einen verschlissenen Sack.

»Was ist das? Wo kommt der her?«, wisperte Charlotte.

Sofort begann Drachen-Bruce zu schnüffeln. Er zappelte so stark, dass Charlotte ihn notgedrungen loslassen musste.

Der Sack war voller goldroter Früchte. Bruce verschlang gleich zwei Äpfel auf einmal. Augenblicklich verblassten die Schuppen. Horn und Flügel bildeten sich zurück.

»Frag lieber nicht«, erwiderte Lester ungewollt laut auf Charlottes Stirnrunzeln.

»Ah, ich habe Lester gehört«, meldete sich Amanda zurück. »Er hilft also auch. Schön, dass ihr zusammenarbeitet, wo ihr doch sonst wie Feuer und Wasser seid.«

»Oder wie Eis und Luft«, antwortete Lester, drängte sich vor die Kamera und entblößte seine weißen Zähne.

Jetzt übertreib's nicht. Charlotte wartete sehnsüchtig darauf, dass die letzten roten Schatten auf Bruces Stirn verblassten. Dann erst wagte sie sich mit ihm vor das Handy.

»Hi, Mum, hi, Dad. Schaut mal, wer schon wieder gewachsen ist.« Sie hielt ihren Bruder in die Kamera.

Ihre Eltern freuten sich, dass es auch dem kleinsten McGuffin augenscheinlich gut ging, und als Archy aus dem Hintergrund noch lässig grüßte, wirkten sie endlich zufrieden.

»Übrigens, wir möchten unseren Trip noch ein bisschen verlängern«, sagte Charles und es klang ein wenig so, als wolle er sich bei seinen Kindern entschuldigen. »Hier in der Schweiz gibt es einen Bienenhof, auf dem mit einer neuseeländischen Rasse experimentiert wird und wo auch … oh, der Empfang wird … hallo … seid ihr noch …?«

»Ihr wollt noch bleiben?«, rief Charlotte in das stehen gebliebene Bild. Sie konnte ihr Glück kaum fassen.

»So zwei bis … Tage«, war die Stimme ihrer Mutter abrupt zu hören, obwohl das Video noch immer eingefroren war. »Archibald … kein Problem … Kinder … ein paar Tage?«

Archy nickte erleichtert und Charlotte übersandte seine Zustimmung an ihre Eltern.

»Prima … sehen … Wochenende«, meldete sich Charles zurück. »Ich … MarySue intakt … keinen Kratzer.«

»Puh, noch mal gut gegangen«, sagte Charlotte, nachdem Finn den Videoanruf beendet hatte.

Ihr Bruder atmete ebenfalls auf. »Dann bleiben uns noch ein paar Tage, um Bruce beizubringen, wie er seine Drachengestalt länger unterdrücken kann.« Er deutete missbilligend auf den Sack mit Äpfeln und sah Lester tadelnd an.

Der wich dem Blick aus und suchte seinerseits im Gesicht seines Vaters nach Hilfe.

»Das nimmst du auf die eigene Kappe«, antwortete Kaleb.

»Ich dachte, die Äpfel könnten uns noch nützen«, verteidigte sich Lester. »Außerdem standen im Riesenkühlschrank der Schamanin eine Menge Säcke herum. Einen davon werden die Yetis kaum vermissen.«

»Wie der Vater so der Sohn«, murmelte Charlotte.

Später am Abend, nachdem sie an Bord kaltes Yak-Fleisch verzehrt hatten, nahm Kaleb seine Nichte zur Seite.

»Ich konnte mich noch gar nicht dafür bedanken, was ihr für mich … was ihr für Lester riskiert habt. Das war nicht nur sehr mutig, ihr habt auch bewiesen, dass man sich auf euch verlassen kann.«

Charlotte sah ihrem Onkel in die noch immer geröteten Augen. Zum ersten Mal hatte sie das Gefühl, dass er es ernst meinte. »Onkel Kaleb«, entgegnete sie leise, »ich habe Angst, nach Hause zurückzukehren. Wer weiß, wie lange wir unsere Reise verheimlichen können. Früher oder später werden Mum und Dad es herausfinden. Und dann bekommt nicht nur Archibald einen Riesenärger.«

Kaleb nickte. »Vermutlich. Meine Schwester ist ein kluges Köpfchen.« Er zupfte Charlotte das Kopftuch zurecht. »Du siehst deiner Mutter ähnlich, aber du hast auch viel von deinem Vater. Charles hat McGuffin-Treasures immer zusammengehalten. Er war es auch, der uns auf den Reisen stets ins Gewissen geredet hat, wenn deine Mutter, Ophelia, aber allen voran ich wieder kopflos voranstürmen wollten.« Er wandte den Blick in das Abendrot. »Es mag leicht sein, ins Abenteuer zu rennen. Aber aus ihm zurückzukehren und Verantwortung für all das zu übernehmen, was dort draußen geschehen ist, darin liegt wahrer Heldenmut.«

Charlotte sah in die sinkende Sonne. Sie waren weit gereist und kamen alle verändert zurück.

Im Osten der Türkei, nachdem sie auf dem Schwarzen Meer erneut Treibstoff nachgefüllt hatten, klemmte Charlotte sich noch einmal hinters Steuer. Das Fliegen lenkte sie zumindest etwas von ihren brütenden Gedanken ab. Noch immer wurmte sie, dass sie mit leeren Händen nach Hause kommen würden, sah man von Lester und Onkel Kaleb einmal ab.

Merlins Grab geht dir nicht aus dem Kopf, schrieb Archy, nachdem er von einem Nickerchen im Co-Pilotensitz erwacht war.

Charlotte nickte wortlos.

Archibald sah sie lange an. In seinen Augen lag der tiefe Blick jener Leute, die schon viel erlebt hatten. *Und du denkst, du hast es nicht gefunden?*, stand auf dem nächsten Zettel.

Charlotte hob eine Augenbraue. Worauf wollte Archy hinaus?

Eine vertrocknete Mumie mit Zauberstab und Spitzhut, ein Sarg in einem geheimen Laboratorium unter der Ruine eines Magierturms – hast du tatsächlich so etwas erwartet?

Charlotte umklammerte das Steuerrad. *Genau das!*

Der Eisklotz im Kloster war nicht Merlins letzte Ruhestätte, las Charlotte tapfer, obwohl sie das Geschriebene erneut aufwühlte. *Aber es war ein Grab. Ein Grab, das die Mönche bewacht haben. Ein Grab des Merlin. Im Inneren ruhte sein Vermächtnis: das Augenlicht seiner ärgsten Feindin.*

»Na toll, und wir haben es ihr zurückgegeben«, blaffte Charlotte zurück.

»Bloß ein kleiner Konstruktionsfehler«, mischte sich Finn ein, der über Charlottes Schulter mitgelesen hatte. »Was kann sie mit ihren alten Augen schon anstellen?« Er zwängte sich zwischen Charlotte und Archy in die Flugzeugkanzel. »Ich werde das Gefühl nicht los, dass da draußen noch mehr Abenteuer auf uns warten. Noch mehr versteckte Gräber und, wer weiß, noch andere geheime Schätze von Meister Merlin. Schade, dass sein Amulett zerstört ist.«

Archy nahm noch einen Zettel. *Wozu braucht ihr Merlins Amulett? Ihr habt gefunden, wonach ihr gesucht habt: Der Schlüssel zum Abenteuer liegt in euch.*

Es war bei Grenoble, irgendwo zwischen den Alpen und dem französischen Massif Central, als H_2 eine Entdeckung machte, die das Drachenproblem zwar nicht löste, es aber in ein anderes Licht rückte. Der Roboter baute gerade mit Bruce ein paar Türmchen aus Holzklötzen, als der kleine McGuffin plötzlich die angebissenen Reste seines Apfels in den Wasserkopf warf und sich darüber lauthals freute.

Sofort begann H_2 mit der Analyse: »*Apfel*: lateinisch Malus domestica, Kernobstgewächs aus der Familie der Rosaceae. Sorte womöglich Goldparmäne, Geschmack nussartig, Säuregrad niedrig, Reifungsort Westwales. Lieblingssorte von Merlin dem Zauberer.«

»Du hast den Yetis Merlins magische Äpfel geklaut!«, fasste Charlotte lachend zusammen, während Lester und sein Vater den Roboter überrascht anstarrten.

Noch im Flugzeug beschloss sie mit Finn, die machtvollen Äpfel irgendwie zu vermehren, um Bruces Drachengestalt so dauerhaft kontrollieren zu können.

Viele Stunden später trat die MarySue in den britischen Luftraum ein. Ein wohliges Kribbeln lief über Charlottes Nacken. Sie freute sich, die herbstlichen Hänge der Highlands wiederzusehen. Doch als sie aus dem Cockpit sah und stattdessen von Raureif überzogene Hügel erblickte, beschlich sie ein ungutes Gefühl.

»Wir haben den Winter mitgebracht«, murmelte sie. »Unser Abenteuer ist noch nicht vorbei.«

»Steht zusammen!«

Charlotte sog die Luft ein. Der Geruch von Bohnerwachs und Holzvertäfelungen, von Kaminrauch und feuchtem Mauerwerk gab ihr das Gefühl von Geborgenheit. Es tat gut, wieder zu Hause zu sein.

Sie besserten die Kratzer auf dem Rumpf der MarySue aus und gönnten ihr die verdiente Pause. Die Ausrüstung verstauten sie in den staubigen Regalen des Bootshauses. Ihre Klamotten wuschen sie gründlich. Nichts sollte daran erinnern, wo sie sich in den letzten Tagen herumgetrieben hatten.

Finn richtete H_2 im Wandschrank seines Zimmers eine gemütliche Bleibe ein, in der der Roboter zwischen schmackhaften Büchern und fern der neugierigen Blicke von Charles und Amanda künftig wohnen konnte. Den Schlüssel zum Schrank band Finn sich an den Gürtel.

Schon in der ersten Nacht zu Hause ging Charlotte mit Bruce auf eine kleine Wanderung. Im Schein des Neumonds – der Zeitpunkt kam ihr passend vor – stahl sie sich in den Garten des Herrenhauses. Im blauen Licht des Spunkies, dessen Limo-Flasche nunmehr von Bruce voller Stolz getragen wurde, vergrub Charlotte die Kerne von einem von Merlins Äpfeln zwischen den Obstbäumen. Irgendwann würde der Sack mit den außergewöhnlichen Äpfeln leer sein und dann brauchten sie Nachschub. Die Bienen würden Merlins Magie weitertragen.

Am Ende ihrer nächtlichen Aktion trug Charlotte ihren halb schlafenden Bruder zurück ins Haus. Die Flasche mit dem Irrlicht stellte sie zwischen das Geäst einer der Buchsbaumsäulen nahe des Eingangsportals. Sie würde sich morgen um einen geeigneten Ort für ihren Spunkie kümmern.

Schon zwei Tage nach ihrer Rückkehr tauchte Lester wieder im McGuffin-Manor auf.

»Dad hat sich in eine Augen-Spezialklinik einweisen lassen«, berichtete er und stiefelte an dem erstaunten Archy vorbei ins Herrenhaus. »Er kann noch immer nicht klar sehen, hat megaschlimme Kopfschmerzen und jammert ständig, das ihm schwindelig sei. Wenn ihr mich fragt, liegt das eher daran, dass er sich endlich von den stinkenden Zigarren verabschiedet hat.«

»Oder die Stimme der Hexe spukt noch immer in seinem Kopf herum«, gab Charlotte zu bedenken.

Lester zuckte zusammen. »Ist es o.k., wenn ich ein paar Tage bei euch wohne, bis Dad wieder da ist? Zu Hause wird es mir schnell langweilig.« Seine eisblauen Augen blitzten. »Außerdem muss einer auf euch aufpassen.«

Amanda und Charles waren überrascht, dass gleich vier Kinder sie auf den Stufen ihres Zuhauses willkommen hießen. Aber sie zeigten sich sofort einverstanden, dass ihr Neffe vorübergehend bei ihnen wohnte. Platz war genug vorhanden und Charles plante Lester sogleich für die Arbeiten an den Bienenstöcken ein.

Schon beim Ausladen der Koffer gaben sich Finn, Charlotte und Lester möglichst natürlich. Bloß keine überschwänglichen Begrüßungen oder übertriebenes Interesse am Verlauf des Bienenkongresses.

Beim Mittagessen – Archy hatte sich sehr ins Zeug gelegt, es gab Rind, würzigen Buttertee und Apfeleis, und selbst H_2 saß am Tisch und mimte den leblosen Wasserspender – eröffnete Charles seinen Kindern große Neuigkeiten.

»Und daher haben Amanda und ich nach zähen Verhandlungen endlich die offizielle Freigabe erhalten, eines unserer Bienenvölker auf Oronsay auszusiedeln.«

»Das klingt super«, freute sich Charlotte ehrlich. Aber sie schaltete sofort ab, als ihr Vater zu einem längeren Monolog ansetzte. Sie war froh, dass ihre Eltern sich mit knappen Erzählungen zu der sturmfreien Woche hatten abfertigen lassen. Amanda und Charles waren ihrerseits erleichtert, dass es mit Bruce so gut funktioniert und niemand das Haus abgefackelt hatte. Selbst Finns Erklärung, dass sie aufgrund der vielen Sonnenstunden der letzten Tage so viel Farbe im Gesicht bekommen hatten, hatten die Eltern ihnen abgekauft. Charlotte hoffte, dass Charles nicht auf die Idee kam, das tatsächliche Wetter der Highlands der letzten Woche zu überprüfen. Oder sich das Bootshaus anzusehen oder mit Onkel Kaleb zu telefonieren – es gab so vieles, wodurch sie jederzeit auffliegen konnten.

»Also hattet ihr eine spannende Woche«, fügte Finn todernst den letzten Erzählungen seines Vaters hinzu.

»Oh, ihr macht euch keine Vorstellung«, sagte Charles stolz, »was das für ein kräftezehrendes Abenteuer war.«

Lester blieb länger als nur ein paar Tage. Die Ärzte hatten seinen Vater nach der Augen-OP gedrängt, noch eine Kur anzuhängen. So zog der Cousin bei seinen Verwandten ein. Archy teilte ihm unter dem Dach des Herrenhauses ein Zimmer zu und Lester fand sogar Interesse daran, Onkel und Tante bei den Bienen zu helfen.

Doch das waren nicht die einzigen Veränderungen im McGuffin-Manor. Charlotte kam ihr Zuhause kleiner vor. Die so geliebte Gemütlichkeit des Hauses engte sie mehr und mehr ein. Zwar rutschte sie noch immer jeden Morgen das Treppengeländer zum Frühstück hinab, doch das genügte nicht mehr. Das Leben nach dem Abenteuer im Himalaya war irgendwie nicht mehr dasselbe.

Es war Anfang Dezember, die Luft roch nach Schnee und der Frost hielt das Herrenhaus und seine Ländereien seit Tagen fest im Griff. Charles und Amanda waren trotz der Temperaturen zu einem Kurztrip auf die Insel Oronsay aufgebrochen, um noch vor dem Jahreswechsel geeignete Plätze für das Bienenvolk auszukundschaften. Charlotte, Finn und Lester saßen wie jeden Morgen um den großen Tisch in der Bibliothek und versuchten irgendwie, dem Hauslehrer zuzuhören.

Auch Mr Grimsby hatte sich verändert. Zum Schlechteren. Seit der Rückkehr seiner Schüler war er noch mieser gelaunt als zuvor, außerdem schien er mit seinen Gedanken immer häufiger woanders zu weilen.

Während der ergraute Lehrer heute abermals vor dem großen Fenster der Bibliothek stand, buckelig und mürrisch, und nach draußen auf die Schneeflocken starrte, beobachtete Charlotte, wie Finn auf der gegenüberliegenden Tischseite den Stift schwang. Mit einem kaum merklichen Pochen im Kopf gelang es ihr, die Handbewegungen ihres Bruders abzuspeichern und vor ihrem inneren Auge abzurufen. Seit drei Tagen versuchte sie sich an diesem Trick, aber erst heute gelang ihr, die Lateinübersetzungen auf diese Weise haargenau zu kopieren. Charlotte schrieb sie in ihr Heft, ohne auch nur ein Wort von Finns Text gesehen zu haben.

Lester kratzte derweil mit seinem Bleistift Furchen ins Heft, bis das Papier riss. Nicht nur Latein bereitete ihm Probleme. Charlotte wusste, dass es eine harte Umstellung für ihren Cousin gewesen war, ständig von einem Hauslehrer mit hohem Anspruch beäugt zu werden und sich nicht hinter zwei Dutzend Mitschülern verstecken zu können.

Doch heute scherte Mr Grimsby sich kaum um seine Schüler und deren Aufgaben. Er nahm nicht mal daran Anstoß, dass Charlotte im Unterricht ihr gelbes Kopftuch mit dem roten Stern trug. Sogar als sie unaufgefordert die korrekte Übersetzung vorlas, sah der Hauslehrer weiterhin gedankenverloren aus dem Fenster.

»Können wir heute mal früher Schluss machen?«, wagte Lester zu fragen und kippelte mit seinem Stuhl.

»Wir sind noch nicht am Ende«, knurrte Mr Grimsby. Er reagierte auch nicht, als Finn Lesters Stift nur mit einem kurzen Fingerzeig auf die Mine stellte und in Rotation versetzte.

»Wie wäre es mit was Praktischem?«, bat Charlotte. Sie gab Finn ein verstohlenes Zeichen. In letzter Zeit gingen er und Lester viel zu unbekümmert mit ihren Elementarkräften um. Dabei hatten sie schon genug damit zu tun, die Talente von H_2 und Bruce vor den Eltern zu verbergen. »Ich habe Rotwildspuren hinter dem Haus entdeckt«, fuhr sie fort. »Vielleicht können wir raus und …«

»Bevor man sich in die Welt da draußen stürzt«, unterbrach Mr Grimsby sie unwirsch, »gilt es, die alten Sprachen zu lesen, die Weisheiten großer Gelehrter zu studieren und daraus seine eigenen Wahrheiten zu schöpfen.«

Lester stöhnte theatralisch auf.

»Aber sagen Sie nicht immer: *Non scholae, sed vitae discimus*?« Charlotte merkte, wie sie auf Angriff umschaltete. »Nicht für die Schule, für das Leben lernen wir!«

Der Hauslehrer schnaubte verächtlich. »Ich weiß nicht, was du da redest.«

Charlotte und Finn sahen sich irritiert an. War es wieder an der Zeit, einen neuen Lehrer einzustellen?

»Also, mein Kopf ist voll.« Lester stand vom Tisch auf.

»Hinsetzen!«, donnerte Grimsby, dass die Fensterscheiben vibrierten. »Ich bestimme, wann das hier endet.«

Verwundert über den ungewohnten Ton vertieften sich die drei wieder in ihren Text.

Et Parsifal, eques Arti regis, itineribus longis confectis scivit se in peregrinis locis Gradalum inventurum non esse; ibi eum invenire non potuit. Charlotte sah die Worte zwar, aber sie las sie nicht konzentriert. Das eigenartige Verhalten ihres Hauslehrers verwirrte sie. Mehr noch, es hinterließ ein drückendes Gefühl im Magen. *Eum enim iam invenerat: Gradalus Sanctus in interioribus suis quiescebat.* König Artus, Parzival, der Heilige Gral – der Text schien zumindest interessant, auch wenn sie nicht alles verstand.

Charlotte beschwor ihre Elementarkraft herauf. Als Finns Handbewegungen vor ihr in der Luft erschienen, schrieb sie auch diese Worte ab: *Und Parzival, der Ritter von König Artus, wusste am Ende seiner langen Reisen, dass er den Gral nicht in der Fremde finden würde; er ihn dort gar nicht finden konnte. Denn er hatte ihn bereits gefunden: Der Heilige Gral ruhte in seinem Inneren.*

»Wahre Worte, McGuffins«, ließ Mr Grimsby sich immerhin zu einem Lob hinreißen, nachdem Charlotte vorgelesen hatte. Mit spitzen Fingern trommelte er gegen die Fensterscheibe und schien einen Punkt hinter den kahlen Weißdornhecken zu fixieren. »Manchmal muss man in die Ferne reisen, um zu erkennen, was in einem liegt.«

Charlotte zuckte zusammen und war sofort hellwach.

In die Ferne reisen.

Den Gral finden.

Im Inneren.

»Mr Grimsby, darf ich mal auf die Toilette?«, bat sie höflich und bemüht gelassen, obgleich in ihrem Kopf ein Feuerwerk der Erkenntnis tobte. »Außerdem müsste ich mal nach Bruce sehen, hab's Mum versprochen.«

Als Charlotte von der Toilette zurückkam, fingen Finn und Lester sie in der Eingangshalle ab. »Nach Bruce sehen? Archy passt doch im Hinterhaus auf ihn auf.«

Charlotte nickte. »Wo ist Grimsby?«

»Er hat sich doch zu einer Pause bequatschen lassen«, antwortete Lester. »Hat was von frischer Luft gefaselt und ist nach draußen geschlurft. Himmel, ist der heute mies drauf.«

»Dann sollten wir uns beeilen«, sagte Charlotte und scheuchte die verdutzten Jungen zurück in die Bibliothek.

»Der Lateintext hat mich auf eine Idee gebracht«, begann sie aufgeregt. »Alles, was wir suchen, steht hier drin.«

Lester verdrehte die Augen. »Ist wohl heute dein großer Tag, Latin-Lotti.«

»Still, wir haben nicht viel Zeit«, fuhr Charlotte ihm über den Mund. »Erinnert ihr euch an die Sache mit dem Amulett in Shangri-La?«

»An was genau?«, fragte Finn lauernd.

»Kaleb, also Morgana, er ... sie hat das Amulett damals links liegen gelassen. Sie hat erkannt, dass es als Schlüssel nutzlos geworden war. Stattdessen wollte sie Lesters Kraft anzapfen, um an Merlins Vermächtnis, also an ihr Augenlicht zu kommen.«

Lester stöhnte auf. »Musst du mich an diese grausige Nacht erinnern?«

»Was hat das mit dem Text zu tun?«, hakte Finn nach.

Charlotte lächelte. Dass sie einmal mehr Durchblick als ihr Bruder hatte, ließ sie innerlich aufjubeln. »Es ist alles da. Wir haben nur nicht richtig hingesehen.« Sie senkte die Stimme. »Das Amulett mit seinen Kräften ist der Schlüssel zu Merlins Vermächtnis. Wir tragen diese Kräfte in uns. Wir sind die Erben Merlins.«

»Und weiter?«, bohrte Finn. »Das ist nichts Neues.«

»Verstehst du nicht? *Der Schlüssel zum Abenteuer liegt in euch* – das waren Archys Worte. Und im Lateintext stand über Parzival quasi dasselbe. Wir brauchen das Amulett nicht, um Merlins Grab zu finden. Wir haben unseren Heiligen Gral längst gefunden. Wir tragen das Amulett in uns. *Wir* sind das Amulett.«

Lesters Gesicht entfärbte sich. Finns Brille beschlug augenblicklich. »Wir sind das Amulett«, keuchten beide Jungen im Chor.

Für einen Moment verlangsamte sich das Leben in und um McGuffin-Manor. Das Kaminfeuer zuckte wie in Zeitlupe, das Pendel der Standuhr schwang so träge, als kämpfte es sich durch Honig, die Schneeflocken standen in der Luft.

Dann brach der Plan aus Finn heraus. »Charlotte, du holst Bruce. Ich schaffe H_2 in die Bibliothek. Les, du sorgst dafür, dass Grimsby uns nicht stört, und kommst dann schnell wieder rein!«

»Was hast du vor, großer Finnegan? Und wie soll ich Grimmy-Grimsby bitte draußen halten?«

»Nutze das!« Grinsend tippte Finn Lester auf die Stirn.

Als die vier Kinder und der Roboter in der Bibliothek standen (Mr Grimsby war, nachdem er erfolglos nach Archy geläutet hatte, auf die Suche nach einer Kanne heißen Tees gegangen, weil die alte plötzlich eiskalt geworden war), stellte Finn eine einfache Frage: »Was sagen unsere Eltern immer, wenn wir uns streiten?«

»*Steht zusammen*. Ich kann's nicht mehr hören.« Charlotte reichte Bruce vorsorglich einen halben Apfel.

»Und dass wir wie Feuer und Wasser sind und als Geschwister doch zusammenhalten sollten«, ergänzte Finn.

Lester rieb sich über die Stirn. »Also mein Dad redet nicht so komisch mit mir.«

Finn ließ sich nicht aus dem Konzept bringen. »Amanda hat es in ihrem Tagebuch erwähnt. Sie ist auf eine Kombination der Amulettsteine gestoßen, bei der sich ein Bild inmitten des Artefakts offenbart hat.« Er rückte seine Brille zurecht. »Eigentlich ist es ganz einfach: Feuer gegen Wasser, Wasser gegen Erde.«

»Erde gegen Luft. Luft gegen …«, Charlotte zog Lester zu sich, »… gegen Eis.«

»Eis gegen Feuer«, sprachen die Geschwister zeitgleich.

»Okay, 'ne Menge Gegensätze«, sagte Lester verwirrt.

Charlotte stellte Lester eine Armlänge von sich entfernt auf. Finn positionierte sich leicht schräg von seinem Cousin, sodass er Lester, ebenfalls eine Armlänge entfernt, zu seiner Rechten hatte.

»Nicht nur Gegensätze«, sagte Charlotte nickend.

Dann schnappte sie sich Bruce und setzte ihn links neben Finn und etwas weiter entfernt von Lester auf den Teppich. Bruce jammerte auf, weil er dabei seinen kaum angebissenen Apfel verlor.

»Was soll das alberne Spielchen?« Lester drehte sich genervt um.

»Bleib stehen!«, befahl Finn. »Augen auf Charlotte!« Seine Stimme duldete keinen Widerspruch. »Wir stehen zusammen. H_2, komm bitte her.«

Neugierig wackelte der Roboter heran. »Direkt gegenüber von dem Drachenkind, mein Konstrukteur.« Es klang wie eine Feststellung, nicht wie eine Frage.

Finn lächelte. »Und links von Charlotte. Kluger Kopf.«

»Na super.« Lester seufzte. »Selbst der Blechheini weiß Bescheid. Und der blöde Cousin hat keinen Schimmer.« Doch er blieb genau dort stehen, wo Charlotte ihn hingestellt hatte: gegenüber von Bruce und seiner Cousine, H_2 zu seiner rechten, Finn zur linken Seite.

Noch bevor Lester den Sinn dieses gebildeten Kreises begriff, geschah es. Unter ihren Füßen wurden die Fasern des Teppichs allmählich durchscheinend und gaben den Blick auf den darunterliegenden Whisky-Keller preis.

Keiner der fünf Erben Merlins schrie auf, aber sie alle hielten den Atem an. Unwillkürlich reichten sie einander die Hände. Charlotte streckte die linken Finger aus und die metallene Zangenhand des Roboters schmiegte sich in ihre Hand. H_2 hielt mit der anderen Lester fest. Die Gliedmaßen des Roboters wurden von einer feinen Schicht Eis überzogen. Lester wiederum ergriff die rechte Hand seines Cousins. Dabei rutschte seine Armbanduhr zitternd auf Finns Hand zu. Finn war anzusehen, dass ihm die Berührung etwas unangenehm war. Er sah zu Bruce. Dessen kleine Hand zierten rote Drachenschuppen und sie glühte wie heiße Kohlen. Mit der linken Hand klammerte Bruce sich an seine Schwester. Die Hitze aus seinen Fingern wirbelte spiralförmig um Charlottes rechten Arm.

»Wundervoll.«

»Ein Augenöffner.«

»Holy Macaroni.«

»Phänomenal.«

»Hungaa!«

Knisternde Blitze zuckten durch den Kreis der McGuffins, es roch nach verbranntem Metall und der verschneite Innenhof von Shangri-La erschien in dem Leuchten. Mönche in blauen Kutten schritten über den Hof und unter dem hölzernen Baldachin stand der unversehrte Eissarkophag.

Lester keuchte auf. »Das ist … das ist …«

Weiter kam er nicht, denn auf einmal strömte orangeglühende Lava von allen Seiten in das Bild und überdeckte die Klosterszenerie. Die Berge wandelten sich zu schwarzem Fels und inmitten der feurigen Fluten ragte eine Plattform aus dem Lavasee. Das tobende Licht spiegelte sich auf einem Quader, der auf dieser Plattform ruhte, als hätte ein Riese hier sein Bauklötzchen vergessen.

»Das hat Mum auch beschrieben«, staunte Charlotte und warf einen kurzen Blick zur Tür der Bibliothek. Mr Grimsby konnte jeden Moment zurückkommen.

»Appelbaum!« Bruces Ausruf brachte Charlottes Aufmerksamkeit zurück auf das Blitzgewitter. Wo soeben noch der Lavasee gewesen war, erhob sich nun eine grasbedeckte, hügelige Lichtung, die von knorrigen Apfelbäumen umrundet war.

»Was sind das für Orte?«, fragte Lester in die Runde.

Doch wieder änderte sich die Szenerie urplötzlich. Alles wurde von Wasser überflutet, die Bäume versteinerten im Zeitraffer zu Säulen, in die fließende Muster geritzt waren. Erneut dominierte ein großer Stein das Bildzentrum. Doch dieses Mal war er rund und ähnelte einem mächtigen Brunnen, über den eine kreisrunde Platte gedeckt worden war.

»Nicht loslassen!«, forderte Finn seine Familie auf.

Charlotte merkte, wie ihre Hand, die H_2s Metallfinger festhielten, schweißnass wurde.

Noch einmal schwand das Bild. Das Wasser versank, gab trockenen Meeresgrund frei und die Säulen zerfielen zu Sand. Dann schraubte sich eine Pyramide aus dem Wüstenboden und nahm die aufkeuchenden Zuschauer rasend schnell mit auf die Spitze. Dort oben heulte der Wind und trieb kleine Sandwirbel um das Bauwerk. Charlotte glaubte, in dem kreisenden Stürmen Augen zu erkennen.

»Eis, Feuer, Wasser, Luft und Erde – fünf Elemente, fünf Orte.« Finns Hände zitterten. »Und fünf Gräber!«

»Merlins Vermächtnis ist rund um den Erdball verstreut«, stöhnte Lester. Er atmete weiße Wölkchen aus. »Und diese verfluchte Morgana sucht garantiert schon nach den anderen Gräbern.«

»Aber wo genau befinden sich diese Gräber?«, fragte Charlotte.

»Das wüsste ich auch zu gern«, zischte Mr Grimsby auf der Schwelle zur Bibliothek. Seine Augen waren leuchtend grün.

Operation Family Quest

Sofort ließen die Amuletttträger einander los. Die Bilder in ihrem Kreis aus Gegensatz und Zusammenhalt verpufften. Sekundenlang starrten die McGuffins und Mr Grimsby sich an. Dann rauschte der Lehrer in die Bibliothek, als würde er an unsichtbaren Fäden gezogen.

»Dachtet ihr wirklich, es endet im Himalaya?« Morgana gab sich keine Mühe, mit falscher Stimme aus Mr. Grimsby zu sprechen. Die grünen Risse im Gesicht des Lehrers und die giftsprühenden Augen ließen keinen Zweifel offen.

Charlotte zog Bruce zu sich heran. Der Kleine hatte zu knurren begonnen. »Morgana. Du bist uns gefolgt.«

»Oh, nicht direkt.« Mr Grimsby kam näher. Dabei stieß er gegen das Feuerschutzgitter des Kamins. Er fauchte auf. »Dieser Wirt ist nicht wie der letzte.« Morganas Augen richteten sich auf Lester. »Dein Vater war wie Efeu: stark, lästig, dennoch biegsam. Dieser hier«, sie richtete Mr Grimsby auf und seine Gelenke knackten, »ist wie ein sturer, aber morscher Baum.«

»Was willst du, Hexe?« Lester stellte sich breitbeinig vor Finn und H_2 und stemmte die Fäuste in die Hüften.

»Die Brut ist mutig geworden.« Der besessene Hauslehrer baute sich vor ihnen auf, sodass sie nicht leicht an ihm vorbeischlüpfen konnten.

Charlotte warf Finn einen verstohlenen Blick zu. Die Finger ihres Bruders tippelten bereits gegen die Brillenbügel. *Sehr gut – er plant.* Sie sah sich nach einer Waffe um. Draußen in der Eingangshalle hingen genug. Hier in der Bibliothek konnte sie nur mit Büchern werfen. *Immerhin.*

»Myrddins Erben – was für eine Bürde für ein paar Kinder. Mein alter Meister hatte schon immer eigenwillige Ideen.« Morganas Worte schwappten wie Säure durch die Bibliothek. »Er hat mich beraubt, beraubt um meine Macht, meinen Körper, meine Schönheit.« Sie zwang Mr Grimsby, sich tief seufzend über Gesicht und Hals zu streichen.

Widerlich. Charlotte wusste, dass die böse Fee im Lehrkörper den Ton angab, dennoch war das ein bizarres Bild. Sie ärgerte sich, dass sie die Veränderungen ihres Hauslehrers so leichtfertig abgetan hatte.

»Eines muss ich ihm lassen: Myrddin ahnte wohl, dass nicht jeder seiner Schüler ihm auf ewig loyal ergeben sein würde.« Mr Grimsby stieß dasselbe meckernde Lachen aus, das auch durch die Klostermauern von Shangri-La geeilt war.

Charlotte erschauderte. Sofort waren die Erinnerungen wieder da. Auch Finn zuckte zurück, Bruce verkroch sich unter dem Tisch der Bibliothek und Lester wirkte mit einem Mal wie gelähmt. Einzig H_2 schien dem Bann der Hexe nicht so leicht zu erliegen. Er griff sich an den Kopf und fing an, die fünf Elemente sowie deren Kraftorte, die sie alle soeben gesehen hatten, herunterzuleiern.

Morganas Augen flammten auf. »Vier weitere Grabstätten. Mein Lehrmeister macht es mir nicht leicht, meinen Körper vollständig zurückzuerlangen.« Auf Grimsbys Wink fiel die Tür zur Bibliothek ins Schloss, die Vorhänge senkten sich vor dem Fenster und das Feuer im Kamin erlosch.

Bruce wimmerte unter dem Tisch.

Charlotte biss die Zähne aufeinander. *Wir müssen etwas tun. Das ist unser Zuhause, das ist kein Ort für dunkle Magie.* Sie stieß Finn an. Der nickte und gab wiederum Lester ein Zeichen.

Mr Grimsby schien das Aufbegehren seiner Schüler zu spüren. Er legte den Kopf schief. »Myrddin ist Staub. Er vermag nicht mehr, mich aufzuhalten. Und seine Erben ebenso wenig.« Er breitete die Arme aus, als wolle er alle McGuffins zugleich umarmen. »Ich hole mir zurück, was mir genommen wurde, was versiegelt in den Gräbern liegt. Jedes einzelne werde ich aufknacken wie eine Muschel.« Der Lehrer sah H_2 durchdringend an. »Und dieses Ding wird mir dabei zu Diensten sein.«

»Nein! Jetzt ist Schluss.« Finn trat vor. »Zusammen! McGuffins: Operation *Family … Family Quest*.«

»Hier ist niemand mehr dein Diener.« Charlotte stellte sich neben ihren Bruder. »Operation *Family Quest*.«

»Yeah, Operation *Family Quest* – klingt gut.« Lester zeigte unverhohlen auf den Hauslehrer. »Dein nächster Wirt ist eine Kakerlake.«

Unter dem Tisch der Bibliothek war ein Knurren zu hören, wie es nicht von einem Kleinkind kommen konnte.

H_2 schraubte den Wasserhahn an seinem Kopf eine weitere Umdrehung zu. »*Endkampf*: auch Showdown oder Endspiel. Letzter, entscheidender, zumeist dramatischer und emotionaler Kampf.«

Mit einem Kreischen, das den Staub in den Bücherregalen aufwirbelte, sprang Mr Grimsby katzengleich auf Finn und Charlotte zu.

Beide wichen aus, Charlotte nach rechts, Finn nach links.

Jetzt stand Lester frei. Der Junge ließ sich auf den Boden fallen und rammte die Fäuste in den Teppich.

Das Fenster sprang auf, Wind trieb die Vorhänge auseinander und ein Schneesturm raste herein. Er formte sich vor Lester zu einem breiten Gitter. Mr Grimsby prallte zurück und schlug dann kreischend auf die Eisbarriere ein. Sie erbebte, hielt aber stand. Doch die Druckwellen fegten die Schulhefte vom Tisch, stießen Teegläser um und drängten Bücher aus den Regalen.

Auch das kalkweiße Schneckengehäuse, das Finn nicht an die Yetis zurückgegeben hatte, fiel aus dem Regal. Finn hechte hinüber und fing das Horn auf. Er selbst wirkte am meisten erstaunt darüber, dass ihm das geglückt war.

Das Einsacken von Artefakten liegt wohl in der Familie, dachte Charlotte und richtete ihre ganze Aufmerksamkeit wieder auf ihren Gegner.

Morgana ließ sich nicht beeindrucken. Aus Mr Grimsbys Fingern tropften grüne Flammen, die sich zu unzähligen krabbelnden Viechern wandelten.

Finn keuchte gequält auf. Die Insekten formten sich zu einem menschlichen Körper, einer Frau mit langen Haaren und großen Ohrringen.

»Les, mein mutiger, mein starker Junge«, säuselte die Gestalt. Charlotte erkannte die Stimme von Tante Ophelia sofort wieder. Doch das tausendfache Trippeln kleiner Beine störte die Erscheinung.

Lesters Eisgitter bekam Risse.

»Es ist nur eine Illusion«, rief Charlotte gegen Finns Wimmern und das entsetzte Keuchen Lesters an.

Da begannen die Regale auf sie zuzuwandern. Bücher stürzten reihenweise heraus und wurden von den lebendig gewordenen Regalen in Wellen nach vorne gewälzt. Die knirschenden Wände der Bibliothek drängten die McGuffins dicht zusammen. Charlotte hielt den Atem an, kauerte sich hin und presste die Hände über die Augen. *Das ist alles nur ein Traum.*

Eine starke Hand ergriff ihren Arm und zog sie zurück auf die Beine. Finn lächelte mutig.

Charlotte zog ihr Kopftuch straff. Nein, das war kein Traum. Die Kriegerin stand nicht allein gegen die finstere Zauberin. Ihre Ritter standen an ihrer Seite. Sie erklomm einen Bücherhügel. »Verschwinde von hier, Morgana!«

Die Hexe lachte. Ophelias Gestalt zerfiel raschelnd und krabbelte hundertfach an Finn hoch. Der Junge schrie und begann hektisch, auf das Gezücht der Hexe einzuschlagen; und damit auf sich selbst.

Lester kam seinem Cousin zu Hilfe. Sein schützendes Eisgitter zerbarst.

Da kippte der Tisch um und Bruce flatterte hoch. Der Drache war gewachsen. Sein rotschuppiger Schwanz fegte bretterweise Bücher aus den Regalen. Feuerzungen aus den Nüstern leckten an Leder, Leinen und Papier.

»Bruce!«, rief Charlotte. Schon sah sie die Bibliothek in Flammen aufgehen. »Keine Feuerbälle!«

Ihr Bruder hörte auf sie. Mit einer wohldosierten Flammenlanze trieb er den besessenen Mr Grimsby aus der Bibliothek. Charlotte setzte sofort nach. *Der Unterricht ist vorbei.* Gemeinsam mit Lester befreite sie Finn von den restlichen Plagegeistern.

Noch im Zurückweichen krallte der Hauslehrer sich den fünften von Merlins Erben und öffnete in der Eingangshalle dessen Wasserhahn.

»Mist – Charles – indisch-arabische Ziffern – Licht – Wächterdrache – Himalaya …«, strömte es aus dem geöffneten Kopf des Roboters.

Es gelang ihm, sich aus Mr Grimsbys Griff zu befreien. Wasserlassend torkelte er durch die Eingangshalle und nässte den neuen Teppich ein. Charlotte sprang zu H_2 und verhinderte den Abfluss von weiteren wichtigen Informationen.

»Finn, meine Waffe!« Sie zeigte auf das Kendō-Schwert, das seit ihrer Rückkehr wieder in der Eingangshalle hing.

Finn streckte die Finger aus, als könne er das Schwert ergreifen, obwohl es mehrere Schritte von ihm entfernt hing. Das Bambusholz zitterte, riss die Halterung aus der Wand und flog mit einem sirrenden Ton auf Finn zu.

Charlotte pflückte das Schwert aus der Luft.

»*Ichi!*« Der erste Schlag zielte auf die Beine des Lehrers.

Es war nicht Excalibur, aber Morgana wich dennoch vor dem Holzschwert zurück. Prompt stolperte Mr Grimsby über Finns Schuhanziehmaschine. *PedesIV* begann umgehend, an den Schnürsenkeln der Herrenschuhe herumzuwerkeln.

Finn nutzte den Moment der Verwirrung und riss mit seiner Magie die Eingangstür des Herrenhauses auf.

»*Ni!*« Der zweite Streich traf Mr Grimsbys Kehlkopf.

Röchelnd kickte der Lehrer *PedesIV* weg, taumelte rückwärts zur Tür hinaus, an den Buchsbaumsäulen vorbei und hinunter in den verschneiten Vorgarten.

Charlotte, Lester und Finn sprangen hinterher.

»*San!*« Der Rundschlag verfing sich unter Mr Grimsbys Tweed-Jackett.

Morganas Blick sprühte vor Triumph.

Charlotte riss ihr Schwert wieder heraus. *Manche Dinge ändern sich nie.*

Durch den Ruck wurde der Lehrer herumgewirbelt.

Lester ballte die Fäuste. Finn krallte die Finger. Schneekristalle und Kieselsteine umfingen den schwankenden Wirt, doch die grünen Augen der Hexe leuchteten unvermindert hasserfüllt und verscheuchten Eis und Stein. Wie Pfeile prasselten die Elemente auseinander.

Charlotte schützte ihr Gesicht und wich zurück. *Sie ist zu mächtig.*

H_2 und Bruce hatten sich mittlerweile auch nach draußen gewagt. Der Roboter trippelte unschlüssig hin und her, während der Drache auf den Stufen zum Herrenhaus wie ein Wächter sitzen blieb.

»Ihr könnt nicht siegen«, krächzte Morgana aus der angeschlagenen Kehle des Hauslehrers. »Ich weiß, wo das nächste Grab ist.« Sie deutete mit dem Finger auf H_2. »Und er weiß es auch. Komm zu mir!«

Der Angesprochene gab einen glucksenden Laut von sich, sein intaktes Heringsdosenauge glomm grün auf. Mit schnellen Schritten stakste er bereitwillig auf Mr Grimsby zu. Charlotte griff nach H_2, doch dieser wich ihr flink aus.

Morgana schickte ein weiteres Ziegenlachen in den Himmel. »Sehet, ich nehme euch euer letztes Licht.«

Licht. Charlotte fiel es wieder ein. Sie sah zu Bruce zurück. »Im rechten Buchsbaum: Bring es mir!«

Der Drache bellte freudig wie ein junger Hund. Er stieß sein Maul in das immergrüne Gewächs und zog eine Limonadenflasche hervor.

Das blaue Irrlicht im Inneren war hellwach. Mit einem Ruck des schuppigen Kopfes, als würde er seinem Frauchen das Stöckchen zurückschleudern, warf Bruce. Die Limo-Flasche mit dem Spunkie flog hoch über den schneebedeckten Vorgarten.

Charlotte sprang auf die Beine. Sie schob den rechten Fuß nach vorn in den Kies, setzte den linken nach hinten, hob die Ferse leicht an, umklammerte ihr Kendō-Schwert und sah in den Himmel. *Schlag Nummer vier – ich schaffe das.*

Alle Köpfe folgten der sich drehenden Flasche. Auch Mr Grimsbys Körper und Morganas Augen.

»*Shi!*«

Die vierte Attacke kam wie eine Explosion und traf die Flasche noch in der Luft. Glassplitter gingen auf Mr Grimsby und Charlotte nieder. Das Irrlicht schoss heraus. Heulend. Wütend. Gleißend. Sofort wandten alle den Blick ab und kniffen die Augen zu.

Nur Charlotte sah noch eine Sekunde länger in das Leuchten, sah, wie das blendende Irrlicht in Mr Grimsbys Gesicht sprang. Genau zwischen Morganas grüne Augen.

Als der Sternenvorhang vor Charlottes Augen langsam verblasste, saßen sie und ihre Familie noch immer auf dem nun nicht mehr so sauber geharkten Kiesweg des Herrenhauses. Der Winterwind strich über die kahlen Äste der Weißdornhecken und ließ sie leise knistern.

Finn rieb sich die Augen und richtete die moosgrünen Bügel seiner Brille. Lester half seinem Cousin auf. Archy stand mit entgeistertem Gesichtsausdruck in der Tür und hielt den zurückverwandelten, aber nun halb nackten Bruce auf dem Arm.

Mr Grimsby war weg.

»Ich mochte ihn nie«, murmelte Charlotte an niemand Bestimmtes gerichtet und atmete tief durch. Sie stemmte sich an ihrem Bambusschwert hoch. Das Irrlicht, nun schwächer leuchtend, zuckte wie eine Libelle über ihren Köpfen hin und her.

»Du magst überhaupt keinen Lehrer.« Finn kam lachend auf seine Schwester zu. »Charles wird toben, Amanda wird schimpfen: Schon wieder einen Hauslehrer verschlissen. Armer Grimsby, hat er sich am Ende doch noch in einen willenlosen Zombie verwandelt.«

Charlotte nickte. »So viel zum Thema *Weißdorn schützt vor Hexen.*«

»Wir müssen Morgana hinterher.« Lester kam hinzu und wischte Charlotte einen feinen Blutstropfen von der Stirn. »Würdiges Blut.« Er entblößte seine weißen Zähne. »Guter Schlag. Kannst du mir das beibringen?«

Charlotte lächelte über das ungewohnte Lob. »Ja, wir müssen ihr hinterher. Wenn auch in den anderen Gräbern Teile von der Hexe liegen, darf sie kein weiteres Grab mehr finden.«

Finn rückte seine Brille zurecht. »*Well*, wir brauchen Nachtsichtgeräte, Wärmeschutzanzüge, eine Taucherausrüstung, professionelles Kletterequipment, Hexenabwehr-Spray und am besten auch noch ein U-Boot. Das wird teuer, wir sollten eine Schatzsucherfirma gründen.«

Charlotte rammte das Bambusschwert in den Boden und zog den Knoten ihres Kopftuchs wieder fest.

»Vier Orte, vier Gräber, wir haben viel zu tun. Immerhin wissen wir, wo wir anfangen können.« Sie drehte sich suchend um. »Jungs«, Charlotte erstarrte, »wo ist H_2?«

Ende

Danksagung

Eine Geschichte zu schreiben ist wie eine Schatzsuche – sie kann nur gelingen, wenn man Hilfe hat.

Dass ich mich überhaupt ins Abenteuer wagte, ist vor allem zwei Schreiblehrern geschuldet: Andreas und Marcus.

Meiner Agentin Birgit habe ich zu verdanken, dass ich mich auf die Suche nach Merlins Amulett traute und die richtigen Mitstreiter gewann.

Jeannette und Stephan, meine Frau und mein bester Freund, haben nicht nur Earl Grey, Shortbread und viele gute Ideen in den Rucksack gepackt, sie sorgten sich auch unermüdlich darum, dass ich auf der Schatzsuche nicht vom Pfad abwich oder mich jammernd in einer Senke verkroch.

Die jungen Abenteurer Jana, Houke und Mirai waren die Ersten, die vom gesamten Schatz Kenntnis erhielten. Als Testleser engagieren sie sich dafür, dass die Geschichte spannend und magisch, aber auch lustig blieb.

Drei Arbeitskollegen waren indes darauf bedacht, dass ich die Schatzkarte richtigherum hielt: Thomas achtete auf die korrekte Schreibung, Sven entschlüsselte die alte Sprache und Claus rechnete noch mal nach.

Vom ersten Schritt bis zum Ausbuddeln des Schatzes war nicht zuletzt meine Lektorin an meiner Seite. Emily lobte und mahnte und kämpfte mit mir gegen Eismumien und Baumfeen. Ohne sie und all die anderen kühnen und klugen Mitstreiter wäre ich auf der Suche im Nebel verloren gegangen.

Sehr dankbar kann ich diesen Schatz jetzt mit all den Abenteurern dort draußen teilen.

© Marcel Nigbur

Daniel Bleckmann wurde 1977 auf der Schwelle zwischen Niederrhein und Ruhrpott geboren. Nach Jobs beim Film und in der Werbung ergriff er doch noch einen vernünftigen Beruf. Tagsüber unterrichtet er Deutsch und Biologie, nachts schreibt er fantastische Abenteuergeschichten für Kinder. In der Zeit zwischen seinen beiden Jobs kümmert er sich um seine Familie und den Dschungel in seinem Garten.

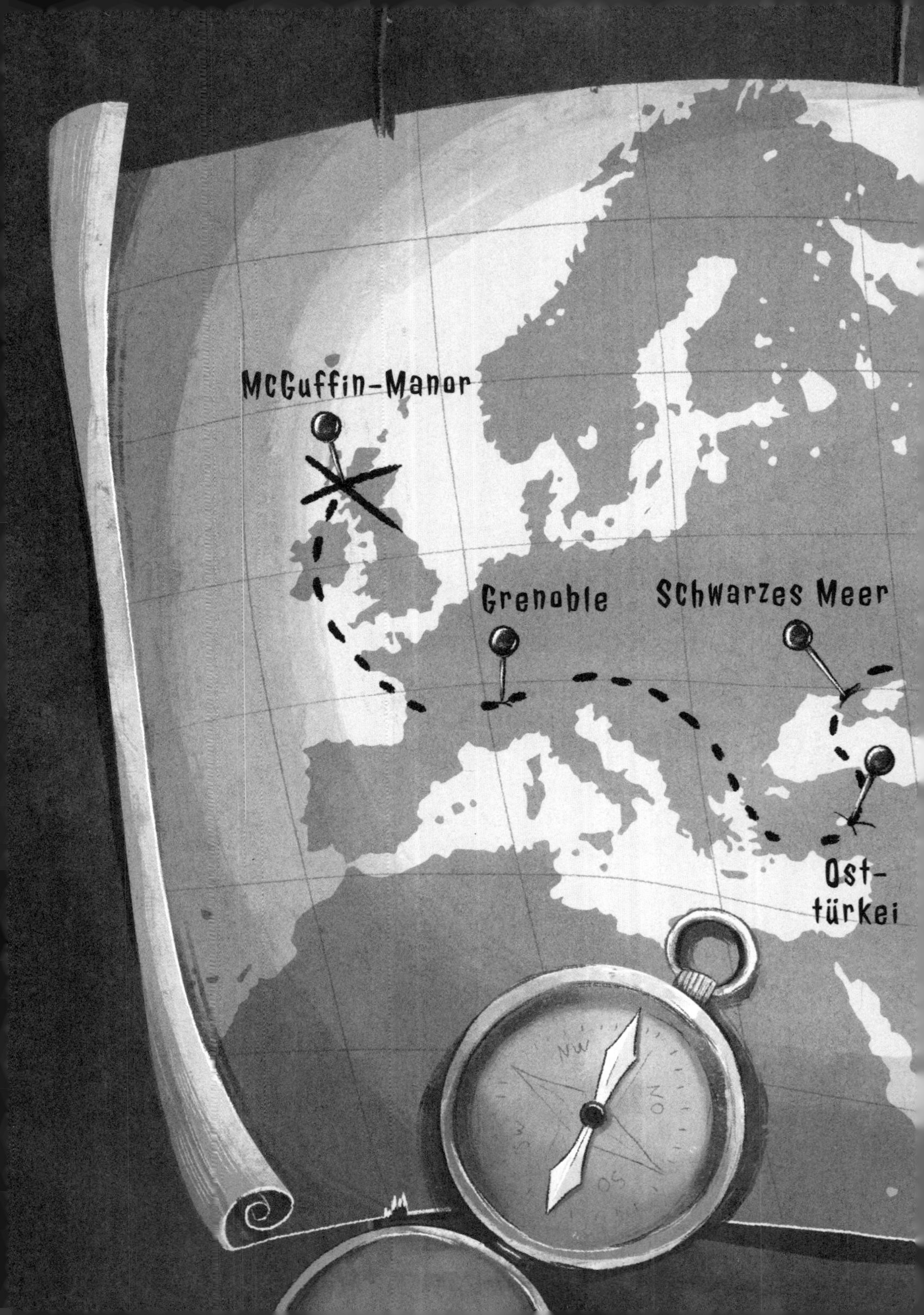

McGuffin-Manor

Grenoble

Schwarzes Meer

Ost-
türkei